Mord am Main – Tödliche Liebe

MONIKA RIELAU UND ANGELA NEUMANN

Mord am Main – Tödliche Liebe

Bibliografische Information der Deutschen Nationalbibliothek
Die Deutsche Nationalbibliothek verzeichnet diese Publikation
in der Deutschen Nationalbibliografie; detaillierte bibliografische
Daten sind im Internet über http://dnb.d-nb.de abrufbar.

© 2019 Monika Rielau und Angela Neumann

Umschlagdesign, Satz, Herstellung und Verlag:
BoD – Books on Demand, Norderstedt

ISBN 978-3-7494-7493-6

Kapitel 1

Wie anmutig sie im Bett lag. Ihr langes blondes Haar flutete das nachtblaue Kissen wie flüssiges Gold. Die Hände hatte sie artig auf der Bettdecke wie zu einem Gebet gefaltet. Ihre Augen waren geschlossen, als würde sie schlafen. Sie sah so unschuldig aus. Ein Engel konnte nicht schöner sein. Mit brennendem Verlangen schaute er sie an. Er liebte sie, er liebte sie so sehr, dass er seine Augen nicht von ihr abwenden konnte. Von all den Frauen, in die er sich jemals verliebt hatte, war nur sie seine wahre Liebe gewesen. Und sie, ja, sie hatte ihn auch bis zum Wahnsinn geliebt. Das jedenfalls hatte sie ihm immer versichert. Sie liebte seinen makellosen, durchtrainierten Körper, an dem nicht ein überflüssiges Gramm Fett war, seine kurzgeschnittenen vollen dunkelbraunen Haare, in denen sie sich festkrallte, wenn sie sich liebten. Sie mochte seine Art, sie zu lieben, wenn er seinen harten Körper an ihren presste und sie in die rauschhaften Höhen der Leidenschaft führte. Nicht dass sie ihm das sagte, aber er wusste es, wenn sie wie ein zufrieden schnurrendes Kätzchen, dem alle Wünsche erfüllt worden waren, an seiner Seite lag.

Ihre Liaison dauerte schon an die zwei Jahre. Er war zu feige, fürchtete sie zu verlieren, wenn er seine wahren Wünsche geäußert hätte. Als er einmal sagte, er würde sie gerne heiraten, reagierte sie seltsam zurückhaltend, so dass er sie nicht weiter bedrängen wollte. Er hätte sie gerne mit allen Konsequenzen geehelicht und ihr seine Liebe zu Füßen gelegt. Aber das war es nicht, was sie wollte.

Bedauerlicherweise waren seine finanziellen Möglichkeiten als einfacher Angestellter in einem Warenhaus beschränkt und konnten ihre Wünsche nach ein bisschen mehr Luxus nur unzulänglich erfüllen. Nicht dass sie ihm das vorwarf. Es boten sich ja andere Möglichkeiten, ihre Sehnsucht nach all diesen schönen Dingen zu erfüllen, die einer Frau ihres Aussehens zustanden, wie sie meinte. Er wusste von dem Verhältnis zu ihrem ehemaligen Arbeitgeber, dem wohlhabenden Arzt mit jordanischen Wurzeln, in dessen Praxis sie viele Jahre als Arzthelferin ihren Dienst verrichtet hatte. Dessen eifersüchtige Ehefrau hatte vor einem halben Jahr Wind von dem außerehelichen Verhältnis bekommen und ihren Mann gezwungen, ihr umgehend zu kündigen. Natürlich hatte sie sofort einen neuen Job in einer anderen Praxis gefunden und die Beziehung zu dem Arzt weitergeführt. Sie ließ sich doch von einer missgünstigen Ehefrau nicht ihre Pfründe abjagen.

Er wusste auch, dass sie den Arzt nicht wirklich liebte, sondern nur von seiner großzügigen Art, sie zu verwöhnen, geschmeichelt war. Er tolerierte ihr doppeltes Spiel mit zusammengebissenen Zähnen, fühlte sich ohnmächtig und erniedrigt, wagte aber nicht, es ihr zu verbieten. Er wollte sie nicht verlieren.

Jetzt aber hatte sie ihm erzählt, dass ihr ehemaliger Arbeitgeber sich von seiner jordanischen Frau scheiden lassen wolle, um sie heiraten zu können. Daher könnten sie ihr Verhältnis nicht weiterführen, und sosehr sie es bedaure, ihre Wege müssten sich für immer trennen.

Während ihr diese tödlichen Worte mit einer verstörenden Gleichgültigkeit aus dem Mund strömten, glaubte er, der Boden tue sich auf, um ihn zu verschlingen. Sein Herz fing an zu rasen, er bekam keine Luft. Eine Panikattacke ergriff ihn, in seinem Kopf drehte sich ein dumpfer Schwindel. Er musste das Fenster öffnen und frische Luft schöpfen. Ein Leben ohne Viviane? Unvorstellbar! Nein, das konnte er nicht zulassen. Nur weil ein reicher, in die Jahre gekommener Mann ihr mehr vom Leben bieten konnte als er, sollte er auf sie verzichten müssen? Nein, unmöglich! Ohne sie hatte sein Leben keinen Sinn. Wenn es denn sein müsste, hätte er Viviane zähneknirschend weiterhin mit dem Arzt geteilt, aber sie überhaupt nicht mehr sehen und lieben zu können, das war zu viel von ihm verlangt.

Sie aber bestand auf ihrer neuen Lebensplanung und bat ihn, ihren Wunsch zu respektieren und sie ab sofort nicht mehr zu besuchen oder zu treffen.

An ihrem verabredeten Abschiedsabend klingelte er an ihrer Wohnungstür in einem großen Wohnblock in Frankfurt-Bornheim. Sie hatte ein paar Häppchen vorbereitet und sich selbst schon ein Glas Weißwein eingegossen. Er gab ihr nicht die Hand und küsste sie auch nicht. Ihr war es gleich.

»Lass es uns kurz und schmerzlos machen«, sagte sie lächelnd zu ihm, als sie die Tür öffnete.

Schmerzlos?, dachte er. Wie kannst du nur dieses falsche Wort in den Mund nehmen? Ihre unerhörte Leichtigkeit im Umgang mit seiner tiefen Liebe traf ihn ins Herz.

»Was willst du trinken? Ich habe Bier, oder willst du vielleicht lieber etwas Stärkeres, einen Whisky oder einen Schnaps?«

»Bring mir einen Whisky und gib ein paar Eisstückchen dazu.«

Während sie in der Küche mit dem Eis hantierte, stand er vom Sessel auf und goss mit zitternden Händen die ihm genannte Menge des Medikaments in ihr Weißweinglas und setzte sich wieder hin.

Es kam so, wie es ihm der Typ beschrieben hatte. Nachdem sie das Glas geleert hatte, war sie nach wenigen Minuten bewusstlos zusammengesackt. Er streifte sich die mitgebrachten Latexhandschuhe über, zog ihr die Schuhe aus, legte den reglosen Körper ins Bett, drückte ihr ein Kissen auf Mund und Nase und schloss seine Augen fest zu. Nur ein leichtes Aufbäumen hob ein einziges Mal ihren Körper ein paar Zentimeter vom Bett hoch, sonst kam kein Widerstand von ihr. Er presste das Kissen so lange auf ihr Gesicht, bis sie nicht mehr atmete. Er musste ihr keine Gewalt antun, sagte er sich. Als er das Kissen von ihrem Gesicht entfernte, schaute er sie aufmerksam und voller Liebe an. Sie lag da, als ob sie fest und friedlich schliefe. Jetzt war sie für immer sein, er musste sie mit keinem mehr teilen. Er schüttelte das Kissen kräftig aus, das er von einem Sessel im Wohnzimmer genommen hatte, und legte es wieder an seinen Platz.

Dann wischte er alles ab, was er in der Hand gehabt hatte, so dass man keine Fingerabdrücke von ihm finden konnte. Dass man seine Spuren sonst überall in der Wohnung finden würde, das wusste er und nahm es in Kauf.

Die Tropfen würden in ein paar Stunden nicht mehr nachweisbar sein. Jetzt war Freitagabend. Am Samstag war die Praxis ihres Arbeitgebers geschlossen. Niemand würde sie auf der Arbeit vermissen. Es würde dauern, bis man ihre Leiche fände.

Die Ärzte würden rätseln, an welcher Krankheit sie gestorben war. Es gäbe keine Wunden, keine blauen Flecke, keine Würgemale, überhaupt keine Hinweise auf ein Verbrechen Wahrscheinlich würden sie sagen, dass sie sich plötzlich ins Bett legen musste, weil ihr unwohl war. Unerwarteter Herztod! Warum sonst hätte sie sich angezogen ins Bett gelegt?

Noch einmal schaute er sie mit stiller Wehmut an, als er bemerkte, wie sich ihr rechtes Auge wie in Zeitlupe öffnete und ihn direkt ansah. Gleich darauf öffnete sich auch das linke Auge und starrte ihn, ebenso wie das rechte, vorwurfsvoll an. Mit einem Schrei des Entsetzens sprang er drei Schritte zurück und beobachtete geschockt das wiederbelebte Gesicht. Gleich würde sie aufstehen und ihn zur Rechenschaft für sein mörderisches Tun ziehen. Doch sie blieb liegen. Es war nur eine Reaktion des toten Körpers. Nach einigen Minuten überwand er sein Grauen und versuchte ihre Lider über die Augäpfel zu ziehen. Das linke Auge blieb schließlich geschlossen, aber das rechte Auge wollte sich selbst nach mehrfachen Versuchen nicht schließen lassen und schaute ihm still und anklagend bei seinen verzweifelten Bemühungen zu.

Nach einer halben Stunde verließ er erschöpft die Wohnung,

verschloss sorgfältig die Tür, zog die Latexhandschuhe aus und verschwand aus dem Haus, ohne dass ihn jemand gesehen hatte. Sein unantastbares Alibi hatte er schon lange vorbereitet.

Das Auto hatte er weit weg vom Hochhaus geparkt, in dem Viviane wohnte. Auf den Weg dorthin taumelte eine graue Wolke auf ihn zu und legte sich wie ein erstickender Mantel um seinen Körper. Er hatte das Gefühl, durch schweres Wasser zu waten. Trotz des Beruhigungsmittels schlug sein Herz so schnell und laut, dass jeder Schlag in seinen Ohren dröhnte. Im Wagen ergriff ihn ein starkes Zittern. Es war ihm nicht möglich, die Pedale zu bedienen. Nach ein paar Minuten stieg er aus, ging langsam in Richtung des nahe gelegenen Günthersburgpark und drehte dort ein paar Runden. Danach fühlte er sich besser. Jetzt konnte er sich seinem eigentlichen Anliegen widmen.

Kapitel 2

Uli stand vor dem großen Spiegel in der Herrentoilette des *Hilton* Hotels in Frankfurt und richtete sich die verrutschte weiße Fliege. Der schwarze Frack stand ihm gut, das musste selbst er zugeben. Aber war er wirklich die Person, die er im Spiegel sah, oder nur eine Karikatur seiner selbst? Er fühlte sich unbehaglich. Ihm fehlte die gewisse Lässigkeit für das Tragen eines solchen Kleidungsstücks. Nein, der Mann da im Spiegel, das war nicht er. Das war ein verkleideter Pinguin. Nur gut, dass Siggi den weißen Frack trug, denn darin wäre er sich noch seltsamer vorgekommen. Im Gegensatz zu ihm trug Siggi den Frack, als wäre er damit auf die Welt gekommen, und er sah verdammt gut darin aus, das musste Uli neidlos anerkennen. Die fünf Zentimeter mehr, um die ihn Siggi überragte, und die Pose eines Mannes von Welt, in die er mit dem Anziehen des Fracks geschlüpft war, verliehen ihm die Aura eines weltläufigen Dandys. Wenn Uli nicht sowieso in Siggi verliebt gewesen wäre, dann hätte er sich noch an diesem Tag hoffnungslos in ihn verknallt.

Wieso war er nur auf die verrückte Idee gekommen, dass sie im Frack heiraten sollten? Es war sein ureigener Vorschlag gewesen, nicht einmal Siggi hatte ihn dazu gedrängt. Später, als er darüber nachdachte, hätte er liebend gerne einen Rückzieher gemacht. Aber das konnte er seinem Freund nicht antun, der sich wie ein Kind gefreut hatte, als Uli die Heirat im Frack vorschlug. Siggi hätte es gefallen, wenn sie beide im weißen Frack geheiratet hätten, aber das wollte Uli auf keinen Fall, da käme er sich wie eine Schnee-Eule vor, hatte er Siggis Idee abgeschmettert. Nur gut, dass der Frack nur ausgeliehen war. Nie wieder schwor er sich, würde er sich in so ein einengendes Kleidungsstück zwängen. Er warf noch einen Blick auf die jetzt wieder gerade sitzende Fliege, verließ die Toilette und machte sich auf den Weg in den Festsaal, in dem sie ihre Heirat, die sie vor ein paar Tagen auf dem Standesamt in Frankfurt besiegelt hatten, hier im *Hilton* mit ihren Freunden und Bekannten feierten. Auf dem Weg dahin begegnete er Siggi, der mit federnden Schritten und einem selbstsicheren Ausdruck im Gesicht um die Ecke bog. Es gefiel Uli, wie Siggi mit dem Gang eines geschmeidigen Tigers auf ihn zukam.

»Hallo, schöner unbekannter Mann, wo soll es denn hingehen?«, Uli stellte sich Siggi in den Weg. »Kann ich Sie begleiten?«

»Hast du schon zu viel vom Sekt getrunken?« Siggi musste laut über die komische Anmache von Uli lachen.

»Komm, mein Geliebter, mein Gemahl, mein Ehemann, lass dich küssen, du siehst heute umwerfend aus.«

Bereitwillig ging Siggi auf Uli zu und ließ sich von Uli einen Kuss auf den Mund drücken. In diesem Moment bog ein Mann um die Ecke und blieb vor dem Paar stehen.

»Was ist denn das für ein Verhalten? Schämen Sie sich nicht, dass sich zwei erwachsene Männer wie Sie auf den Mund küssen?«

Die barsche Stimme riss Uli und Siggi aus ihrer Festtagslaune. Sie blickten sich um und sahen einen grauhaarigen älteren Mann, der sich vor ihnen aufgebaut hatte und sie mit zorniger Verachtung betrachtete.

»Wird man nicht mal im *Hilton* vor dieser widerlichen Zurschaustellung verschont? Ich werde mich bei der Direktion darüber beschweren.« Dann spuckte er vor ihnen aus.

»Was geht es Sie an, was wir hier machen? Und machen Sie sich nicht lächerlich! Das Mittelalter haben wir hinter uns gelassen. Lassen Sie uns einfach in Ruhe, Sie alberner Sittenwächter.« Uli wurde zornig. Was sollte das? Wer war der Scharfrichter, der sich anmaßte, die gleichgeschlechtliche Liebe zu verurteilen? Er musste sich zurückhalten, dem Alten nicht eine Ohrfeige zu verpassen.

Der Mann ging davon und murmelte Verwünschungen vor sich hin. Uli meinte, dass er einen arabischen Eindruck auf ihn gemacht hatte, obwohl er fast perfekt Deutsch gesprochen hatte.

»Komm, Siggi, lassen wir uns von diesem Idioten nicht unser Fest verderben.«

Sie gingen in den Saal zurück zu ihrem Fest, waren aber doch so aufgewühlt, dass sie ihren engsten Freunden von dem Vorfall erzählten. Es gab einen empörten Aufschrei über das Verhalten des Mannes und eine erregte Diskussion darüber, dass die Akzeptanz von Schwulen noch immer keine Selbstverständlichkeit sei.

Uli schaute sich im Saal um. Gerade wurden die Teller des Hauptgangs abgeräumt. Das Rinderfilet Wellington mit Sauce Périgord, verschiedenen in Butter gedünsteten Gemüsesorten und Pommes Duchesse war ausgezeichnet gewesen, wenn auch das Fleisch schon etwas kalt war, als es serviert wurde. Jetzt wartete man auf den Nachtisch. Er konnte sich nicht beklagen. Das Essen war wirklich vorzüglich und hatte sicher den meisten Gästen gut geschmeckt. Siggi in seinem weißen Frack saß neben ihm und unterhielt sich angeregt mit Annalene Waldau, der rehabilitierten Polizeipräsidentin, die vor einigen Tagen wieder ihre alte Position im Frankfurter Präsidium eingenommen hatte. Uli war zufrieden. Seine Gäste schienen das Hochzeitsmenü zu genießen.

Kapitel 3

Hauptkommissar Khalil Salehs Hochzeitsfeier sollte am Valentinstag stattfinden und ganz im Zeichen der Liebe stehen. Brigitte Fresenius hatte nur verliebt gelächelt, als er sie über diesen Umstand in Kenntnis setzte. Ihr war jedes andere Datum genauso lieb.

Offenbar schien es für dieses Datum noch andere Heiratswillige zu geben, denn im *Hilton*, das sie für die Feier ausgesucht hatten, waren sie an diesem Tag nicht die einzige Hochzeitsgesellschaft. Die Feier sollte in einem Hotel stattfinden, damit die auswärtigen Gäste, insbesondere die zahlreiche jordanische Verwandtschaft des Kommissars, dort übernachten konnte.

Die Feier war in vollem Gange. Alle amüsierten sich prächtig. Es wurde gescherzt, gelacht, gegessen und getrunken.

Khalil im schwarzen Anzug, der wie immer perfekt saß, konnte keinen Blick von seiner Frau wenden. Sie sah einfach hinreißend aus in dem altweißen hochgeschlossenen langärmeligen Taftkleid. Voller Stolz betrachtete Khalil seine schöne Braut. Selbst seine Mutter musste zugeben, dass ihre neue Schwiegertochter, wenn sie schon keine Muslima war, der Familie wenigstens optisch keine Schande machte. Brigitte erntete jede Menge Komplimente von der angereisten Verwandtschaft.

Nur Khalils Vater, Dr. Yasin Khalil, ein in die Jahre gekommener Gastroenterologe mit einer florierenden Praxis im Herzen Frankfurts, nahm wenig Notiz von seiner Schwiegertochter. Er schien etwas nervös zu sein.

Immer wieder erhob er sich und sagte, dass er gleich wieder da sei. Eben wollte er wieder den Saal verlassen. Schon stehend ergriff er sein Weinglas und trank es in einem Zug aus, während seine Frau Leyla ihn strafend anschaute und murmelte, dass er aber sehr häufig die Toilette aufsuchen müsse.

»Ist etwas mit dem Essen nicht in Ordnung?«, fragte sie. »Vielleicht ist die Küche überlastet.«

»Was für ein Schmutz findet sich hier.« Ihr Mann war schlecht gelaunt in den Saal zurückgekommen. Leyla dachte, dass er mit dieser Bemerkung dem Essen mangelnde Hygiene unterstellte. Sie fragte nicht weiter, da sie ihrem Sohn nicht das Fest verderben wollte, auch wenn Khalil gegen ihren Willen eine Christin geheiratet hatte.

In diesem Moment erhob sich auch ihr Schwiegersohn Omar, der seit Jahren mit ihrer Tochter Fatma verheiratet war. Er winkte Fatma und seiner Mutter mit einer bedauernden Geste zu und verließ das Festzimmer. Fatma eilte zu ihrer Mutter und sagte ihr, dass Omar sich nicht wohlfühle und daher nach Hause gehe.

»Was sind denn das für Geschichten? Erst dein Vater und jetzt Omar. Sind die Männer in unserer Familie so empfindlich, dass sie das Essen nicht vertragen? Was sollen denn unsere Verwandten denken? Ich wusste es von Anfang an, diese Hochzeit steht unter keinem guten Stern«, empörte sich Leyla.

»Ich glaube nicht, dass es am Essen liegt. Omar ging es schon heute Morgen nicht gut. Er dachte wohl, dass sich seine Übelkeit mit der Zeit legt, aber jetzt wurde es so schlimm, dass er nicht länger bleiben konnte.«

Leyla blickte missbilligend in die Runde und ganz besonders auf ihren reizbaren Mann, der bereits wieder von seinem Stuhl aufgestanden war.

Yasin Saleh wollte nicht erneut die Waschräume aufsuchen. Er wollte ungestört telefonieren. Seit Stunden hatte er keine Nachricht von seiner Freundin erhalten. Sie nahm nicht ab. Er war zutiefst beunruhigt. Als er die Eingangshalle des *Hilton* betrat, fragte er die Rezeptionistin unbeherrscht, wie er am schnellsten wieder zu der Hochzeitsgesellschaft kommen könne. Die junge Frau wies ihm den Weg. Noch immer in Gedanken riss er die Saaltür auf und sah sich den beiden Männern gegenüber, die er zuvor in einem Kuss vorgefunden hatte. Sie schwebten in einem langsamen Walzer versunken direkt an ihm vorüber. Ihre Schritte wurden von der Musik aus dem Hintergrund und dem Klatschen der anderen Anwesenden begleitet, die festlich gekleidet an einer hufeisenförmig arrangierten Tafel saßen. Trotz des gedämpften Lichts funkelten die Gläser tausendfach.

Dr. Saleh sah rot. »Verlassen Sie sofort diese Hochzeit. Was fällt Ihnen ein, sich in die Feier anderer Menschen zu mischen? Khalil, unternimm etwas, sofort!«

Yasin Saleh sah sich suchend um. Von seinem Sohn war keine Spur zu sehen. Er blickte in unbekannte lächelnde Gesichter, die sich köstlich zu amüsieren schienen. Schließlich bemerkte der elegant gekleidete grauhaarige Jordanier seinen Irrtum und verstand, dass hier zeitgleich zur Hochzeit seines Sohnes zwei Männer ihre Vermählung feierten.

»Verlassen Sie sofort das Hotel und nehmen Sie gleich das ganze Gesindel mit.«

Er machte eine kurze Pause und holte tief Luft, wobei er Uli am Frackrevers zu fassen bekam und schüttelte.

»Sie haben kein Recht zu heiraten. Sie sind nicht Mann und Frau. So etwas darf es nicht geben.«

Uli befreite sich mit Siggis Hilfe. »Raus hier. Stören Sie unsere Feier nicht länger. Wir sind alle gleichberechtigt. Lassen Sie uns in Ruhe!«

Siggi schüttelte leise lächelnd den Kopf. Annalene war aufgesprungen und trat auf den vor Wut schäumenden Mann zu. »Sie sind ganz offensichtlich in die falsche Gesellschaft geraten. Ich begleite Sie zur Rezeption, und wir fragen, wo Sie tatsächlich hingehören.«

Dr. Saleh wurde nur noch wütender. »Man hätte es mir sagen

müssen, dass sich hier gleichzeitig eine Schwulenparade abspielt. Niemals hätte ich unter diesen Umständen unsere Feier in diesem Hotel ausgerichtet. Was für ein korrupter Laden.«

Annalene holte tief Luft und versuchte den alkoholisierten Arzt aus dem Saal zu bugsieren. Siggi riss die Tür auf. Irgendetwas kam ihr an dem älteren Herrn bekannt vor. Sie wusste nur nicht, was es war.

Der Arzt drehte sich noch einmal um und rief in den Saal zurück, dass die Angelegenheit ein Nachspiel haben würde. Diese Beschmutzung seiner Feier würde er nicht hinnehmen. Sie seien eben nicht gleichgestellt. Er würde den Schwulenpakt zu zerstören wissen.

Vor der Tür schüttelte er Annalene ab. »Gehen Sie! Ich finde mich alleine zurecht.« Dr. Saleh hatte die Orientierung wiedergefunden und betrat die Räumlichkeit, in der seine Familie feierte. Anstatt neben seiner Frau wieder Platz zu nehmen, ergriff er zum zweiten Mal sein gefülltes Glas Wein, das seine Frau Leyla mit Abscheu betrachtete, und verlieh unbeherrscht seinem Unmut Ausdruck. »Dass es hier eine Schwulenhochzeit gibt, hätte ich nie gedacht. Ich habe gesehen, wie sich zwei Männer küssten. Das kann man nur noch herunterspülen.« Damit trank er das volle Glas mit einem Zug aus und kündigte an, dass er dringend an die frische Luft müsse und verließ erneut den Saal. Leyla sah ihn verärgert nach.

Er öffnete eine Tür, von der er annahm, dass es sich um den Hintereingang handeln müsse, denn er wollte noch einmal unbeobachtet telefonieren. Erstaunt starrte er auf die spiegelglatte Wasserfläche des hoteleigenen Schwimmbads, die sich vor ihm ausbreitete.

Das Wasser übte eine eigenartige Faszination auf ihn aus. Zu seinen schmerzlichen Defiziten gehörte es, dass man ihm nie das Schwimmen beigebracht hatte. Die Ruhe des Wassers und die glänzende Oberfläche zogen ihn magisch an und erschreckten ihn zugleich. Die Hallenbeleuchtung spiegelte sich im Wasser.

Er trat an den Beckenrand, als er plötzlich schnelle Schritte hinter sich hörte. Noch bevor er den Blick wenden und sich umdrehen konnte, rammte ihm jemand ein Messer in den Rücken und warf ihn mit einem kräftigen Stoß weit in das Becken hinein. Während er wild um sich schlagend und laut schreiend unterging, dachte er nur daran, dass das Wasser sein Mobiltelefon zerstören würde und er Viviane nicht sprechen könnte. In immer größer werdenden konzentrischen Ringen breitete sich das blutig gefärbte Wasser bis an die Wände des Schwimmbades aus. Niemand hörte seine verzweifelten Rufe. Schließlich wurde es totenstill.

Der hochgewachsene kräftige Täter in seinem schwarzen Mantel verließ eilends das Schwimmbad und verschwand durch eine Nebentür auf die Straße. Er schien sich mit den lokalen Gegebenheiten des Hotels bestens auszukennen.

Aus dem Schatten einer halbgeöffneten Badekabine löste sich kurz darauf eine Gestalt, die fassungslos auf den zunächst noch zappelnden und dann in einem langsamen Todeskampf sich windenden Mann starrte. Sie machte allerdings keine Anstalten, die vor ihren Augen ertrinkende Person aus dem Wasser zu ziehen. Nach einem letzten Blick auf das Opfer verließ sie kopfschüttelnd das Hotel auf dem gleichen Weg wie der Mörder.

Kapitel 4

Der Sicherheitsbeauftragte des *Hilton* gähnte herzhaft und dehnte sich, lehnte sich weit im Stuhl zurück und streckte die Arme aus. Als er sich wieder seinem *Playboy* zuwenden wollte, den er bereits dreimal durchgesehen hatte, warf er einen kurzen Blick auf die ihn umgebenden Monitore. Alles schien ruhig zu sein. Er hatte die Lage wie immer unter Kontrolle. Doch dann stutzte er. Befand sich da nicht eine Person im Schwimmbad? Sie schien im Wasser zu treiben. Sofort verständigte er den Portier. Er sollte ihn in die Schwimmhalle begleiten. Er fürchtete sich, alleine dahin zu gehen.

Zunächst sah es so aus, als ob einer der Hochzeitsgäste ein Bad nahm und sich treiben ließ. Doch in der Halle bemerkten die beiden Männer sofort das rotgefärbte Wasser. Der Sicherheitsbeauftragte setzte umgehend einen Notruf bei Polizei und Feuerwehr ab, während der Portier zur Rezeption eilte, um die Direktion zu informieren.

Keine fünf Minuten später kamen Polizeiwagen, die Rettung, ein Notarzt, die Feuerwehr und ein Gerichtsmediziner. Ihnen folgten die Spurensicherung und ein Beamter in Zivil. Vor dem *Hilton* durchzuckten Blaulichter die Nacht. Alle Beteiligten begaben sich im Laufschritt in das Hotelschwimmbad, gefolgt von dem aufgeregten Manager. Zwei der Feuerwehrleute sprangen ins Wasser, um den treibenden Körper zu bergen. Als sie ihn mit Hilfe weiterer Kollegen auf den Fliesen abgelegt hatten, war nur noch der Tod festzustellen.

Annalene Waldau, die ehemalige und nach ihrer zeitweiligen Suspendierung jetzt wieder amtierende Polizeipräsidentin von Frankfurt, hatte ein feines Gespür für die sich in ihrer Nähe ausbreitende Unruhe. Beim Öffnen der Saaltür durch einen Kellner meinte sie ein Blaulicht gesehen und eine gewisse Hektik auf dem Flur bemerkt zu haben. Sie stand auf und begab sich in die Empfangshalle, durch deren Fenster sie zu ihrem Erstaunen die vielen Einsatzfahrzeuge sah. Ein Blaulicht warf seine hektischen Zuckungen auf den Eschersheimer Turm. Die Dame an der Rezeption wollte ihr zunächst keine Auskunft geben. Annalene zeigte ihr den Dienstausweis und wurde in die Schwimmhalle geschickt. Sofort erkannte sie den auf dem Boden liegenden arabisch aussehenden eleganten älteren Herrn wieder, der sich in die Hochzeitsgesellschaft von Uli und Siggi verirrt hatte. Sie forderte den herbeigeeilten Manager des Hotels und den ebenfalls hinzugetretenen Kommissar dazu auf, alle Hoteleingänge abzuriegeln. Niemand solle das Haus verlassen.

Erst danach begrüßte sie Kommissar Horst Müller. Sie war erstaunt, dass er den Einsatz leitete. Müller erklärte ihr, dass sein Kollege Saleh heute geheiratet hatte und jetzt die Hochzeitsfeier im *Hilton* stattfand, deshalb hätte er dessen Schicht übernommen.

»Ach so«, meinte die Polizeipräsidentin und ließ sich zu der zweiten Gesellschaft bringen, zu der der Tote gehören musste. Sie öffnete die Tür und sah sich um. Eine Sekunde später trafen ihre Augen auf Khalil Saleh. Sie erschrak, als sie die Ähnlichkeit mit dem Toten erfasste.

»Herr Saleh, zuerst einmal meine herzlichen Glückwünsche zur Hochzeit.« Lächelnd gab sie auch Brigitte die Hand. Dann kam die Polizeipräsidentin übergangslos zur Sache. »Herr Saleh, vermissen Sie einen Ihrer Gäste?«

Hier mischte sich Fatma, die Schwester von Kommissar Saleh, in das Gespräch ein.

»Mein Mann Omar hat ungefähr vor einer halben Stunde die Hochzeitsfeier verlassen. Er hatte starke Kopfschmerzen und ihm war übel, deswegen ist er nach Hause gefahren.«

Saleh schaute verblüfft auf seine Schwester. Ihm war der Abgang seines Schwagers gar nicht aufgefallen. Ein weiterer Blick zeigte ihm, dass auch sein Vater nicht anwesend war. Was war geschehen?

Seine Augen weiteten sich. »Ist, ist … etwas passiert?«

Seine Chefin legte ihm die Hand auf die Schulter. »Ich fürchte ja, kommen Sie bitte mit.«

Gemeinsam betraten sie die Schwimmhalle. Im kalten Licht des hell erleuchteten Schwimmbads erkannte Khalil sofort seinen Vater. Mit zwei Schritten war er bei ihm. Weinend kniete er nieder und warf sich über den Leichnam.

»Kal, bitte, steh auf! Du verwischst sonst mögliche Spuren.« Sein Kollege Horst Müller musste Khalil mit strenger Stimme an die notwendigen kriminalistischen Maßnahmen erinnern.

Betroffen stand Khalil auf. Natürlich wusste er als Polizist, wie er sich in einem solchen Fall zu verhalten hatte. Angesichts seines toten Vaters hatte er einen Augenblick vergessen, seine persönlichen Gefühle zu beherrschen.

Die Polizeipräsidentin stand neben ihm und sprach ihn an. »Es tut mir so leid, was passiert ist. Es ist unsagbar traurig.« Sie machte eine Pause.

»Sie müssen jetzt alle Ihre Kräfte mobilisieren, um diese Situation durchzustehen. Ich hätte Sie gerne für eine Weile beurlaubt, um alles zu regeln. Ihr Kollege wird inzwischen sein Bestes tun, um den Fall schnell zu klären.« Annalene Waldau kam sich etwas rüde vor. In ihrem Amt musste sie nicht oft den Angehörigen den Tod eines Familienmitglieds übermitteln.

»Ich bringe Sie jetzt zu Ihrer Familie und werde die Sachlage darstellen. Leider müssen sich alle Anwesenden für eine erste Befragung bereithalten. Aber das kennen Sie. Sie selbst müssen sich wegen der verwandtschaftlichen Verhältnisse natürlich strikt aus diesem Fall heraushalten, das muss ich Ihnen nicht besonders ans Herz legen.«

Als sie das sagte, warf sie ihm einen scharfen Blick zu. »Sie wissen doch, wohin es in meinem Fall geführt hat. Bitte halten Sie sich genau an die diesbezüglichen juristischen Vorgaben.«

Kapitel 5

Frau Waldau wandte sich Kommissar Horst Müller zu. »Sie müssen jetzt zu der anderen Hochzeitsgesellschaft gehen, um dort die Zeugenaussagen aufzunehmen. Ich zeige Ihnen den Weg.«

Sie drehte sich zu dem noch immer wie betäubt wirkenden Khalil Saleh um. Behutsam nahm sie ihn am Arm. Er gehorchte willenlos. Sie hielt ihn untergehakt fest. Bevor sie ihn wegführte, gab sie Kommissar Müller einen Hinweis mit auf den Weg zu seiner Vernehmungsrunde.

»Das Hochzeitspaar, also die beiden Herren, haben sich ziemlich aufgeregt über einen Auftritt des Ermordeten in ihrer Gesellschaft. Danach haben wir jedoch schnell wieder fröhlich weitergefeiert. Nur Herr Ulrich Reinhold war einmal kurz unterwegs. Fragen Sie ihn doch, ob ihm dabei etwas aufgefallen ist. Ich komme später dazu. Jetzt habe ich die schwere Aufgabe, Herrn Saleh zu seiner Familie zu begleiten.«

Horst Müller folgte dem ausgestreckten Arm seiner Chefin. Der Geräuschpegel tat sein Übriges als Wegweiser. Er öffnete die Saaltür. Niemand nahm von ihm Notiz. Er räusperte sich. Schließlich griff er sich einen Löffel und klopfte an ein herrenloses Glas. Jetzt wandten sich ihm alle Blicke zu.

»Meine Damen und Herren, bitte entschuldigen Sie die Unterbrechung. Ich stehe im Auftrag von Frau Waldau, der Frankfurter Polizeipräsidentin, vor Ihnen mit der traurigen Pflicht, einen Todesfall anzuzeigen. Der Gast einer anderen Hochzeitsfeier hier im Haus wurde tot aufgefunden. Er wurde ermordet. Vor kurzem muss er sich in Ihre Gesellschaft verirrt haben.«

Dieser Ankündigung folgte ein betroffenes Schweigen. Uli sah Siggi an. Dieser erwiderte seinen Blick.

»Ich darf mich vorstellen. Ich bin Hauptkommissar Horst Müller und werde jetzt der Reihe nach Ihre Personalien und Ihre Beobachtungen aufnehmen.«

Horst Müller begann an dem Tischende, an dem die blasse Alina saß.

Uli hatte lange überlegt, ob er seine ehemalige Köchin überhaupt einladen sollte, sich aber schließlich doch dazu durchgerungen. Noch immer hatte er ihr nicht verziehen, dass sie ihm vor einigen Monaten wegen ihres neuen Freundes, einem Bestatter, kurzfristig die Arbeit aufgekündigt hatte. Er hatte aber darauf bestanden, dass sie ohne Alban Erdreich, ihrem neuen Partner und Arbeitgeber, zur Feier kam. Uli vermisste seine ehemalige Köchin immer noch. Neben ihr saß Anna, eine in den Ruhestand getretene Wirtin aus der Klappergasse, die Uli schon lange kannte und die ihn einmal während seines Urlaubs vertreten hatte. Uli mochte ihr lautes Lachen, das Gläser zum Klirren bringen konnte.

Horst Müller notierte alle Angaben und hörte unisono, dass der elegante arabischstämmige Irrläufer sehr ausfallend geworden war.

Schließlich hatte sich Kommissar Müller zu Uli und Siggi, dem Hochzeitspaar, vorgearbeitet. Seine grauen Haare klebten schon nass geschwitzt an seinem Kopf. Müller überlegte kurz, ob auch Männer in die Wechseljahre kommen konnten. Er deutete auf Uli. »Ihr Name?«

Uli nannte ihm seine Daten. Horst Müller erinnerte sich an den Hinweis seiner Chefin.

»Wie ich hörte, waren Sie einmal kurz abwesend. Wann war das genau? Wo waren Sie? Ist Ihnen etwas aufgefallen.«

Uli meinte, dass er kurz nach dem beleidigenden Auftritt des schwulenfeindlichen Herrn einen Ort gesucht habe, um sich zu beruhigen, denn der Vorfall hatte ihn mehr aufgeregt, als er zugeben wollte. Da sei ihm eingefallen, dass er sich zur Entspannung ein Weilchen auf die Terrasse des Hotels setzen könnte, von der man einen schönen Blick auf den netten kleinen Park auf der Rückseite des *Hilton* hatte. Außer ihm sei keiner da gewesen. Er wäre auch sicher nicht länger als zehn Minuten weggeblieben.

Kommissar Müller schrieb alles emsig mit. Abschließend gönnte er Uli einen vielsagenden Blick. Dann wandte er sich Siggi zu. »Nennen Sie mir bitte Ihre Personalien? Können Sie die Aussage Ihres Partners bestätigen?«

Siggi sagte ihm, dass er jetzt Siegbert Reinhold hieße, geborener Ranke, und dass sein frisch angetrauter Mann alles wahrheitsgemäß wiedergegeben hätte.

Dann wandte sich Horst Müller einem gutaussehenden Asiaten zu. Vauki von Kiliansfürsten, ein guter Freund von Uli und Siggi aus Wiesbaden, war der exotischste Gast der Gesellschaft. Er trug ein extravagantes graues Gewand des japanischen Modeschöpfers Kenzo, als hätte man es ihm auf den grazilen Leib geschneidert. Angesichts dieser Eleganz blickte Horst Müller an sich herunter und stellte fest, dass seine Schuhe wieder einmal geputzt werden mussten.

Es dauerte eine Weile, ehe alle Teilnehmer der Gesellschaft befragt worden waren. Viele der Anwesenden waren Stammgäste in Ulis Lokal *Kleines Wirtshaus*. Auch die kapriziöse Mira Schönfelder und ihr Anwalt waren der Einladung gefolgt. Horst Müller war sehr überrascht, unter den Hochzeitsgästen auch den Ehemann seiner Chefin, Annalene Waldau, zu treffen. Er wusste, dass sie in Scheidung lebte. Das ganze Präsidium sprach darüber. Nicht nur das wunderte ihn, sondern auch, dass die Polizeipräsidentin an der Hochzeitsfeier der beiden Schwulen teilgenommen hatte. Eher hätte er vermutet, dass sie Gast bei der Hochzeit seines Kollegen Khalil Saleh war.

Er konnte nicht wissen, dass Siggi und Annalene Waldau schon eine längere Freundschaft pflegten, die noch daher stammte, als

Siggi mit dem Cousin der Polizeipräsidentin eine Liaison unterhielt, die allerdings tragisch geendet hatte.

Kapitel 6

Annalene Waldau, die wieder in Amt und Würden eingesetzte Polizeipräsidentin von Frankfurt, führte den gebrochenen Khalil Saleh zu seiner Familie. Die Gespräche verstummten, als das ungleiche Paar direkt auf Khalils Mutter zuging.
Annalene erklärte mit sachlichen Worten, dass es einen schrecklichen Vorfall gegeben habe. Sie blickte Leyla direkt in die Augen und sagte, dass ihr Mann tot sei. Leyla zuckte zusammen. Auch Khalil sah seine Mutter ernst an. Sie verstand. Ein Zittern ergriff ihren Körper, und sie begann sich hin und her zu wiegen. Fatma sprang auf und kam um den Tisch. Sie nahm ihre Mutter fest in die Arme. Khalil erklärte seiner Schwester, was passiert war.
Fatma wandte sich an die Anwesenden. »Papa ist tot. Er wurde im Hotelschwimmbad umgebracht.«
Ein Aufschrei ertönte einstimmig, bevor die Frauen aus Jordanien in einen Klagegesang verfielen.
Annalene Waldau schaltete sich schnell ein, bevor ein Tumult losbrach. »Liebe Familie Saleh, ich bin bestürzt über die Tatsache, dass Herr Dr. Saleh vor wenigen Minuten gewaltsam zu Tode gekommen ist. Mein Beileid gilt der Familie und allen Freunden. Es tut mir sehr leid, dass ich Ihnen eine Befragung nicht ersparen kann. Bitte beschreiben Sie der Reihe nach, was Ihnen an Herrn Dr. Saleh an diesem Abend aufgefallen ist. Gab es außergewöhnliche Vorfälle? Ich schicke Ihnen gleich meinen Mitarbeiter, Hauptkommissar Müller, er wird alles notieren«, sagte Frau Waldau.
Brigitte sprang auf und befreite den noch immer von der Präsi-

dentin gestützten Khalil aus den Fängen seiner Chefin und hielt ihn nun fest umschlungen. Bevor die Polizeipräsidentin den Saal verließ, erinnerte sie Saleh noch einmal daran, dass er bei dieser Ermittlung nicht mitarbeiten könne.

»Sie erhalten von mir alle Zeit, die Sie benötigen, um sich um Ihre Familie zu kümmern.«

»Nein, ich muss arbeiten. Ich brauche die Arbeit, ich kann nicht untätig zuhause sitzen. Dann bricht die Welt über mir zusammen«, stammelte er.

Brigitte schüttelte stumm den Kopf, aber irgendwie verstand sie ihren Mann.

»Ich erwarte Sie morgen Vormittag in meinem Büro, zusammen mit dem Kollegen Müller.« Annalene rief Horst Müller auf seinem Mobiltelefon an und beorderte ihn zu der Hochzeitsgesellschaft Saleh.

Die Polizeipräsidentin lächelte Brigitte aufmunternd zu und verließ den Saal.

Bevor Annalene Waldau wieder zur Hochzeitsgesellschaft Reinhold ging, betrat sie noch einmal die Schwimmhalle. Die Spurensicherung war noch am Werk. Der Tote war allerdings bereits auf dem Weg in die Rechtsmedizin. Der Leiter der Spurensicherung teilte ihr mit, dass Videoaufzeichnungen aus den Überwachungskameras sichergestellt worden seien. Sobald diese ausgewertet wären, erhielte sie einen Bericht. Die Polizeipräsidentin dankte, drängte auf Schnelligkeit und verließ das Schwimmbad.

Zurück im Festsaal nickte sie kurz ihrem Mann zu. Wolfgang Waldau sah nicht sehr begeistert aus. Annalene ging mit energischen Schritten auf Uli zu.

»Herr Reinhold«, sagte sie streng. »Ich hoffe, dass Sie sich im Griff hatten angesichts der Beleidigungen.«

Uli wollte aufbrausen, verstand aber im letzten Moment, dass er genau das nicht durfte. »Ich habe mit der Sache nicht im Mindesten etwas zu tun, das können Sie mir gerne glauben.« Er blieb ganz ruhig.

Annalene nahm diese Äußerung kommentarlos zur Kenntnis und setzte sich zu ihrem von ihr eigentlich getrennt lebenden Mann. Sie lächelte ihn an. »Immer kommt etwas dazwischen, wenn ich gerade mit dir ein bisschen flirten will.«

»Ja, meine Liebe, aber leider muss ich dich jetzt deinem Schicksal überlassen. Maria wird bestimmt ungeduldig, wenn ich nicht bald komme.«

Ein Schatten huschte über Annalenes Gesicht.

»Sei froh, dass sie überhaupt zugestimmt hat, dass ich dich begleite. Ich konnte es nur durchsetzen, dich zu diesem ›offiziellen‹ Termin zu begleiten, indem ich ihr versprochen habe, bei der Gelegenheit mit dir über die Beschleunigung der Scheidung zu reden. Das Gespräch verschieben wir aufgrund der misslichen Umstände.«

Wolfgang Waldau grinste, stand auf und küsste die noch mit ihm verheiratete Annalene zum Abschied, so wie man seine Frau küsst.

Kapitel 7

Es hatte lange gedauert, bis Uli und Siggi von Kommissar Müller entlassen wurden. Erst lange nach Mitternacht kehrten sie in ihre Wohnung in Ulis Lokal »Das kleine Wirtshaus« in der Klappergasse zurück. Ihr Hund Tim verbrachte die Nacht bei Ulis betagter Nachbarin Frau Gerber, die sich freute, wieder einmal einen Hund zuhause zu haben, nachdem ihr eigener weißer Westi vor kurzem verstorben war.

»Welches miese Karma lässt uns eigentlich immer wieder mit diesem Kommissar Saleh zusammentreffen?« Uli war verärgert. »Die ganze schöne Hochzeitsfeier versaut. Dabei haben wir ein Vermögen dafür ausgegeben. Langsam glaube ich wirklich, dass die Sterne schuld daran sind, weil sie uns immer wieder in die Umlaufbahn dieses Kerls ziehen. Irgendwas muss da noch eine tiefere Bedeutung haben. Was will uns das Schicksal damit sagen?«

»Ach Quatsch, alles Zufall! Wenn wir gewusst hätten, dass dieser Saleh auch seine Hochzeitsfeier im *Hilton* feiert, wären wir doch nie und nimmer in dieses Hotel gegangen. Aber hast du seine Frau gesehen? Die sah wirklich toll aus, wenn ich das mal so aus meiner Sichtweise sagen kann«, Siggi kam ins Schwärmen.

»Na, der Saleh ist ja bedient. Ausgerechnet auf seiner Hochzeitsfeier wird sein Vater abgestochen. Das hat ihn ganz schön getroffen. Er war kreidebleich, als ich ihn gesehen habe. Wenigstens wird er dieses Mal nicht ermitteln. Ich hab gehört, wie deine Freundin Annalene gesagt hat, er wäre von den Ermittlungen entbunden, weil sein Vater das Opfer ist und er sich als Sohn wegen möglicher Befangenheit aus den ganzen Ermittlungen raushalten muss. Ich glaube, dass wir mit dem neuen Kommissar besser auskommen werden als mit diesem Saleh, der uns ja nicht leiden kann und das nur, weil wir schwul sind. Trotzdem habe ich ein bisschen Mitleid mit ihm. Am schönsten Tag seines Lebens geht sein Vater einfach für immer baden.« Uli ließ sich herab, ein bisschen Milde mit Kommissar Saleh walten zu lassen.

»Hast du gehört, was für ein Tumult ausbrach, als man der Hochzeitsgesellschaft sagte, dass das Mordopfer der Vater des Bräutigams sei. Diese Schreie und das Wehklagen, so etwas habe ich in meinem ganzen Leben noch nie gehört. Da müssen ein paar professionelle Klageweiber dabei gewesen sein. Das Geheule hat ja kein Ende genommen.« Siggi war von der lautstarken Leidensbekundung von Salehs Gästen tief beeindruckt.

»Das wird seine jordanische Verwandtschaft gewesen sein, die sich so aufgeführt hat. Kommen den ganzen weiten Weg nach Frankfurt, und auf dem Höhepunkt der Feier wird der Vater des Bräutigams umgebracht. Das muss man erst einmal verdauen. Nur gut, dass wir dieses Mal nichts mit dem Mord zu tun haben können. Das hoffe ich zumindest, denn so wie ich den Saleh einschätze, kriegt der es fertig und findet noch einen Grund, uns für den Mord an seinem Vater verantwortlich zu machen. Du wirst sehen, dass der seinen Kollegen so zusetzen wird, dass wir wieder als Mörder herhalten müssen.

Im Übrigen, hast du gesehen, wie blass unsere liebe kleine Alina war? Außerdem sah sie so, ja wie soll ich es sagen, so unproportioniert aus. Ich hatte schon einen Moment gedacht, dass sie schwanger sei. Richtig verhärmt sah sie aus. Das Zusammenleben mit diesem Alban, diesem Totengräber, scheint kein Zuckerschlecken für sie zu sein. Wenn sie weiter bei uns als Köchin im *Kleinen Wirtshaus* geblieben wäre, sähe sie auf jeden Fall gesünder aus. Dafür hätten wir schon gesorgt. Vielleicht bereut sie es schon, dass sie damals gekündigt hat. Ob ich sie mal ansprechen sollte?«

»Weiß ich nicht. Können wir uns noch morgen überlegen. Komm, lass uns ins Bett gehen. Du glaubst ja nicht, wie müde ich bin.« Siggi hielt es kaum mehr auf den Beinen. »Mal abgesehen von dem Mord an dem Vater von Kommissar Saleh, die Einzige, die ich wirklich bei unserer schönen Hochzeit vermisst habe, das war meine Mutter. Dass sie bei meiner Hochzeit nicht mit dabei sein konnte, das tut weh. Ach, warum musste sie so früh sterben. Ich vermisse sie sehr.«

Eine Träne schlich sich in Siggis Augen und sein Mund verzog sich schmerzlich. Uli zog ihn an seine Brust und küsste ihn zärtlich. »Glaub mir, ihr hätte die Feier sicher gefallen.«

Siggi konnte nur stumm nicken, dann flossen reichlich Tränen, die er verschämt an Ulis Pyjama-Oberteil trocknete.

»Siggi, ich muss dir was sagen«, Uli räusperte sich umständlich und schob Siggis Kopf von seinem Kopfkissen.

»Kannst du mir morgen früh erzählen, jetzt bin ich viel zu müde«, Siggi streckte sich wohlig an Ulis Seite aus.

»Nein, es brennt mir auf der Seele. Ich muss es dir jetzt sagen.«

»Na, wenn es so wichtig ist, dann raus damit«, sagte Siggi unter lautem Gähnen.

Uli setzte sich auf. »Ich glaube, ich habe den Mörder gesehen, als er aus dem Schwimmbad kam. Nein, stimmt nicht! Ich habe zwei Männer gesehen, die kurz hintereinander an mir vorbeiliefen. Mich konnten die Männer wahrscheinlich nicht sehen, ich saß auf einer Bank hinter einer Thujahecke.«

Mit einem Ruck setzte sich Siggi im Bett auf. »Was? Wieso hast du das Kommissar Müller nicht gesagt? Und woher willst du wissen, dass einer von denen der Mörder war?«

»Als ich von der Terrasse zurückging, habe ich auf dem Boden Blutspuren gesehen. Da habe ich mir noch keine Gedanken gemacht. Vielleicht hatte jemand Nasenbluten oder eine blutende Wunde. Erst als ich erfuhr, dass man Dr. Saleh, du weißt doch, der Kerl, der sich über uns Schwule so aufgeregt hat, mit einem Messer erstochen im Schwimmbad aufgefunden hatte, wurde mir klar, dass es einer dieser beiden Männer gewesen sein muss. Ich habe sie nur von der Seite und von hinten gesehen und würde sie auch niemals wiedererkennen. Eigentlich wollte ich das dem Kommissar direkt sagen. Aber dann dachte ich daran, dass wir in den letzten Jahren zweimal unschuldig in die Mühlen der Justiz geraten sind und dass wir schreckliche Zeiten durchgemacht haben. Erinnerst du dich noch daran, damals, als dein Lover Sascha hinterrücks von dem dicken Willy erschlagen worden war, wie schrecklich wir darunter gelitten haben, als wir beide unter Mordverdacht standen? Das Gleiche würde mir jetzt wieder passieren. Noch einmal unter Mordverdacht, das halten meine Nerven nicht aus. So etwas will ich nie wieder durchmachen.«

Siggi, dem urplötzlich seine eigenen Sünden vor Augen geführt wurden, knipste die Nachttischlampe an und sah Uli erstaunt an. »Du hast die gesehen? Das ist ja unglaublich. Und das willst du der Polizei vorenthalten? Machst du dich dadurch nicht strafbar?«

»Das könnte schon sein. Wir müssen eben dichthalten.« Uli schaute Siggi verschwörerisch an.

Siggi stimmte ihm zu. »Ich musste damals sogar eine Nacht im Gefängnis verbringen, nur weil die Polizei nicht fähig war, den Täter zu finden und mich festgenommen hatte. Mein Gott, das waren grauenhafte Zeiten, die möchte ich auch nicht mehr erleben.«

»Außerdem habe ich die beiden Männer nicht von Angesicht gesehen. Meine Aussage hätte der Polizei nichts, oder nicht viel gebracht. Siggi, wir dürfen aber niemand etwas davon erzählen. Hörst du, keiner darf auch nur das Geringste davon wissen, denn dann wäre ich sofort wieder des Mordes verdächtig. Schwörst du das?«

»Natürlich schwöre ich das, Uli.«

Uli seufzte tief auf. »Jetzt können wir endlich schlafen.«

Siggi drehte sich auf die Seite und versank alsbald in einen tiefen Schlaf. Nur Uli lag noch eine Weile wach und ahnte, dass die Polizei seine Sicht der Dinge auf gar keinen Fall teilen, geschweige denn gutheißen würde.

Kapitel 8

Nachdem Kommissar Saleh noch eine Stunde in der Wohnung seiner Eltern zusammen mit seiner Mutter, seiner Schwester und deren Mann Omar über den grausamen Tod seines Vaters gerätselt hatte, war er schließlich in seine eigene Wohnung zu Brigitte gefahren. Völlig durcheinander und wie gelähmt saß er zuhause auf der Couch und suchte Trost in einem Glas Riesling. Seine Frau Brigitte saß neben ihm und versuchte ihn zu trösten. Sie hatte sich ihres Hochzeitkleids entledigt und war in Jeans und Pullover geschlüpft. Auch Khalil hatte sich seine Jeans und ein T-Shirt angezogen. Er hatte Mühe, die Ereignisse des vergangenen Tages einzuordnen.

Das grauenvolle Bild seines ermordeten Vaters auf dem Boden vor dem Schwimmbecken in einer blutigen Wasserlache liegend, ging ihm nicht aus dem Sinn. Was war geschehen? Dass sein Vater nervös war, das war ihm schon bei der Hochzeitsfeier aufgefallen. Irgendetwas war nicht in Ordnung gewesen. Ob sein angespannter Zustand etwas mit dem kommenden Mord zu tun gehabt hatte? Sein auffälliges Verhalten ausgerechnet am Tage der Hochzeit gab ihm zu denken. Außerdem hatte er, völlig unüblich für ihn, mehrere Gläser Weißwein ziemlich rasch hintereinander getrunken, ja geradezu in sich hineingeschüttet. Und auch seine Mutter hatte sich seltsam kalt verhalten. Er glaubte, es hätte daran gelegen, dass er Brigitte gegen ihren ausdrücklichen Willen geheiratet hatte. Eigentlich hatte sie es bis zur letzten Minute nicht aufgegeben, gegen seine Heirat mit einer Ungläubigen, wie sie

Brigitte bezeichnete, zu intrigieren. Schließlich hatte sie sich verbittert in das Unvermeidliche geschickt.

Wer konnte seinen Vater ermordet haben? Sofort war ihm ihr zufälliges Zusammentreffen vor wenigen Wochen beim Juwelier Wempe an der Hauptwache eingefallen, als er einen Ring für Brigitte suchte. Eine junge blonde Frau begleitete seinen Vater, der er augenscheinlich eine goldene Uhr schenken wollte. Damals war er wie von Sinnen aus dem Laden gerannt, als ihn sein Vater ansprechen wollte. Eine Geliebte! Das war das Letzte, was er sich bei seinem Vater vorstellen wollte. Wie er später von seiner Schwester Fatma gehört hatte, war diese blonde Frau seine ehemalige Arzthelferin. Sie und sein Vater pflegten schon seit längerer Zeit eine Liebesbeziehung. Khalil war damals völlig schockiert gewesen, hatte er doch geglaubt, dass seine Eltern eine gute Ehe führten. Er fühlte sich von seinem Vater maßlos enttäuscht.

Am schlimmsten aber war es für ihn, dass er wegen möglicher Befangenheit als naher Verwandter nicht selbst in diesem Fall ermitteln konnte. Das hatte ihm die Polizeipräsidentin in aller Schärfe klargemacht. Er musste alle Ermittlungen seinem Kollegen Müller überlassen. Natürlich hatte er nichts gegen Müller, aber ob der den Mord besser aufklären könnte als er, daran hatte er erhebliche Zweifel.

Und welche infame Laune des Schicksals hatte ihn wieder in die verhängnisvolle Nähe dieses schwulen Paares getrieben. Langsam glaubte er wirklich, dass die Sterne ein böses Spiel mit ihm trieben. Hätte er gewusst, dass die beiden ihre Hochzeit ebenfalls im *Hilton* feierten, dann hätte er doch niemals dort seine eigene Feier ausgerichtet. Hinzu kam, dass sein Vater sich so hitzig mit dem schwulen Paar angelegt hatte und das nur, weil sie sich auf den Mund geküsst hatten. Was ging es seinem Vater an, dass die beiden dort ebenfalls ihre Hochzeit feierten. Und warum war seine oberste Chefin auf deren Hochzeit? Ausgerechnet die Polizeipräsidentin? Was hatte sie noch gesagt? Der Wirt hätte sich für einige Zeit von der Feier entfernt. Hätte er in dieser Zeit Gelegenheit gehabt, seinen Vater aus verletztem Stolz umzubringen? War es zwischen den beiden zu einer tödlichen Auseinandersetzung gekommen, in deren Verlauf dieser Reinhold ihn getötet hatte? Alles war offen. Er müsste ihn unbedingt näher unter die Lupe nehmen. Aber das hatte ihm gerade Frau Waldau verboten wegen Befangenheit, weil der Ermordete sein Vater war.

Komplizierter wurde der Fall noch dadurch, dass sein Schwager Omar ebenfalls zum Zeitpunkt der Ermordung seines Vaters nicht anwesend war. Darüber hatte er sich noch gar keine Gedanken gemacht. Er hätte ebenfalls den Mord begehen können. Aber welches Motiv hätte er haben sollen? Dennoch war es seltsam, dass es Omar ausgerechnet am Tage seiner Hochzeit so schlecht ging, dass er das Fest verlassen musste.

Seine schöne, in allen Details von Brigitte und ihm geplante Hochzeitsfeier war ihm nach dem brutalen Mord an seinem Vater völlig egal gewesen. Brigitte und seine Schwester Fatma hatten sich um alles kümmern müssen. Seine völlig verstörte jordanische Verwandtschaft, von denen ein großer Teil aus Amman, der Hauptstadt Jordaniens, angereist war, brach in ein fürchterliches Wehklagen aus, dass es selbst ihm, dem diese Sitten vertraut waren, die Sprache verschlug. Er war diese laute, demonstrative Zurschaustellung der Gefühle nicht mehr gewohnt. Seine Mutter hingegen blieb wie erstarrt auf ihrem Stuhl sitzen und weigerte sich, einen letzten Blick auf ihren toten Ehemann zu werfen. Und er selbst war zum Nichtstun verurteilt, musste sich aus allem heraushalten. Was für eine schreckliche Situation!

»Wer könnte meinen Vater getötet haben?«, wandte er sich ratlos an Brigitte.

»Mein Schatz, ich habe keine Ahnung. Es tut mir so leid um deinen Vater. Zu ihm hatte ich ja noch ein relativ gutes Verhältnis, sofern man überhaupt von einem Verhältnis sprechen kann. Mit deiner Mutter war es eher schwierig. Ich empfand sie als sehr dominant und als nicht sehr freundlich, jedenfalls mir gegenüber.«

»Was auch immer meine Mutter gegen dich hatte, es hat sie nicht davon abgehalten, zusammen mit meinem Vater uns diese schöne große Wohnung zur Hochzeit zu schenken.«

»Ja, das war wirklich nobel von ihnen. So konntest du deine Möbel vom zweiten Stock direkt in die großzügige Vierzimmerwohnung im Dachgeschoss bringen lassen, ohne das Haus zu verlassen. Es war ein großes Glück, dass ausgerechnet die Wohnung im obersten Stock gerade verkauft wurde. Außerdem passten die meisten meiner Möbel auch noch in die Wohnung. Meinst du, dass deine Schwester Fatma sich dadurch irgendwie benachteiligt fühlte?«

»Das glaube ich nicht, wir verstehen uns doch gut. Unsere Eltern sind nicht unvermögend. Zu Fatmas Hochzeit haben sie sich auch am Kauf einer Eigentumswohnung für sie und Omar beteiligt. Mein Vater war immer sehr freigiebig.« Als Khalil das sagte und dabei im Geiste seinen toten Vater auf den nassen Fliesen des Schwimmbades liegen sah, fingen seine Mundwinkel an zu zittern und er wischte sich die Tränen aus den Augen.

»Komm, lass uns ins Bett gehen. Du musst morgen früh aufstehen. Deine Chefin erwartet dich im Präsidium. Ach, mein Lieber, so hatte ich mir meine Hochzeitsnacht nun wirklich nicht vorgestellt.« Brigitte nahm ihren Mann tröstend in die Arme.

Kapitel 9

Saleh und Müller trafen sich schon im Flur auf dem Weg zur Polizeipräsidentin. Der ermittelnde Kommissar fasste seinen Kollegen am Ärmel und sprach ihm sein tief empfundenes Beileid aus. Dazu sei er gestern leider nicht gekommen. Er fragte ihn, wie es ihm gehe. Khalil Saleh sah schlecht aus, meinte aber, dass es ihm einigermaßen gut gehe. Sie klopften und betraten das Büro ihrer Chefin.

»Schön, dass Sie am Samstagmorgen so pünktlich sind. Danke auch, Herr Saleh, dass Sie trotz des Mordes an Ihrem Vater hierhergekommen sind. Bitte setzen Sie sich doch. Ich will mich kurz fassen. Eine erste Durchsicht der Videoaufnahmen hat ergeben, dass sich zwei Personen während der Tat in der Schwimmhalle aufhielten. Eine Person, die Dr. Saleh ein Messer in den Rücken stieß, ihn ins Becken warf und dann fluchtartig den Raum verließ, und eine zweite Person, die nach der Tat aus einer der Kabinen trat und keine Anstalten machte, das um sein Leben ringende Opfer zu retten. Warum half er ihm nicht oder rief wenigstens jemanden zu Hilfe? Der Mörder hatte wohl selbst keine Ahnung, dass er von einer anderen Person beobachtet wurde. Wir haben inzwischen gehört, dass Dr. Saleh nicht schwimmen konnte. Der Mörder muss das gewusst haben, denn sonst hätte er das Bad nicht eher verlassen, bis sein Opfer ertrunken war. Er ist aber vorher gegangen. Auffällig war die hochgewachsene sportliche Figur des Mörders.«

Annalene Waldau ließ die Information bei ihren Mitarbeitern

sacken. Schließlich fuhr sie fort. »Es gibt bei der Angelegenheit eine weitere Merkwürdigkeit. In einer Umkleidekabine wurde eine weiße Fliege gefunden. Fällt Ihnen dazu etwas ein, meine Herren?« Die beiden Kommissare schüttelten den Kopf.

»Herr Saleh, trug einer Ihrer Gäste eine weiße Fliege?« Der Angesprochene sah etwas betreten aus, denn er konnte sich im Moment nicht daran erinnern, wie seine männlichen Verwandten gekleidet waren.

»Ich werde meine Verwandten fragen«, sagte er. »Wir sollten uns beeilen, um ins *Hilton* zu kommen. Die Rückflüge nach Jordanien sind für heute Nachmittag gebucht.«

»Stellen Sie fest, ob jemand figürliche Ähnlichkeit hat mit dem Täter aus der Kameraaufzeichnung. Es müsste eine recht große Person sein. Noch etwas, Herr Saleh. Sie begleiten den Kollegen Müller, um zu dolmetschen. Doch danach ist der Fall für Sie erledigt. Kollege Müller wird Sie auf dem Laufenden halten, aber Sie dürfen sich keinesfalls einmischen. Haben Sie das verstanden?«

Saleh nickte und wirkte noch hoffnungsloser.

Ein Streifenwagen brachte die beiden Ermittler in das Hotel. Khalil Salehs Verwandte saßen in tiefen Fauteuils in der Eingangshalle. Die Frauen trugen Mäntel, einige hatten ein Kopftuch auf, dazu dunkle Sonnenbrillen. Die Männer waren im Anzug zur Abreise erschienen. Man hörte nur ein gedämpftes Murmeln, das ab und zu von einem leisen Aufschrei unterbrochen wurde. Jeder der Anwesenden hatte eine Hand am Koffergriff. Bald würde der Kleinbus kommen, der sie zum Flughafen bringen sollte.

Saleh begrüßte seine Onkel und Tanten. Er sagte ihnen, dass er die Fragen von seinem Kollegen übersetzen würde. Als Erstes fragte Horst Müller, ob sich jemand noch an ein Detail des vergangenen Abends erinnern könne, was vielleicht für die Aufdeckung des Mordes wichtig sei. Ein stummes Kopfschütteln begleitete Khalils Übersetzung. Schließlich entnahm Horst Müller seiner Aktentasche einen Plastikbeutel, der die weiße Fliege enthielt. Ein vehementes »No« der anwesenden Männer war die Reaktion auf die Frage, wem das Objekt gehöre. Horst Müller fragte noch, wer einen schwarzen Mantel besitze.

Auch auf diese Frage erntete er missfällige Ablehnung. Schließlich mussten die anwesenden Herren aufstehen und einige Schritte laufen, damit sich der Kommissar ein Bild von Bewegungsmuster und Figur machen konnte. Letztendlich ließ er von allen Hochzeitsgästen den Pass mit Foto kopieren und bat alle Männer zur Abgabe einer DNA-Probe. Hierfür erntete Khalil bitterböse Blicke seiner Verwandtschaft. Dass Müller so weit gehen würde, hatte er nicht geglaubt.

Als sich Khalil wortreich von seinen Onkeln und Tanten verabschiedet hatte, wobei es ihm nicht gelungen war, ein freundliches Lächeln zu erhalten, fuhren die beiden Kommissare wieder zum Präsidium zurück. Während der Fahrt fragte Müller seinen Kollegen nach seiner Einschätzung des Falls. Kommissar Saleh betonte nachdrücklich, dass er nicht glaube, dass der Täter aus seiner Familie stamme. Vorstellbar wäre es doch, dass dem schwulen Wirt die Gäule durchgegangen waren. Möglicherweise sei aber auch ein Unbekannter der Täter, dem sein Vater zufällig in die Quere gekommen sei.

»Aber die weiße Fliege?«, fragte Horst Müller.

»Ja, die weiße Fliege, das stimmt, die passt nicht ins Bild.« Khalil Saleh seufzte verzweifelt.

»Vielleicht hat es auch ein Stelldichein der beiden Schwulen in der Kabine gegeben«, sagte Horst Müller.

Khalil konnte zu den Mutmaßungen seines Kollegen nichts sagen. Das Stelldichein hielt er allerdings für wenig wahrscheinlich und die Reinholds hatte er nicht zu Gesicht bekommen. Die Frage, ob die beiden Herren sich zum Knutschen in die Schwimmhalle zurückgezogen haben könnten, stellte er sich lieber nicht. Auf der Videoaufzeichnung waren die beiden jedenfalls nicht zu sehen. Außerdem hatte doch nur der Wirt den Saal verlassen, wie ihm mitgeteilt worden war.

Bevor sich ihre Wege trennten, nahm Müller seinem Kollegen

noch einmal das Versprechen ab, sich aus den Ermittlungen rauszuhalten. Man würde aber in regem Kontakt bleiben.

Saleh war gleich in Richtung U-Bahn-Station weitergegangen. Er wollte unbedingt wissen, wie es seiner Mutter ging.

In der elterlichen Wohnung traf er auf seine Mutter und seine Schwester Fatma. Die beiden Frauen saßen im Wohnzimmer und tranken Tee. Auf einem Tischchen stand ein Foto des Verstorbenen.

»Wie geht es dir, Mama?«, fragte Khalil seine Mutter. Er legte den Arm um ihre Schultern.

Ein anklagender Blick traf ihn. »Wenn du nicht geheiratet hättest, würde dein Vater noch leben.«

Khalil erschrak. Auf diese harte und ungerechte Anklage war er nicht vorbereitet. Geschockt fragte er seine Schwester Fatma, wo ihr Mann sei.

»Er ist zuhause, es geht ihm nicht gut«, antwortete Fatma.

Kapitel 10

Am Dienstagmorgen stand in der Frankfurter Ausgabe der Bild-Zeitung mit großen roten Lettern »Zwei Morde an einem Tag. Frankfurt die mörderische Großstadt«. In dem Artikel war das Foto des Gebäudes in Bornheim zu sehen, in dem Viviane wohnte.

Darauf hatte der Mörder gewartet. Während des Wochenendes hatte er mehrfach bei Viviane angerufen, nur, um wie erwartet, keine Antwort von ihr zu bekommen. Er hatte ihr sogar eine Nachricht auf Band gesprochen. Irgendwie musste er bei den polizeilichen Recherchen ja beweisen, dass er, als ihr Freund, mehrfach versucht hatte, mit ihr in Kontakt zu treten. Das würde die Polizei beim Auslesen ihrer Telefonkontakte erkennen. Schließlich rief er die Polizei an und äußerte seine Befürchtung, dass etwas mit Viviane passiert sein könnte. Man stellte ihn zu den ermittelnden Beamten durch. Diesen erzählte er von seinem Verdacht, dass es sich bei der Toten eventuell um seine Freundin Viviane Stober handeln könne. Er hätte sie seit Tagen nicht erreichen können und wundere sich, warum sie auf seine Anrufe nicht geantwortet habe.

Man beorderte ihn sofort ins Präsidium. Dort nahm ihn ein Hauptkommissar Saleh in Empfang, stellte zunächst seine Personalien fest und sagte zu ihm: »Herr Hartung, ich muss Ihnen leider mitteilen, dass die tote Person tatsächlich Frau Viviane Stober ist. Ihr Arbeitgeber hat bei uns angerufen, als sie am Montag nicht in die Praxis kam. Sie sollte an diesem Tag eine spezielle Schulung für krebskranke Frauen durchführen, und als sie nicht erschien und auch telefonisch nicht erreichbar war, alarmierte man die Polizei, die sie dann tot in ihrer Wohnung fand.«

Der Mörder sank in seinem Stuhl zusammen. »Ich hatte so sehr gehofft, dass Sie mir sagen würden, dass es eine andere Person ist. Weiß man schon etwas über die Todesursache?«

»Darüber kann ich Ihnen jetzt nichts sagen. Seit wann sind Sie mit Frau Stober befreundet?«

»Seit ungefähr zwei Jahren.«

»Waren Sie mit ihr intim befreundet und seit wann?«

»Ja, wir waren seit ungefähr zwei Jahren zusammen.«

»Hatten Sie einen Schlüssel zu ihrer Wohnung?

»Nein, weder hatte sie einen Schlüssel zu meiner Wohnung, noch hatte ich einen Schlüssel zu ihrer Wohnung.«

»Wann haben Sie Frau Stober zum letzten Mal gesehen?«

»Am letzten Donnerstag. Sie wollte sich am Samstag mit einer Freundin treffen und am Sonntag wollte sie mit mir einen Ausflug in den Taunus machen. Aber ich konnte sie nicht erreichen. Sie ging nicht an ihr Telefon. Ich habe bei ihr an der Tür geklingelt, aber sie war nicht da. Sagen Sie mir doch bitte, was passiert ist.«

Der Mörder zeigte sich äußerst verzweifelt.

»Jetzt kann ich Ihnen nichts Weiteres erzählen, nur, dass Ihre Freundin tot ist. Wo waren Sie eigentlich am Freitag? Wir hörten von der Rechtsmedizin, dass der Tod am Freitagabend eingetreten sein muss.«

»Am Freitagabend war ich in Bad Homburg, in der Taunus-Therme. Ich war in der Sauna und im Schwimmbad und bin erst um elf Uhr abends nach Hause gekommen. An was ist Frau Stober denn gestorben?«

»Das steht noch nicht fest. Wir wissen nicht, ob ihr Tod eine natürliche Ursache hatte, oder ob ein Gewaltverbrechen vorliegt. Anscheinend weiß die *Bild-Zeitung* mal wieder mehr als die Polizei. Aber bei unklaren Todesfällen wird von der Justiz immer eine Obduktion angeordnet. Noch liegt das Ergebnis der Sektion nicht vor. Litt Ihre Freundin an irgendeiner Krankheit? Vielleicht an einer Herzkrankheit?«

Nein, nicht dass er wüsste, sagte er dem Kommissar, sie sei nur bei Wanderungen immer ein wenig kurzatmig gewesen. Aber er hätte das nie als ein Gesundheitsproblem angesehen.

»Können Sie nachweisen, dass Sie am Freitagabend in der Taunustherme waren?«

»Wie sollte ich das machen? Ich räume meine Badesachen immer gleich weg.«

»Na, vielleicht erinnert sich jemand in der Therme an Sie, oder Sie haben noch die Eintrittskarte irgendwo.«

»Da müsste ich nachschauen, vielleicht liegt die Eintrittskarte noch in meinem Papierkorb.«

»Na, dann schauen Sie mal zuhause nach«, der Kommissar schenkte ihm ein karges Lächeln.

»Und wenn ich sie nicht finde, was passiert dann?«

»Das wissen wir jetzt noch nicht. Gab es in letzter Zeit Probleme im Umgang mit Ihrer Freundin?«

Der Mörder verneinte das. Er erzählte aber nicht, dass Viviane auch ein Verhältnis mit einem anderen Mann hatte. Sollte die Polizei doch selbst über ihre Telefonate oder sonstige Verbindungen herausfinden, dass Viviane noch einen zweiten Liebhaber hatte. Er würde eisern bei seiner Darstellung bleiben, dass er nichts davon gewusst hatte und dass seine Geliebte anscheinend sehr geschickt gewesen war, ihr Verhältnis zu Dr. Saleh vor ihm geheim zu halten. Er war selbst zu Tode erschrocken, als der Kommissar sich mit Khalil Saleh vorstellte. Sofort hatte er die Ähnlichkeit mit dessen Vater in seinen Gesichtszügen gesehen. Viviane hatte ihm selbst einmal ganz unbefangen ein Foto des Arztes gezeigt und ihm gesagt, dass dieser Dr. Yasin Saleh heiße und seine Praxis im Zentrum von Frankfurt, Am Roßmarkt, habe. Als er dessen Gesicht sah, hatte er sich noch gewundert, dass Viviane ihm diesen reifen Mann vorzog. Was sah sie in ihm? Anscheinend konnte Geld auch einen nicht so ansehnlichen Menschen sehr attraktiv machen, dachte er bitter. Jetzt musste er seine Aussagen noch besser abwägen.

Die Befragung hielt länger an, als er dachte, aber er hatte sich so gut vorbereitet, dass sich keine Ungereimtheiten in seinen Aussagen ergaben. Dennoch hatte er das Gefühl, als ob der Kommissar ihm beim Gehen skeptisch nachschaute. Hatte er irgendetwas in seinen Antworten als undurchsichtig angesehen? Es war ihm klar, dass er als ihr Freund schwer unter Verdacht stand, aber solange die Polizei einen gewaltsamen Tod bei Viviane nicht beweisen konnte, gab es auch keinen Mörder.

Danach ging er zu seinem Arbeitsplatz in das Kaufhaus zurück. Vom Tod seiner Geliebten erzählte er nichts. Er wollte nicht vorzeitig seinen Chef von den Ermittlungen über den Tod von Viviane informieren. Einige schmutzige Details würden sowieso mit der Zeit herauskommen. Dann könnte er immer noch etwas dazu sagen.

Am Abend in seiner Wohnung nahm er die zweite Tablette des Tranquilizers, den er sich vor anderthalb Jahren von seiner Ärztin hatte verschreiben lassen. Das war, als er nachts nicht mehr schlafen konnte, nachdem ihm Viviane eröffnet hatte, dass sie außer ihm noch einen anderen Mann ihre Gunst gewährte.

Damals hatte er ihr eine schreckliche Szene gemacht und geschworen, dass er sie nie wiedersehen wolle. Der Schwur hatte allerdings nur die Halbwertzeit von einer Woche, dann wurde er rückfällig, kam auf den Knien gerutscht und ging auf ihre Forderung ein, dass sie sehr wohl zwei Männer als Liebhaber haben könne. Ihrem damaligen Chef, Dr. Saleh, war sie allerdings nicht so auskunftsfreudig gegenüber. Der ahnte nicht, dass sie mit einem weiteren Verehrer das Bett teilte. Mit ihm traf sie sich immer in der Wohnung eines befreundeten Arztes, den eine zweijährige Gastprofessur an die amerikanische Stanford Universität in Kalifornien geführt hatte.

Er wusste nicht, wie sich andere Mörder fühlten. Er jedenfalls fühlte sich gar nicht gut. Wenn er an Viviane dachte, und er dachte immer an sie, dann sah er sie stets so, wie er sie am Freitagabend verlassen hatte. Zum Sterben schön in ihrem Bette liegend und das rechte offene Auge vorwurfsvoll auf ihn gerichtet. Vielleicht müsste er später noch eine dritte Tablette nehmen. Sein Herz klopfte unregelmäßig schnell.

Er hatte sich die Eintrittskarte für die Taunus-Therme, die er natürlich sorgfältig aufgehoben hatte, auf den Tisch gelegt und würde morgen diesen Kommissar Saleh anrufen, damit sein Alibi auch vorzeigbar war.

Als er im Bett lag, hatte sich die Angst, auch aufgrund der dritten Tablette, etwas gelegt. Sie konnte allerdings nicht verhindern, dass er wieder an Viviane dachte. Dieses Mal dachte er an ihren weichen anschmiegsamen Körper, ihre wissenden Hände und ihr leises Stöhnen, wenn er sie berührte, wo ihre Lust schlummerte. Er liebte es, sie zum Höhepunkt zu führen. Ihre Bemühungen, ihn zu befriedigen hingegen, waren weniger ausgeprägt, aber bei ihm bedurfte es nicht so viel, sie selbst war sein Lustquell in jeglicher Form.

Während er intensiv an sie dachte, bemächtigte sich ein ziehender Schmerz seines Herzens und seines Unterkiefers, dessen krampfhaften Zwang, einem Schluchzen nachzugeben, er sich weigerte. Was hatte er nur getan? Verzweifelt sehnte er sich nach dem, was er vernichtet hatte. Nein, keine Reue, beschwor er sich und starrte mit weit geöffneten Augen in die Dunkelheit. Er hatte ihr nur das angetan, was sie verdiente. Sie war seiner nicht wert gewesen.

In dieser schlaflosen Nacht erinnerte er sich daran, wie er Viviane kennengelernt hatte. Damals, bei der glanzvollen Hochzeitsfeier seines Freundes Philipp im Polo Club in Frankfurt, wo er seine Pferde für die Turniere untergestellt hatte. Im Gegensatz zu ihm war sein Schulfreund auf der Erfolgsleiter ganz nach oben geklettert. Philipp hatte sich mit einem Reinigungsunternehmen selbständig gemacht. Sein Verhandlungsgeschick und ein überzeugender Auftritt bei seiner Kundschaft hatten ihn sehr wohlhabend gemacht. Dass er den Erfolg auf den Rücken seiner von ihm schlecht bezahlten Mitarbeiter errungen hatte, interessierte in seinen Kreisen keinen. Aber er hielt eine treue Freundschaft zu seinem ehemaligen Klassenkameraden. Sie waren schon in der Schule immer zusammen gewesen und hatten sich nie ganz aus den Augen verloren. Er wusste selbst nicht so recht, warum Philipp immer wieder seine Nähe suchte. Vielleicht weil er seinen Freund nie um seinen Reichtum beneidet hatte. Roman war ein Mann ohne Ehrgeiz. Er war weder dumm noch unbegabt, er sah nur keinen Sinn darin, für eine Arbeit mehr zu investieren, als diese wert war. Besondere kostspielige Hobbys pflegte er auch nicht. Er wäre gut mit seinem nicht gerade fürstlichen Gehalt ausgekommen, wenn da nicht die Ansprüche von Viviane gewesen wären.

Er war damals mit einer Kollegin aus dem Warenhaus auf der Feier. Sie war nur eine gute Bekannte, eine Liebesbeziehung hatten sie nicht, obwohl er ahnte, dass sie nichts dagegen gehabt hätte. Schließlich war er mit seiner jungenhaften, schlanken Figur und seinem dichten dunkelbraunen Haar ein attraktiver Mann, dem viele Frauen schon mal einen längeren Blick schenkten.

Die Frühlingssonne hatte viel Kraft und wärmte den Platz vor dem Rasen, an dem am späten Nachmittag ein Aperitif mit kleinen Häppchen an den verschwenderisch geschmückten Tischen unter weißen Zelten im Freien serviert wurde. Aus den nahegelegenen Pferdeboxen hörte man das Scharren von Hufen und leises Wiehern. Der typische Geruch des Reitstalls drang in seine Nase. Leider gestattete es seine Vermögenslage nicht, selbst ein Pferd zu halten, denn er mochte Pferde und fühlte sich zu ihnen hingezogen. Ganz im Gegensatz zu seiner weiblichen Begleitung, die Angst vor Pferden hatte und die seinen Vorschlag, die Polopferde im Stall zu besuchen, kategorisch ablehnte. Langsam ging er alleine auf die Stallungen zu.

Als er das Gebäude betrat, bemerkte er ein Pärchen, das sich gerade stritt. Er konnte nicht verhindern, dass er ihren Streit mithörte. Dann erkannte er, dass es die attraktive Frau war, die ihm schon zu Beginn der Feier aufgefallen war. Nicht nur wegen der langen, blonden Haare und der irritierend blauen Augen von der Farbe der bescheidenen Wegwarte, sondern auch wegen ihrer sinnlichen Art, sich zu bewegen, die ein diffuses Verlangen in ihm weckte.

Jetzt allerdings verzog sie schmerzlich ihr Gesicht, denn ihr Begleiter hatte ihr gerade gesagt, dass er nicht, so wie sein Freund Philipp, heiraten wolle. Er wolle sich noch nicht binden, das müsse sie doch verstehen. Er hätte sich seine Hörner noch nicht genügend abgestoßen. »Es läuft doch gut mit uns beiden. Nein, heiraten will ich noch nicht.« Mit diesen Worten ließ er sie im Stall stehen und verschwand.

Gedemütigt blieb sie stehen, ihr schönes Gesicht verzog sich. Sie brach in Tränen aus. Dann sah sie ihn. Beschämt wandte sie sich ab. Er nahm seinen ganzen Mut zusammen und ging auf sie zu. »Machen Sie sich nichts daraus, Männer sind manchmal Idioten. Hier, nehmen Sie mein Taschentuch.«

Er reichte ihr das Tuch. Sie schluchzte laut auf und schaute ihn hilflos aus tränenverhangenen Augen an. Es war dieser Blick, der sein Herz traf. Als sie einen Schritt zurücktrat, um sich die Tränen abzuwischen, stolperte sie über eine Heugabel, die an einer der Boxen lehnte. Beim Fallen riss sie ihn mit sich. Sie landeten zusammen auf einem großen Heuhaufen. Der scharfe Geruch nach altem Leder, Pferdeschweiß und würzigem Heu entfachte ihre Lust. Wie selbstverständlich legte er den Arm um sie und murmelte besänftigende Worte wie zu einem Baby und liebkoste ihr Gesicht. Sie wehrte sich nicht, lag wie verzaubert in seinen Armen. Sie waren sich ganz nah und fühlten ihre Herzen schlagen. Da war von Anfang an eine Vertrautheit, ein stummes Verlangen, den anderen zu berühren, ihn zu umarmen. Er hatte das Gefühl, dass das Schicksal ihn geradewegs in die Arme dieser Frau geführt hatte. Sie schauten sich an und fühlten eine köstliche Glut in sich aufsteigen. Ihre Lippen fanden sich. Sie klammerten sich aneinander, als wollten sie sich nie mehr loslassen. Eine Raserei erfasste sie, sie wollten den anderen spüren, sie wollten miteinander verschmelzen. Es war die reine Ekstase, ein rauschhafter Zustand, der keine Bedenken gelten ließ.

Als sie schwer atmend voneinander ließen und sich schamhaft wieder anzogen, wollte er ihr in die Augen schauen und eine Betätigung für seine Gefühle sehen.

Sie aber wollte sich keinen Kontakt zu ihm gestatten. »Bitte, diesen Moment müssen wir aus unserem Gedächtnis streichen. Es ist nichts geschehen. Ich weiß nicht, was über mich gekommen ist. Das ist nicht meine Art. Ich gehe jetzt zu meinem Freund zurück. Bitte sprechen Sie mich nicht an. Wir dürfen uns nie mehr sehen.«

Er musste sich zunächst von der Urgewalt der Gefühle, die ihn überfallen hatte, erholen und ging erst nach einiger Zeit zur Feier zurück. Sein Herz war in Aufruhr. Das war die Frau, nach der er immer gesucht hatte. Er musste sie wiedersehen. Immer wieder versuchte er, ihren Blick auf sich zu lenken, aber sie ging jedem seiner Versuche, Kontakt mit ihm aufzunehmen, konsequent aus dem Weg. Die folgende Nacht verbrachte er schlaflos, selbst in den wenigen Augenblicken, in denen er vor sich hindämmerte, beherrschte sie seine liebeswirren Träume.

Noch bevor er sich am nächsten Tag über seinen Schulfreund die Adresse von Viviane geben lassen konnte, rief sie ihn zu seiner größten Verwunderung selbst an.

Sie war sehr zurückhaltend und sagte, dass sie ihm das Taschentuch zurückgeben wolle, und ob sie sich nur ganz kurz sehen könnten. Er jubilierte. Als sich ihre Blicke in dem Café in der Innenstadt trafen, brach die Erinnerung an die wilde Leidenschaft, die sie beide im Stall des Polo-Clubs überfallen hatte, wie eine Lawine über sie herein.

Es kam, wie es kommen musste, sie wurden ein Paar. Was er nicht ahnte, dass sie ihren gut betuchten Freund weiterhin traf. Das erfuhr er erst, als es aus mit den beiden war, denn als ihr Freund durch einen dummen Zufall von ihrer Affäre mit ihm hörte, beendete er umgehend das Verhältnis mit Viviane. Er war aber großzügig und sie durfte den gebrauchten Kleinwagen und diverse andere Geschenke, die er ihr im Laufe der Zeit gemacht hatte, behalten.

Luxuriöse Reisen und unbekümmerte abendliche Besuche guter Restaurants und lauschiger Bars aber waren mit dem schmalen Gehalt ihres neuen Freundes nicht mehr drin. Sein Talent als äußerst begabter Liebhaber entschädigte sie eine Zeitlang für die ihr jetzt entgehenden Freuden an materiellem Glück, aber mit der Zeit fehlten ihr die kleinen Geschenke doch sehr. Als ihr daher ihr Arbeitgeber, Dr. Yasin Saleh, eines Tages eine kleine goldene Uhr für einen besonderen Einsatz bei der Arbeit schenkte, sah sie diesen spendablen älteren Herrn mit anderen Augen an. Er hatte zwar die sechzig Jahre schon überschritten, war aber dennoch ein sehr gepflegter Mann, der mit seiner schlanken Gestalt, dem nur leicht ergrauten Haar und seiner dynamischen Art sehr viel jünger aussah. Trotz der Anwesenheit seiner Ehefrau schaffte er es, in unbeobachteten Momenten Viviane den Hof zu machen, dass sie bald seinem Werben nachgab und ihm schließlich wie eine reife Frucht in den Schoß fiel.

Lange Zeit erzählte sie ihm nichts von diesem Verhältnis, bis ihm klar wurde, dass sie gar nicht so viele Freundinnen haben konnte, mit denen sie sich zu treffen pflegte, wie sie vorgab.

Er stellte sie zur Rede. Erst stritt sie alles ab und dann gab sie alles zu. Nach längeren, beharrlichen Bemühungen gelang es ihr, ihn zu überzeugen, dass es besser wäre, wenn er sie gewähren ließe. Erschöpft von den unzähligen fruchtlosen Diskussionen und ihrer Drohung, ihn zu verlassen, gab er sich schließlich geschlagen und gewöhnte sich zähneknirschend daran, dass sie das Verhältnis mit ihrem ehemaligen Chef fortsetzte und sie sozusagen eine »ménage à trois« führten. Er konnte auf alles verzichten, aber nicht auf Viviane und ihren sinnlichen Körper.

Und jetzt gab es keine Viviane mehr. Er selbst hatte sie mit den eigenen Händen umgebracht. Sein Leben war ihm nichts mehr wert.

Dann schweiften seine Gedanken ab und holten die Bilder aus

dem Schwimmbad des *Hilton* in sein Gedächtnis zurück. Irgendjemand hatte ihm die Genugtuung verwehrt, den Schuldigen an seinem Unglück selbst zu töten, war ihm zuvorgekommen, seine Rache zu befriedigen. Wer außer ihm konnte so viel Hass auf diesen Arzt gehabt haben?

Kapitel 11

Nachdem der Freund der toten Frau gegangen war, atmete Kommissar Saleh tief durch. Seitdem er wusste, dass diese Viviane die Geliebte seines Vaters gewesen war, herrschte in seinem Kopf ein wildes Durcheinander. Auf jeden Fall hätte er seinen direkten Vorgesetzten und natürlich auch die Polizeipräsidentin sofort über seinen Kenntnisstand informieren müssen. Aber irgendetwas hielt ihn davon ab, sein Wissen weiterzugeben. Die Vorschriften besagten, dass er auch in diesem Fall wegen der verwandtschaftlichen Nähe nicht hätte weiter ermitteln dürfen. Aber genau das wollte er doch. Er wollte wissen, was hinter dem Mord an seinem Vater steckte und wie der Tod seiner Geliebten damit in Verbindung stand.

So hatte er das kleine Foto seines Vaters mit dessen eigenhändiger Widmung »Meiner geliebten Viviane, Dein Yasin«, das er bei ihrer Wohnungsdurchsuchung in ihrem Portemonnaie gefunden hatte, unbemerkt an sich genommen und niemandem davon erzählt. Er wusste selbst nicht, welch plötzlicher Impuls ihn dazu getrieben hatte. Aber es hatte ihn wie ein Schlag getroffen, dass sein Vater und seine Geliebte so kurz hintereinander zu Tode gekommen waren. Jetzt war er sich fast sicher, dass auch sie getötet wurde und nicht einer läppischen Herzattacke zum Opfer gefallen war.

Der Mörder von Viviane musste überaus planvoll vorgegangen sein und alle Spuren verwischt haben, denn die ersten Untersuchungen der Rechtsmedizin hatten ergeben, dass keine gewaltsame Tötung vorlag. Es lagen keine Knochenbrüche und keine Verletzungen im Halsbereich oder am sonstigen Körper vor, auch eine toxikologische Untersuchung lieferte keine Anzeichen für einen unnatürlichen Tod.

Vielleicht ergab die Obduktion ein noch genaueres Bild. Und welche Rolle spielte der Mann, der vorgab, der Freund der Toten gewesen zu sein? War sein Vater etwa ein betrogener Betrüger? Das jedenfalls war der einzig logische Schluss in diesem Dreiecksverhältnis. Wusste sein Vater, dass Viviane einen Freund hatte, und falls ja, hatte es ihn nicht gestört? Khalils Blick auf seine Familie kam ins Wanken.

Und seine Mutter? Welchen Part hatte seine Mutter in dieser Tragödie übernommen? Sie hatte auf seinen Tod zunächst mit einem Aufschrei reagiert, aber sich danach relativ unbeteiligt gezeigt. Was würde aus der Praxis seines Vaters werden? Sie selbst konnte sie ja nicht alleine weiterführen. Wer hätte ein Motiv, beide Personen zu töten? Seine Mutter wusste wahrscheinlich inzwischen durch die Presse, dass ihre Nebenbuhlerin gestorben war. Eine gewisse Scheu hielt ihn davon ab, sich mit ihr über die geänderte Situation zu unterhalten. Er wollte so lange wie möglich an dem Fall dranbleiben. Das konnte er aber nur, wenn er sein Wissen nicht preisgab. Wenn sein berufliches Fehlverhalten je publik würde, hätte er sicher schwerste Konsequenzen zu fürchten.

Er erinnerte sich an die anklagenden Worte seiner Mutter, die behauptet hatte, wenn er nicht geheiratet hätte, wäre sein Vater noch am Leben. Das hatte er ihr übel genommen. Brigitte hatte er nichts davon gesagt. Das hätte sie in ihrer Antipathie für die Schwiegermutter noch mehr bestärkt.

Er müsste sich unbedingt mit seinem Kollegen Müller treffen und herausfinden, wie weit der mit seinen Ermittlungen gekommen war. Es gefiel ihm ganz und gar nicht, dass der Mord an seinem Vater bei seinen Kollegen im Polizeipräsidium durchgehechelt wurde. Warum nur hatte sich sein Vater mit dieser Frau

Stober eingelassen? Bisher gab es nur Fragen, aber nicht einen einzigen brauchbaren Hinweis auf einen Tatverdächtigen.

Aber eines glaubte er zu wissen, der Täter hatte sowohl seinen Vater als auch seine Geliebte getötet. Seiner Meinung nach konnte das entweder nur der deutsche Freund von Viviane gewesen sein oder einer aus seiner eigenen Familie, der das Verhältnis missbilligte. Da kamen nur seine Schwester und deren marokkanischer Ehemann und seine Mutter in Betracht. Ja, und er selbst, sagte ihm sein polizeilicher Verstand, für die Ermittlungsbehörden käme auch er als Täter infrage, weil er die Ehre seiner Mutter rächen wollte. Und warum hatte sich sein Schwager von seiner Hochzeitsfeier so frühzeitig verabschiedet, und zwar so unauffällig, dass nicht einmal er es bemerkt hatte? Zeitlich könnte der Beginn seiner Abwesenheit durchaus zur Tatzeit gelegen haben.

Er zweifelte daran, dass der Zusammenstoß seines Vaters mit den beiden schwulen Typen aus der Kneipe in Sachsenhausen der Grund für die Bluttat an seinem Vater war. Aber wer weiß, warum saß ausgerechnet zu der Zeit, als der Mord geschah, dieser Reinhold nicht an der Hochzeitstafel, sondern auf der Terrasse des *Hilton*? Waren das etwa sorgfältig geplante Vernebelungstaktiken? Hatte sich sein Vater so herabsetzend verhalten, dass der Gastwirt ihn im Affekt ermordet hatte? Auf jeden Fall würde er seinen Kollegen Müller drängen, diesen Reinhold näher unter die Lupe zu nehmen.

Nach langem Nachdenken und Abwägen aller ihm bekannten Fakten tendierte Kommissar Saleh zu der Auffassung, dass der deutsche Freund von Viviane der Doppelmörder sein musste. Dessen anfangs gespielte Verzweiflung und die dann doch sehr kalkulierten Antworten zeugten von der Vorsicht eines auf eine Vernehmung vorbereiteten Täters, der genau wusste, wie er sich zu verhalten habe.

Nur, wie sollte er das beweisen, wenn er nicht einmal wissen durfte, dass Viviane die Geliebte seines Vaters war?

Kapitel 12

Übellaunig saßen Uli und Siggi in ihrem Wohnzimmer und unterhielten sich über den schlecht gelaufenen Abend im *Kleinen Wirtshaus*. Seit ihre altvertraute ukrainische Köchin Alina wegen ihrer Liebe zu einem Bestatter ihren Job bei Uli aufgekündigt hatte, hatten sie bereits zwei neue Köche verschlissen und standen jetzt schon wieder ohne Koch da.

Die Kochkünste der ersten Köchin waren zwar nicht schlecht, aber »dieses unzuverlässige Weib«, wie Uli sie nur titulierte, hatte keinen Sinn für Pünktlichkeit. Sie kam meistens zu spät, entschuldigte sich dann wortreich, aber die ersten Gäste, die noch vor der Ankunft der Köchin bereits ihre Bestellung abgegeben hatten, gingen wegen der langen Wartezeit auf die Barrikaden und Uli musste sie mit irgendwelchen Gratisgetränken bei Laune halten. Häufig genug musste er selbst in die Küche eilen, ehe Helga mit einer Stunde Verspätung, meistens schon etwas angeheitert und mit einer brennenden Zigarette in der Hand, im Lokal auflief. Sie versprach Besserung, aber es dauerte nur drei Tage, dann musste Uli wieder das Essen selbst zubereiten. Nur gut, dass viele Gerichte nur warm gemacht werden mussten, aber seine viel gepriesenen Steaks mussten natürlich »à la minute« zubereitet werden. Uli ärgerte sich, er ärgerte sich so sehr, dass er eine schwere Magenverstimmung vom vielen Ärger bekam. Das Schlimme war, dass die Köche derzeit nicht auf den Bäumen wuchsen, im Gegenteil, es gab eine absolute Knappheit an guten Köchen. Deswegen hatte er mit »diesem Weib« auch viel mehr Geduld, als es seinem Befinden guttat.

»Warum in des Teufels Namen musste diese blöde Gans, diese Alina, zu diesem blöden Totengräber mit dem blöden Namen Alban Erdreich gehen? Bei uns hatte sie es doch so gut. Was findet sie nur an diesem hageren Hungerleider?« Uli machte seinem Herzen Luft.

»Na, du warst ja auch nicht immer besonders nett zu ihr. Vielleicht war sie etwas enttäuscht. Wann hast du ihr die letzte Gehaltserhöhung gegeben?« Siggi schaute Uli fragend an.

Uli stutzte und überlegte. Ja, vielleicht war er tatsächlich nicht sehr nett zu ihr gewesen. Sie war Teil seines Inventars gewesen und musste funktionieren. Und das hatte sie auch. Er konnte sich absolut auf sie verlassen und nicht, wie bei dieser unzuverlässigen Helga hoffen und beten, dass sie überhaupt den Weg in seine Küche fand. Solange Alina den Kochlöffel schwang, hatte es keinerlei Beanstandungen gegeben. Er fand das damals selbstverständlich. Und wie hatte er es ihr vergolten? Mit häufig schlechter Laune und vor allen Dingen hatte er immer etwas an ihren Männerbekanntschaften zu nörgeln gehabt. Als ob ihn das etwas anginge. Er ging in sich. Sollte sie mal wieder bei ihm arbeiten, würde er sie bestimmt besser behandeln. Aber jetzt war sie mit diesem komischen Kauz Alban Erdreich zusammen und wie es aussah, würden die beiden auch länger zusammenbleiben. Er seufzte tief. Wenn er freundlicher zu ihr gewesen wäre, stünde sie vielleicht noch immer in seiner Küche und er könnte sich entspannt zurücklehnen.

Nachdem Helga eines Tages gar nicht mehr aufkreuzte und Uli zähneknirschend eine ganze Woche selbst in der Küche stehen musste und Siggi den Tresen und die Bedienung übernommen hatte, suchte Uli einen neuen Koch und war auch fündig geworden.

Dieser hatte sich hochtrabend als »sensationell guter Koch« bei ihnen vorgestellt, und zwar mit dem anspruchsvollen Slogan: Meine Küche schmeckt jedem. Das stimmte, seine Gerichte schmeckten jedem gleich schlecht. Nicht einmal die einfachsten Essen gaben auch nur eine Ahnung von dem preis, was in ihnen steckte. Er konnte einfach nicht würzen, konnte nicht abschmecken. Alles schmeckte gleich langweilig. Uli wies ihn mehrfach darauf hin, aber das Essen wurde immer schlimmer.

Schließlich rückte der Koch mit der Wahrheit heraus. Seit einer kürzlich erfolgten Antibiotika-Behandlung nach einer schweren Grippe, die in einer Lungenentzündung entartet war, hatte er seinen Geruchs- und Geschmackssinn verloren und die Ärzte konnten ihm nicht garantieren, dass er jemals wieder richtig riechen und schmecken könne. Im Gegenteil, je länger er in der Küche stand und kochte, umso mehr roch und schmeckte ihm sein eigenes Essen, als hätte es einen Umweg über die Kloake genommen. Er konnte im wahrsten Sinne des Wortes sein eigenes Essen nicht mehr riechen, weil es ihn ständig selbst an den Rand des Erbrechens brachte. Schließlich musste er den Job bei Uli kündigen. Er wolle sich an die Industrie- und Handelskammer wenden, ob man ihm aufgrund seiner krankheitsbedingten Berufsunfähigkeit eine Umschulung zum Gärtner anbieten könne.

Als Uli daraufhin auch den zweiten Koch verabschieden musste, stand er wieder selbst jeden Abend in der Küche und am Rande eines Nervenzusammenbruchs und Siggi musste seine schlechte Laune ertragen, was bei ihm wiederum für einen erhöhten Verbrauch an Alkohol sorgte. Dabei wäre er so gern mit Uli mal eine Woche in die Flitterwochen gefahren. Aber davon konnte in diesen kochlosen Zeiten keine Rede sein.

»Ach, wäre es doch wieder wie in den guten alten Zeiten, als Alina und ich das Lokal geschmissen haben. Wir hatten doch Spaß miteinander und kaum Probleme.« Uli schaute voller Wehmut in die Ferne, als sähe er dort die unbeschwerten Zeiten von früher in einem heiteren Film vor seinem Auge vorbeiziehen, in dem die kleine Alina mit ihrem hellblonden Haar in ihrer rosa-weiß karierten Schürze am Herd stand und strahlend den Kochlöffel schwenkte.

»Ja, das wäre wirklich schön. Obwohl, jetzt haben wir doch schon wieder diese ungute Geschichte mit dem ermordeten Vater von Kommissar Saleh an der Backe. Wer weiß, was da noch auf uns zukommt.« Uli dachte an seine eigene zwiespältige Rolle bei der Aufklärung dieser Tat. Ob er sich richtig verhalten hatte, als er der Polizei verschwieg, dass er die beiden Männer gesehen hatte, von denen einer sicher der Mörder war?

Kapitel 13

Nach der tödlichen Hochzeitsfeier hatten Alina und Anna zusammen ein Taxi nach Sachsenhausen genommen. Anna, die ehemalige Apfelweinwirtin, kehrte in ihre Wohnung zurück, während Alina vor der Tür der »Sachsenhäuser Pietät« einen Augenblick zögerte, die Tür zu öffnen. Sie fühlte sich verloren wie nie zuvor. Ihr grauste, wieder zu ihrem Freund Alban, dem Besitzer der Pietät, zurückzumüssen.

Sie war schwanger. Das war ihr Problem. Vladimir, ihr ukrainischer Ehemann, war an dem Tag, als sie ihn im Sommer letzten Jahres aus dem Gefängnis abgeholt hatte, so zärtlich zu ihr gewesen wie nie zuvor in ihrem von Harmonie nicht gerade gesegneten Eheleben. Damals musste es passiert sein. Alina hatte lange Zeit nicht bemerkt, dass sie schwanger war. Schon oft war ihre Regel monatelang ausgeblieben. Ein Frauenarzt hatte ihr einmal erklärt, dass das bei untergewichtigen kindhaften Frauen oft der Fall war. Als sie schließlich merkte, dass sie in anderen Umständen war, ging sie zu einer Frauenärztin, die ihr sagte, dass ihre Schwangerschaft schon weit fortgeschritten sei und sie sich ins Schifferkrankenhaus in Sachsenhausen zur Entbindung anmelden solle. Ihrem Freund Alban hatte sie lange nichts gesagt. Sein liebloses Verhalten in den letzten Wochen hatte sie davon abgehalten, ihn über ihren Zustand zu informieren. Jetzt aber, wo das Kind jeden Tag auf die Welt kommen könnte, musste sie es ihm endlich sagen.

»Alban, ich muss dir etwas Wichtiges sagen. Ich bin schwanger.«

Alban riss verblüfft die Augen auf. Im nächsten Moment zuckte seine Hand nach vorne. Gerade noch konnte er die Bewegung abfangen.

»Wolltest du mich gerade schlagen?«, schrie Alina entsetzt.

»Nein«, sagte Alban wieder ruhig geworden. »Es war ein Reflex. Ausdruck spontaner Wut, denn du hast mich belogen. Du hattest gesagt, dass du keine Kinder bekommen kannst und wir nicht verhüten müssten. Ich habe mich schon gewundert, warum du in den letzten Wochen so einen dicken Bauch bekommen hast. Ich will keine Kinder. Du musst es wegmachen.«

Alina schüttelte den Kopf. »Das geht nicht, Alban. Meine Ärztin sagte mir, dass die Entbindung kurz bevorsteht.«

Alban legte seine Stirn in Falten und dachte nach. »Dann kann das Kind nicht von mir sein. Von wem ist es? Wolltest du mir das Kind unterschieben?«

Alina weinte laut. »Ich bin doch noch verheiratet. Bevor mein Mann zurück in die Ukraine ging, hat er einmal bei mir übernachtet. Da muss es passiert sein.«

»Dann gehst du am besten zu ihm zurück. Warum hast du mir das nicht früher gesagt? Wolltest du mir das Kuckucksei unterschieben?«, fragte Alban empört. »Ich möchte nicht, dass das Kind nach der Geburt bei mir aufwächst. Hier kannst du nicht bleiben. Du kannst in deine alte Wohnung zurückkehren. Sie ist ja noch nicht weitervermietet worden.«

Alina putzte sich die Nase und verließ verzweifelt den Raum. Dass Alban so gnadenlos mit ihr umgehen würde, hätte sie nie gedacht. Was sollte sie nur machen?

Kapitel 14

Eigentlich wollte Alina ihren alten Chef Uli vom *Kleinen Wirtshaus* schon bei der Hochzeitsfeier auf ihre Schwangerschaft ansprechen und fragen, ob er ihr helfen könne, denn sie kannte sonst niemand, an den sie sich hätte wenden können. Dann war diese Hochzeit im Chaos versunken. Es war ihr aber gelungen, Uli noch zurufen, dass sie ihn demnächst einmal besuchen würde.

Das Zusammenleben mit Alban wurde immer schwieriger. Jetzt sah man ihr an, dass sie hochschwanger war. Alban sprach kaum mehr mit ihr und zeigte deutlich seinen Widerwillen gegen ihren Zustand. Alina musste sofort handeln, das Kind würde bald geboren werden und Alban würde sie verstoßen. Was sollte sie nur tun? Sie beschloss Uli um Rat zu fragen.

Auf dem Weg ins *Kleine Wirtshaus* überlegte sie, dass es ihr auch lieber wäre, das Kind in einer anderen Umgebung als einem Bestattungsunternehmen aufwachsen zu sehen.

Sie betrat das Wirtshaus. Es war kurz vor Öffnung und noch keine Gäste da. Gleich fiel ihr Siggi ins Auge, der aufgeräumt auf einem Hocker an der Theke saß. Vor ihm lagen einige Prospekte. Alina bemerkte Fotos mit blauem Himmel, Wasser und historischen Gebäuden. Siggi hielt seine Hand so, dass sein Ehering das Licht über der Theke reflektierte. Immer wieder fiel sein Blick auf das funkelnde Zeichen der Verbindung. Uli hatte Alina noch nicht bemerkt.

»Nein, Siggi, bei aller Liebe können wir jetzt keine Hochzeitsreise machen und schon gar nicht nach Venedig. Bedenke doch, dass ich wieder einmal unter Mordverdacht stehe.«

In dem Moment, als er das sagte, fiel sein Blick auf Alina.

»Alina, wie schön dich zu sehen.« Uli war froh, dass das Thema Hochzeitsreise erst einmal vom Tisch war.

»Was trinkst du, Alina, geht aufs Haus, vielleicht einen kleinen Prosecco?«

Alina schüttelte bedauernd den Kopf. »Das geht leider nicht. Derzeit darf ich keinen Alkohol trinken.«

»Ja, warum denn nicht? Hat es dir dein Totengräber verboten?«

Alina legte die Stirn in Falten und holte tief Luft. »Alban ist nicht mehr mein Partner. Ich muss mich schnellstens von ihm trennen.«

Uli sah sie überrascht an und ließ das Bierglas überlaufen. »Verdammt«, murmelte er, als er es bemerkte. Er stellte das Bier vor Siggi hin, ging um den Tresen und drängte sich zwischen Alina und Siggi. Beiden legte er einen Arm um die Schulter. »Komm schon, Alina, heraus mit der Sprache. Was ist vorgefallen?«

Alina wusste nicht genau, wie sie es sagen sollte. »Schau doch mal, mein Bauch. Ich bin hochschwanger. Aber Alban will das Kind nicht.«

Uli ließ fast ein Glas fallen und Siggi riss die Augen auf. »Wieso will er das Kind nicht?«, fragte der Wirt vorsichtig.

»Es ist nicht von ihm. Vladimir ist der Vater und der lebt jetzt in der Ukraine. Aber auch wenn es von Alban wäre, würde er es nicht wollen. Er hat gesagt, ich soll es abtreiben lassen.« Alina weinte heftig. »Wahrscheinlich wird das Baby schon bald auf die Welt kommen. Wo soll ich nur hin?«

Uli und Siggi sahen sich an. Dann nickten sie beide. »Ist doch klar. Du kommst wieder zu uns«, sagte Uli. »Mit deinen Nachfolgern war ich nicht zufrieden. Ich stehe derzeit selbst in der Küche und Siggi macht den Service.«

Alina lächelte unter Tränen und versuchte Uli die Hand zu küssen, die er ihr eiligst entzog.

»Das Kind wächst hier im Wirtshaus auf. Hier regiert das Leben und nicht der Tod.«

Uli wandte sich an Siggi. »He, mein Alter, du wirst auf deine alten Tage noch Vater. Das ist doch schön.«

Uli hieb Siggi auf die Schulter. »Du wechselst die Windeln und gehst mit dem Kleinen spazieren.« Dann wandte er sich an Alina: »Am besten fängst du gleich morgen hier wieder an. Gibt's deine Wohnung noch?«

Alina nickte. »Alban wollte nicht, dass ich einen Nachmieter suche. Gerade läuft noch die Kündigungsfrist.«

»Mach die Kündigung sofort wieder rückgängig. Deinen Kram holen wir für dich bei dem Leichenschänder ab.«

Alina stellte sich auf die Zehenspitzen und versuchte Uli einen Kuss auf die Wange zu drücken und ihn zu umarmen. Plötzlich hielt sie inne und umfasste ihren Bauch. Ein Schmerzenslaut entfuhr ihr. »Ich glaube, es geht los. Die Fruchtblase ist geplatzt. Wir müssen sofort ins Schifferkrankenhaus fahren.«

»Ach du meine Güte, Siggi, du bleibst hier und machst den Laden dicht und kommst nach. Pass aber auf, dass alle ihre Zeche bezahlen.«

Siggi war blass geworden und konnte nur noch nicken. Alina setzte sich auf einen Stuhl und hielt noch immer ihren Leib umfangen. Uli telefonierte mit zittrigen Fingern. Er wählte den Taxiruf. »Ein Notfall, wir bekommen ein Kind und müssen sofort ins Krankenhaus«, schrie er ins Telefon.

»Wir müssen noch meinen Notfallkoffer holen«, sagte Alina und stöhnte auf, als sie wieder von einer Wehe erfasst wurde. Uli und Siggi stützten sie, als sie nach draußen gingen. Uli schickte ein Stoßgebet zum Himmel, dass das Kind seine Ankunft so lange zurückhielt, bis sie im Krankenhaus waren.

»Alina, wir können den Notfallkoffer nicht mehr abholen. Ich kann nicht bei Alban einbrechen, und du schaffst es nicht mehr. Fahren Sie doch schneller«, herrschte Uli den Taxifahrer an. Er war außer sich. Bald hatten sie die Notaufnahme des Schifferkrankenhauses erreicht. Es war nur ein kurzes Stück zu fahren gewesen. Als das Taxi vorfuhr, sprang Uli heraus und klingelte

Sturm. Die Tür öffnete sich und zwei Pfleger kamen mit einer Bahre. Sie halfen Alina aus dem Wagen und betteten sie vorsichtig auf die Liege.

»Mein Geld«, schrie der aufgebrachte Fahrer.

Uli drückte ihm zehn Euro in die Hand. »Das muss reichen.« Er eilte hinter der Liege her.

Am Eingang zum Kreißsaal wurde er gefragt, ob er der Vater sei. Als er es verneinte, musste er auf einer Bank vor der Tür warten. Kurz danach kam auch Siggi, der sich still neben Uli auf die Bank setzte. Es dauerte nicht lange und man hörte den Schrei des Neugeborenen.

»So schnell ging das?« Siggi konnte nicht fassen, welche Eile das Kind hatte, auf die Welt zu kommen.

Nach einer halben Stunde trat eine Schwester vor die Tür und ließ die beiden einen Blick auf die erschöpfte Mutter mit dem Kind werfen. »Mutter und Tochter wohlauf. Sie brauchen jetzt Ruhe. Morgen können Sie zur Besuchszeit wiederkommen.«

Die beiden Männer warfen einen Blick auf das Neugeborene und verabschiedeten sich von Alina. Sie gingen zu Fuß zurück zum *Kleinen Wirtshaus* und blickten dankbar in den Nachthimmel. Siggi griff nach Ulis Hand. Dieser ließ es geschehen.

Kapitel 15

Müller fand sich nach telefonischer Voranmeldung bei Dr. Leyla Saleh in einer riesigen Altbauwohnung unweit der Alten Oper ein. Seine Erwartung, auf eine untröstliche Witwe zu treffen, wurde gründlich enttäuscht. Eine elegante Dame stand ihm gegenüber. Sie trug ein enges schwarzes Kostüm und eine hochgeschlossene weiße Hemdbluse. Keinerlei Schmuck störte den Eindruck klassischer Strenge. Sie wirkte wie die Heldin aus einer antiken Tragödie, als sie ihn in der geöffneten Tür empfing.

Leyla Saleh hatte sich zwei Tage nach dem Tod ihres Mannes gehen gelassen und ihrer Familie die Regie überlassen. Jetzt hatte sie wieder das Zepter übernommen. Der Tod ihres Mannes hatte sie tief getroffen, aber sie würde auch ohne ihn weiterleben können. Wichtige Entscheidungen standen an. Die Frage der Bestattung musste geklärt werden. An eine Rückführung des Leichnams nach Jordanien so lange Zeit nach dem Tod war nicht zu denken. Leyla hatte an eine Bestattung am Südfriedhof in Sachsenhausen gedacht.

Hauptkommissar Müller sah in ein blasses Gesicht unter eisgrauen Haaren, schwarzen Augen und auffallend dunkelrot geschminkten Lippen.

»Bitte setzen Sie sich doch, Herr Kommissar. Darf ich Ihnen einen Tee reichen?«

Zwei Minuten später stand ein heißer starker Tee und ein Teller mit Baklava vor ihm. Er konnte dem süßen Gebäck nicht widerstehen und musste verstohlen seine klebrigen Finger ablecken. Leyla ihrerseits nippte an dem starken Tee.

»Was wissen Sie über das Mobiltelefon Ihres Mannes, Frau Dr. Saleh?«

Leyla stand kommentarlos auf und ging schnell zu einem großen schweren Schreibtisch, der in einer Ecke des Wohnraums stand. Sie entnahm der Schublade ein Mobiltelefon. »Das ist das Handy meines Mannes. Sehen Sie sich an, mit wem er telefoniert hat. Es diente der Kommunikation in der Familie. Geschäftsgespräche hat er meist vom Festnetz aus geführt.«

»Er hatte ein Telefon dabei, als er im *Hilton* war«, sagte Müller. »Leider ist es durch das Wasser im Schwimmbad zerstört worden, weil man es erst am folgenden Tag aus dem Becken fischte.«

Leyla Saleh sah den Kommissar irritiert an. »Sie meinen, dass er ein zweites Mobiltelefon besessen hat?« Sie atmete schwer. Er hatte also noch ein Handy gehabt, von dem sie nichts wusste.

Horst Müller hatte inzwischen die Liste der Anrufe in dem vorliegenden Gerät kontrolliert und nichts Auffälliges gefunden.

»Haben Sie eine Ahnung, wer Ihren Mann umgebracht hat?«, fragte er schließlich.

Stumm schüttelte Frau Saleh den Kopf.

»Hatte Ihr Mann Feinde? Feinde, die seinen Tod wollten?«

»Das weiß ich nicht. Mein Mann hat mir nie etwas davon gesagt, dass er Feinde hatte.«

»Als seine Frau müssten Sie davon wissen.«

»Mein Mann hat mir nicht alles erzählt.«

»Sein Verhältnis mit Frau Stober war Ihnen bekannt?«

»Ja, ich wusste davon«, sagte sie und schaute mit unbewegtem Gesicht am Kommissar vorbei an die Wand.

»Wie kamen Sie mit seiner Untreue zurecht?«

»Nicht gut, aber kann man einen Mann zur Treue zwingen?« Jetzt schaute sie Müller offen an, als ob sie ihn stellvertretend für alle Männer anklagen wollte.

»Aus anderen Zeugenaussagen wissen wir, dass sich Ihr Mann von Ihnen scheiden lassen wollte.«

»Das stimmt.« Leyla richtete ihren Blick wieder an die Wand.

»Das wäre doch ein schwerer Schlag für Sie gewesen.«
»Allahs Wege sind unergründlich.«
»Sie hätten dann nicht mehr in der gemeinsamen Praxis mit Ihrem Mann arbeiten können.«
»Ich hätte mir eine andere Stelle als Ärztin gesucht.«
Müller spürte, dass sich Leyla von ihm nicht in eine Situation zwingen lassen wollte, in der sie die Kontrolle über sich verlor.

»Entsteht da nicht viel Hass, wenn Ihnen der Ehemann eine viel jüngere Frau vorzieht und das, was sie beide in vielen Jahren gemeinsam aufgebaut haben, plötzlich zusammenbricht und Sie die große Verliererin sind. Haben Sie Ihren Mann umbringen lassen?«

Am schnelleren Heben und Senken ihres Oberkörpers merkte Müller, dass die Ärztin von seinen Worten getroffen war.

»Ich hatte trotz der großen Enttäuschung über meinen Mann nie vor, mein eigenes Leben und das meiner Kinder leichtfertig aufs Spiel zu setzen. Nicht eine Sekunde habe ich daran gedacht, ihn zu töten.« Leyla schaute ihm provokativ in die Augen, wohl wissend, dass ihr genau dieser Gedanke nicht vor allzu langer Zeit durch den Kopf gegangen war.

Müller stellte ihr noch diese und jene Fangfrage, jedenfalls glaubte er das, aber da kam nichts von ihr, was er nicht schon gewusst hätte. Da hätte er die Daumenschrauben noch etwas fester anziehen müssen. Vielleicht das nächste Mal.

Leyla Saleh sah auf ihre Uhr. »Ich muss jetzt leider in die Praxis. Sie können gerne wieder hereinschauen.« Sie erhob sich.

Der Kommissar stand ebenfalls auf. Eine Frage hatte er noch. »Wissen Sie, wer bei der Hochzeit eine weiße Fliege getragen hat?«

»Ist das von Bedeutung?« Frau Saleh war irritiert und fügte dann wahrheitsgemäß hinzu, dass möglicherweise ihr Schwiegersohn eine weiße Fliege getragen hatte, so wie er es auch beim Opernball getan hatte.

»Vielleicht hatte auch einer der beiden Brautleute der anderen Gesellschaft eine solche Fliege umgebunden«, meinte sie dann leichthin. Sie öffnete die Wohnungstür und ließ Horst Müller den

Vortritt in das weite Treppenhaus. Auf der Straße trennten sich ihre Wege.

Hauptkommissar Müller beschloss sofort zu dem frisch verheirateten Gastwirt zu fahren.

Uli wischte gerade zum wiederholten Male über die Theke, als der Kommissar eintraf. Er war gerade von seinem montäglichen Großeinkauf zurückgekommen. Da er nicht abgeschlossen hatte, konnte Horst Müller das Lokal ungehindert betreten. Uli wollte gerade aufbrausen, doch dann erinnerte er sich.

»Was führt Sie zu mir, Herr Kommissar?«, fragte er betont liebenswürdig.

»Ist Ihnen aufgefallen, ob der Tote, Herr Dr. Saleh, ein Mobiltelefon bei sich hatte, als Sie ihm begegnet sind?«, fragte er.

Uli überlegte angestrengt. »Das ist gut möglich, ich meine, dass er gerade versucht hatte zu telefonieren.

Horst Müllers Züger hellten sich auf. »Wie haben Sie sich gefühlt, als er Sie so grob beleidigt hatte?«, fragte dann.

Uli überlegte wieder. Dann antwortete er wahrheitsgemäß, dass er ihm am liebsten die Fresse poliert, mindestens aber geohrfeigt hätte.

»Noch eine Frage. Wo ist Ihr Partner? Ich möchte ihn fragen, ob er eine weiße Fliege getragen hat. Er hat doch in Weiß geheiratet, wenn ich mich richtig erinnere?«, wandte sich Müller an den Wirt.

Uli sah den Kommissar kühl an. »Er sitzt in seinem Maklerbüro. Ich hoffe es jedenfalls. Wegen der Fliege müssen Sie meinen, ähm, ähm, Mann nicht fragen. Das kann ich Ihnen sagen. Ich trug die weiße Fliege. Wir haben es kreuzweise gemacht. Weißer Frack und schwarze Fliege und umgekehrt.«

Das Wort Mann war Uli erst etwas schwer über die Lippen gekommen. Doch jetzt lächelte er. »Aber ich hatte den Frack samt Fliege ja nur ausgeliehen und dann zwei Tage später dem Geschäft wieder zurückgegeben. Sie können dort nachfragen. Außerdem sieht man auf den Fotos, dass ich bis zum Schluss die weiße Fliege getragen habe.«

»Was haben Sie gesehen, als Sie von der Terrasse des Hotels zurückkamen? Sie mussten ja den gleichen Weg gehen, den der Mörder von Dr. Saleh gegangen ist. Sind Sie ihm begegnet? Den polizeilichen Auswertungen des Tathergangs zufolge müssen Sie genau zu der Zeit auf der Terrasse gewesen sein, als der Mord geschah. Oder haben Sie ihn selbst getötet?« Müller schaute genau auf den Wirt, um jede Gefühlsregung auf seinem Gesicht erkennen zu können.

Uli schoss die Röte ins Gesicht und seine Augen funkelten. Was sollte er sagen, die Wahrheit oder das, was er der Polizei schon erzählt hatte, nämlich dass er niemand gesehen hatte?

»Ich habe niemand gesehen, nicht während ich auf der Terrasse war und auch nicht im Flur. Wie oft muss ich das noch wiederholen. Da war keiner.«

Uli war kein guter Lügner und ein geübter Polizist wie Horst Müller konnte erkennen, dass dieser Mann nicht die Wahrheit sagte. Aber Müller zeigte Geduld. Diese Nuss würde er noch knacken. Dazu würde er sich noch etwas überlegen.

»Herr Reinhold, so heißen Sie doch, ich benötige Ihre DNA. Geben Sie mir bitte ein paar Haare von Ihnen als Probe.«

Ulis Gesicht versteinerte. »Wozu denn das?«, fragte er böse. Dann riss er sich einige Haare aus und überreichte sie dem Kommissar, der sie sorgsam in einer Plastiktüte verwahrte.

»Danke, dann wollen wir mal sehen, ob bei der Analyse etwas herauskommt. Bis dahin halten Sie sich bitte zu unserer Verfügung. Haben Sie mich verstanden, Herr Reinhold?«

Uli wusste nur zu gut, was Müller damit meinte.

»So, jetzt bitte …, ich habe zu tun«, sagte er unfreundlich.

Horst Müller verließ erfreut das Lokal. Im Gegensatz zur bekannten Homophobie des Kollegen Saleh hatte er nichts gegen Schwule. Was er brauchte, war ein Tatverdächtiger.

Uli schaute ihm besorgt nach und fragte sich, ob er den Kommissar mit seiner Aussage überzeugt hatte. Er hatte kein gutes Gefühl.

Kapitel 16

Man hatte die junge Mutter aus Kulanz noch drei Tage in der Klinik behalten, obwohl sie nach der leichten Geburt eigentlich am nächsten Tag nach Hause hätte gehen können. Alina hatte nichts für die Ankunft des Kindes vorbereitet. Alban hätte sie sofort an die Luft gesetzt, wenn sie mit einem Babybettchen und einer Wickelkommode nebst Badewanne angekommen wäre. Von einem Kinderwagen ganz zu schweigen.

Wie Recht Alina mit ihrer Vermutung über Albans Verhalten hatte, konnte Siggi am Morgen nach der Entbindung feststellen, als er das Krankenhauskofferchen abholte. Der Bestatter wirkte verschlafen und verkatert, als er Siggi die Tür öffnete. Unwirsch sagte er, als er von dem freudigen Ereignis hörte, dass sich Alina mit dem Balg bloß nicht bei ihm blicken lassen sollte. Dann drückte er Siggi das Köfferchen in die Hand und schob ihn zur Tür raus.

Siggi berichtete Uli von dem wenig christlichen Gebaren des Bestatters. Bei einem gemeinsamen Frühstück beratschlagten sie, was zu tun sei.

»Du schnappst dir die Anna und gehst mit ihr in ein Geschäft für Babysachen. Dort kauft ihr die notwendigen Sachen. Danach, oder besser noch vorher, sprichst du mit Alinas altem Vermieter, damit die Kündigung rückgängig gemacht wird. Die Kündigungsfrist läuft doch noch, also kann sie dort vorerst wieder einziehen. Wenn du mit der Anna die Sachen hinbringst, könnt ihr gleich auch lüften, einheizen und ein bisschen putzen. So ein Baby muss es warm und sauber haben.« Uli verteilte die Aufgaben.

Siggi verschlug es fast die Sprache wegen der von ihm erwarteten Aktivitäten. »Und was machst du?«, fragte er beleidigt.

»Ich fahre jetzt zu dem Leichen- und Frauenschänder und werde die restlichen Sachen von Alina abholen. Mittlerweile wird er wohl seinen Rausch ausgeschlafen haben. Tschüss, mein Lieber.«

Uli fand überraschend einen Parkplatz direkt vor der *Pietät* und stürmte in das Geschäft. Der Bestatter saß in einer zierlichen Sitzgruppe und las die Zeitung. Vor ihm standen eine große Tasse Kaffee und ein Teller mit einem angebissenen Croissant.

»Auf geht's, Abmarsch in die Wohnung. Sie packen mir jetzt unverzüglich die gesamte Habe meiner Köchin ein. Frühstücken können Sie später.«

Alban Erdreich war aufgesprungen. Mit geröteten Augen funkelte er Uli an. »Sie haben mir überhaupt nichts zu sagen. Passen Sie nur auf, dass ich nicht die Polizei rufe. Das ist Hausfriedensbruch.«

»Alinas Sachen, bitte. Andernfalls können Sie gleich Ihre eigene Beerdigung organisieren. Auf einen mehr oder weniger kommt es mir heute nicht an.«

Widerwillig stand der Totengräber auf. In seinem Schlafzimmer im ersten Stock öffnete er eine Schranktür und warf alles, was er für Alinas Garderobe hielt, in Ulis Koffer. Schließlich ging er auf Ulis Geheiß in das Badezimmer und räumte die Kosmetikartikel dazu.

»Wo sind ihre Papiere?«, fragte Uli.

»Die habe ich unten in meinem Büro«, entgegnete der Bestatter. Dort entnahm er einem Regal einen Schuhkarton und drückte ihn Uli in die Hand.

Der Wirt ging grußlos. Unter einen Arm klemmte der Schuhkarton, mit der anderen Hand trug er den Koffer. »Dass Frauen aber auch immer so viel Zeug haben müssen«, brummte er, als er Alinas Habe ins Auto packte.

Er brachte die Sachen in seine Wohnung und fuhr sofort weiter in die Klinik. Alina saß aufgerichtet mit einem Kissen im Rücken im Bett und hielt ihr Baby im Arm. Als Uli hereinkam, begann sie zu strahlen. »Schau nur, wie süß die kleine Sissi ist. Ich werde Sissi als Rufnamen nehmen.« Alina streckte Uli das Baby hin, das umgehend zu weinen begann.

Dann erzählte Uli, welche Maßnahmen er getroffen hatte. »Wenn du entlassen wirst, kannst du sofort in deine alte Wohnung gehen. Siggi und Anna haben alles hergerichtet.«

»Ich will aber nicht alleine mit dem Baby sein. Kann ich nicht vorübergehend bei dir wohnen, Uli, bitte? Ich arbeite auch umsonst. Natürlich bin ich dir auch sehr dankbar, für alles, was du getan hast. Ich habe nur Angst davor, alleine zu sein. Wenn mit der Kleinen etwas ist, sind wir doch zu dritt und können besser überlegen, was zu tun ist.«

Alina sah Uli treuherzig an. Sie sah entzückend aus. Er wurde weich und ging auf ihren Vorschlag ein.

»Gut, das machen wir für die ersten Tage. Ich werde Siggi anrufen, dass er die Babysachen gleich wieder mitnimmt und zu uns bringt. Aber auf Dauer wird es schwierig werden.« Uli war etwas unwohl bei dem Gedanken, auf engstem Raum mit einer stillenden Mutter und ihrem Baby zusammenzuwohnen.

»Das macht nichts«, sagte Alina. »Ich habe schon mit meiner Mutter telefoniert. Sie kommt so schnell wie möglich. Sie freut sich sehr auf ihr Enkelkind.«

Uli runzelte die Stirn und fürchtete sich vor dem, was auf ihn zukommen würde. Er dachte an Kommissar Müller und dessen Drohungen. Vielleicht war es ganz gut, dass ihn die Situation mit Alina und ihrem Baby so ablenkte, dass er gar nicht ins Grübeln kam, ob man ihm nicht doch noch den Mord an Dr. Saleh in die Schuhe schieben würde.

Kapitel 17

Inzwischen war klar, dass sich Kommissar Saleh auch aus dem Fall Viviane Stober zurückziehen musste. Sein eigenes Team hatte ihm eröffnet, dass man die Telefonate von Viviane Stober ausgewertet und dabei festgestellt hatte, dass sie mit seinem Vater ein intimes Verhältnis hatte. Damit war er raus aus dem Fall.

Saleh tat zunächst überrascht, als man es ihm mitteilte, fügte sich dann aber klaglos, obwohl es ihm ganz und gar nicht gefiel, dass man jetzt im Präsidium hinter seinem Rücken das skandalöse Verhältnis seines Vaters zu seiner Geliebten Viviane durchhecheln würde. Da blieb immer auch etwas an ihm, dem Sohn, hängen. Er nahm sich vor, sich sofort mit seinem Kollegen Horst Müller darüber auszutauschen. Er wollte unter allen Umständen den Anschein vermeiden, dass er in irgendeiner Weise die Sache verschleppen wolle, und griff zum Telefon.

»Horst, wir müssen sprechen. Kommst du zu mir, oder soll ich zu dir kommen?«

»Komm du in mein Büro, Kal, ich habe die Unterlagen alle hier.«

»Setzen wir uns«, Müller empfing seinen Kollegen an der Tür und deutete auf zwei Stühle an einem kleinen Tisch. »Zu blöd, dass wir jetzt über deine eigene Familie sprechen müssen. Und zu blöd, dass wir auch im zweiten Fall vermuten müssen, dass der Mord an deinem Vater mit dem Tod dieser Frau Stober unmittelbar zusammenhängt.«

»Horst, bevor wir jetzt in die Details der beiden Fälle einsteigen, lass mich mal zusammenfassen, was ich über das Verhältnis meines Vaters zu dieser Viviane Stober weiß.«

In knappen Worten erklärte Saleh seinem Kollegen, dass er im Herbst letzten Jahres von der Liaison erfahren hatte, als er zufällig seinen Vater mit dessen Geliebter bei einem bekannten Juwelier *An der Hauptwache* in Frankfurt getroffen hätte. Mit seinem Vater hätte er nie darüber gesprochen. Das wäre ihm zu peinlich gewesen. Was hätte er ihm als Sohn auch schon sagen können? Aber seine Schwester Fatma, die er nach dem unerwarteten Zusammentreffen angerufen hatte, hatte ihm erzählt, dass dieses Verhältnis schon einige Zeit lief und seine Mutter das inzwischen auch erfahren hatte. Sie hätte daraufhin ihren Mann gezwungen, Frau Stober zu kündigen und das Verhältnis mit ihr zu beenden. Sein Vater hätte das zwar versprochen, aber nicht eingehalten. Mit seiner Mutter hätte er nicht über die außerehelichen Aktivitäten seines Vaters gesprochen, das wäre ihm ebenfalls zu unangenehm gewesen.

»Kal, kannst du dir vorstellen, dass irgendjemand aus deiner eigenen Familie deinen Vater und seine Geliebte getötet hat? Gab es irgendwelche Anzeichen in deiner Familie, dass man das Fremdgehen deines Vaters so stark missbilligte, dass man ihn beseitigen wollte?« Kommissar Horst Müller hielt sich nicht lange mit höflichen Floskeln auf und sah seinen Kollegen ins Gesicht.

Kommissar Saleh schoss die Röte ins Gesicht, als er vom Stuhl aufsprang. Das war es, was er befürchtet hatte. Jetzt würden sie sein Privatleben und das seiner ganzen Familie breittreten. Am liebsten wäre er aus dem Zimmer gerannt, aber sein Pflichtgefühl hielt ihn zurück. Er hatte eine Mordswut auf seinen liebestollen Vater und verfluchte ihn für seine Eskapaden. Seinetwegen kamen alle unter Generalverdacht.

»Nein, ich glaube, da bist du auf der falschen Spur. Wir wissen inzwischen, dass Frau Stober noch einen anderen Verehrer hatte, diesen Roman Hartung. Ich habe ihn bei der Vernehmung vor zwei Tagen genauestens ausgefragt, damals, als wir noch nicht ahnten, dass die Tote die Geliebte meines Vaters war. Inzwischen wissen wir durch das Auswerten ihres Telefons und diverser Briefe, dass sie sowohl die Geliebte meines Vaters als auch dieses Herrn Hartung war«, sagte Saleh und schaute aus dem Fenster des Präsidiums auf den vielbefahrenen Alleenring.

»Aber kannst du dich an die Aufnahmen der Überwachungskamera im Schwimmbad erinnern? Da waren doch zwei männliche Personen zu sehen. Eine Person, die deinen Vater den tödlichen Stich in den Rücken versetzt hat und ihn dann ins Wasser gestoßen hat. Und dann sahen wir noch eine andere Person, die nach der Tat aus einer der Umkleidekabinen heraustrat, das Geschehen beobachtete, aber keine Hand rührte, deinen Vater zu retten, und dann ebenfalls das Hotel verließ. Das sieht doch fast so aus, als ob die zweite Person ebenfalls etwas im Schilde geführt hätte.«

»Ich habe keine Ahnung, welche Rolle diese zweite Person im Schwimmbad gespielt hat. Vielleicht war sie ganz unbeteiligt. Vielleicht spielt sie aber auch eine wichtige Rolle. Hier müssen wir auf jeden Fall noch weiter nachforschen«, meinte Saleh. »Habt ihr übrigens an dem Messer noch irgendwelche Spuren entdecken können?«

»Leider nein, das gechlorte Wasser hat alle Anhaftungen beseitigt. Außerdem ist es ein einfaches Steakmesser, wenn auch eines von der kostspieligen Art. Aber von dem Messer können wir keine Aufschlüsse erwarten.«

»Ich tendiere zu der Annahme, dass der deutsche Freund von Frau Stober aus Eifersucht sowohl meinen Vater als auch seine Freundin getötet hat. Ich kann mir nicht vorstellen, dass einer aus meiner Familie einen Mord begangen hat.« Saleh sah Müller voll ins Gesicht.

»Kal, ich will mich jetzt noch nicht festlegen. Das wird sich im Laufe der weiteren Untersuchungen noch klären.«

Während sich die beiden Kommissare über den Fall unterhielten, brachte ein Kollege den Bericht der Rechtsmedizin über den Tod von Viviane Stober. Müller las ihn laut vor und sagte: »Gut, dass wir eine Obduktion des Leichnams angeordnet haben. Jetzt hat sich herausgestellt, dass sich in der Lunge feinste textile Fasern befanden, die darauf hindeuten, dass der Täter das Opfer mit einem Kissen oder einer Decke erstickt haben könnte. Du kannst dich ja erinnern, dass wir keine Spuren von Gewaltanwendung an ihrem Körper gefunden haben und wir zunächst von einem natürlichen Tod ausgingen. Vielleicht hatte er sie vorher mit K.-o.-Tropfen betäubt und sie hat sich deswegen nicht dagegen wehren können. Wir haben zwar keine Spuren des Betäubungsmittels finden können, aber es ist ja bekannt, dass es nur eine gewisse Zeit im Körper nachweisbar ist. Kal, ich glaube, du hast Recht, der Hartung war der Mörder.«

Horst Müller sprang auf und baute sich vor Saleh auf. »Wir müssen diesen Kerl unbedingt hierher beordern. Trotzdem müssen wir aber die Spur der anderen Personen aus dem Schwimmbad weiterverfolgen.«

Kapitel 18

Morgen früh um neun Uhr sollte er zu einer weiteren Vernehmung ins Präsidium kommen. Er wusste, dass er den Termin nicht wahrnehmen würde. Wozu auch? Er hatte nichts mehr zu erwarten. Sein Leben war nichts mehr wert. Der blind- und empfindungslos machende Wahn des Affekts, der sich seiner bemächtigt hatte, als Viviane von Trennung sprach, war nach seinem kaltblütigen Mord völlig von ihm abgefallen. Seine tiefen Gefühle für Viviane kamen immer stärker zurück und er wusste, was er zu tun hatte. Er konnte nicht mehr schlafen, selbst mehrere Tabletten brachten ihm keine Ruhe.

Sein Arzt hatte ihn gewarnt, dass die Tranquilizer süchtig machten, und ihm von einer Patientin erzählt, die aufgrund ihrer jahrelangen Abhängigkeit einen Entzug in einer Klinik machen sollte, weil sie trotz höchster Dosen ihre panischen Angstzustände nicht mehr in den Griff bekam. In dem Krankenwagen, der sie zur Klinik fuhr, konnte sie in ihrem Wahn weder auf der Liege noch auf dem Beifahrersitz Platz nehmen. Die einzige Möglichkeit, ihrer Angst zu entkommen, sah sie darin, sich wie ein Igel auf dem Boden vor dem Beifahrersitz einzurollen und dort unten auf der schmutzigen Gummimatte die Fahrt zu überstehen.

Damals hatte er seinen Arzt beruhigt, dass es mit ihm nicht so schlimm sei, da er seinen Verbrauch im Griff hätte. Jetzt war sowieso alles egal. Er nahm noch zwei Tabletten.

Tag und Nacht hatte er Vivianes Bild vor Augen. Eine brennende Sehnsucht nach ihr zog sein Herz zusammen. Ohne sie wollte er nicht leben. Er konnte sich seine Tat nicht verzeihen. Um drei Uhr nachts raffte er sich auf und schrieb einen Abschiedsbrief trotz seiner ursprünglichen Absicht, dies nicht zu tun. Er wollte seiner Mutter die Gründe für seine Tat darlegen. Außerdem wollte er nicht fälschlicherweise die Schuld am Tod seines Nebenbuhlers in die Schuhe geschoben bekommen, obwohl er den Arzt sicher genauso kaltblütig ermordet hätte, wenn ihm der andere nicht zuvorgekommen wäre. Danach legte er sich auf die Couch und erwartete schlaflos den Morgen.

Zu früher Stunde ging er aus dem Haus. Es war schon hell, die Stadt lag noch in einem leichten Dämmerschlaf. Zusammen mit der Tasse Kaffee hatte er drei weitere Tranquilizer genommen. Eine wattehafte Leichtigkeit hatte sich seiner bemächtigt. Gegessen hatte er nichts. Dafür hatte er seine ohnehin sehr ordentliche Wohnung noch einmal aufgeräumt, hatte seinen besten Anzug angezogen und war dann zu Fuß in Richtung Messegelände gegangen. Sein Ziel war das Hotel *Marriott*. Dort hatte er einmal einen Bekannten während dessen Aufenthalt in Frankfurt besucht und wusste, wie man vom obersten Stock auf das Dach gelangen konnte. Beseelt von seinem Vorhaben, ging er zielstrebig an der Rezeption vorbei zu den Aufzügen, fuhr in den obersten Stock und nahm dann die Treppen hoch zum Dach. Gottlob waren die Türen nicht verschlossen.

Oben angekommen überraschte ihn eine frische Brise, die durch seine kurzgeschnittenen Haare fuhr und seinen fiebrigen Körper vergeblich zu kühlen suchte. Sein Blick ging in die Ferne. Am Horizont lag der Taunus in einer dunstigen Unschärfe und strahlte eine gleichmütige Ruhe aus. Aber er hatte keine Augen für die morgendliche Idylle. Er stöpselte sich die Kopfhörer seines iPhones in die Ohren, drehte die Lautstärke auf Maximum, so dass die Musik alle Geräusche übertönte, und sprang furchtlos zu den Klängen von Richard Wagners »Ritt der Walküren« vom Dach des Hotels.

Ihm war, als ob ihn göttliche Schwingen trügen. »Viviane, ich komme!«, schrie er in den an ihm hochrauschenden Wind. Eine nie gekannte Euphorie ergriff von ihm Besitz, bis sein Körper mit irgendeinem scharfkantigen Hindernis des Hotelhochhauses kollidierte und ihm sein rechtes Bein wegriss. Seltsamerweise tat es gar nicht weh. Auch die folgenden Schläge, die er bei seinem Sturz von den vorbeischießenden Mauervorsprüngen erhielt, schmerzten nicht. Erst der darauffolgende Aufprall auf das gläserne Vordach des Marriott ließ ihn das Bewusstsein verlieren. Er war sofort tot.

Die in diesem Moment eintreffenden Gäste am Eingang des Hotels hörten den Schlag und schauten hinauf zu der durchsichtigen Glaskuppel, auf der ein bewegungsloser Körper lag, aus dem das Blut in großen Strömen floss und schon an den weißen Säulen hinunterlief, die das kunstvolle Dach über dem Eingang stützten, und einen von ihnen mit Blut bespritzte. Man hörte Schreie des Entsetzens von den Augenzeugen. Hotelbedienstete stürzten aus den Türen und wurden mit dem Anblick des verblutenden Suizidopfers über ihren Köpfen konfrontiert. Erst als ein beherzter Hotelmanager die Gäste in das Innere des Hotels scheuchte und die Polizei sowie die Rettungsstelle alarmierte, kam Ordnung in das Chaos.

Kurz zuvor hatte man gehört, wie in der Nähe der Hamburger Allee Autos ineinander krachten und eine vom Crash ausgelöste Alarmanlage ihre schrillen Töne erklingen ließ. Dann raste ein Polizeiauto mit lauter Sirene heran, das anscheinend zufällig in der Nähe Patrouille gefahren war. Die beiden Polizisten versuchten den Unfallhergang zu klären. Wie es schien, war einem der Autofahrer ein blutendes Teil wie aus heiterem Himmel auf die Motorhaube gefallen und gegen die Windschutzscheibe geschlagen. Er musste so abrupt abbremsen, dass die nachfolgende Fahrerin nicht rechtzeitig anhalten konnte und mit Wucht auf das stehende Auto auffuhr. Als beide Autofahrer anscheinend unverletzt ihren Autos entstiegen, bot sich ihnen ein Anblick, der sie erstarren ließ. Ein abgetrenntes menschliches Bein, aus dem unaufhörlich Blut floss, lag auf der Motorhaube des ersten Autos. Die Fahrer schauten sich suchend um, konnten aber den dazugehörigen Körper nicht entdecken. Die Autofahrerin des zweiten Autos erlitt einen Schock und brach kalkweiß und nach Atem ringend zusammen. Eine Frau löste sich aus der Menge der Gaffer und kümmerte sich um sie, bis ein Krankenwagen eintraf, dessen Arzt ihr eine Injektion verabreichte. Es kam zu einem Riesenstau am Rondell der Ludwig-Ehrhard–Anlage, der den Verkehr in alle Richtungen lahmlegte. Rasch hintereinander kamen weitere Einsatzwagen und bildeten zusammen mit den vor dem Marriott stehenden Wagen der Polizei und der Feuerwehr ein undurchdringliches Verkehrschaos, das kein Durchkommen zuließ.

Kapitel 19

Die Feuerwehr musste den Toten vom Eingangsdach des Hotels bergen. Als Kommissar Müller, der als einer der ersten am Tatort eintraf, sah, wie die Männer den zerschlagenen Körper mit einer Drehleiter vom Glasdach holten und in einen Sarg legten, begann sich bei ihm der Magen zu heben. So eine zerschmetterte Leiche hatte selbst er noch nie gesehen. Außerdem fehlte dem Toten ein Bein. Aus seinem linken Ohr ragte ein Teil eines ehemals weißen Kopfhörers. Müller brauchte genau drei Sekunden, um sich wieder zu fangen. Durch den Aufprall war die Brieftasche des Lebensmüden aus seinem Jackett gefallen und lag neben ihm. Ein Feuerwehrmann reichte dem Kommissar die mit Blut verschmierte Geldbörse. Beim Überprüfen der Papiere stellte er verblüfft fest, dass es sich bei dem Toten um Roman Hartung handelte, den Freund der ermordeten Viviane Stober.

Was hatte der Mann im Marriott gesucht? Hatte ihn jemand hinuntergestoßen oder war es Selbstmord? An der Rezeption jedenfalls hatte er nicht eingecheckt, wie das Personal ihn informierte. Anscheinend musste er mit dem Aufzug in den obersten Stock und dann über weitere Treppen auf das Dach des Hotels gelangt sein. Müller rief seine Kollegen im Präsidium an und bat sie, die Wohnung des Selbstmörders in der Rotlintstraße im Nordend zu durchsuchen, um herauszufinden, ob er vielleicht etwas hinterlassen hatte, was seinen Sturz vom Hotel *Marriott* erklären könnte.

Im Grunde könnte es ein Schuldeingeständnis für seinen Mord an seiner Geliebten Viviane Stober sein. Er selbst hatte ihn noch gar nicht vernommen. Das hatte noch sein Kollege Saleh gemacht, bevor sich herausgestellt hatte, dass der Tote ein Verhältnis mit der ermordeten Stober hatte, die gleichzeitig ein Verhältnis mit dem ebenfalls ermordeten Vater von Saleh hatte. Was für eine verworrene Geschichte! Wenn der Tote vom Marriott beide Morde begangen hätte, dann könnte der Fall allerdings kurzfristig abgeschlossen werden.

Er fuhr mit dem Hotel-Manager auf das Dach des Hauses, in der Hoffnung, dass sich dort irgendwelche Spuren befanden. Tatsächlich fand er das Etui eines iPhones. Sorgfältig packte er es in eine Plastiktüte. Im Labor würden sie die Fingerabdrücke prüfen und mit denen des toten Hartung vergleichen. Beim Blick vom Dach des Marriott auf Frankfurt erkannte er unter sich ein riesiges Verkehrschaos in der Nähe der Hamburger Allee mit Polizeisirenen und Feuerwehrautos. Er fragte sich erstaunt, was sich dort zeitgleich abspielte.

Zwischendurch erreichte ihn der Anruf eines Kollegen aus der Wohnung des Selbstmörders. Man hatte dort einen Abschiedsbrief gefunden. Er bringe ihn mit ins Polizeipräsidium.

Müller sagte, dass er seine Untersuchungen im Marriott vorläufig abgeschlossen habe. Eine Kollegin sei noch vor Ort, aber er werde sofort ins Präsidium kommen. Als er aus der Tür trat, traf er dort auf Polizisten, die den Unfall in der Nähe aufnahmen. Da er nicht ahnte, dass es einen Zusammenhang zwischen den beiden Vorfällen gab, kümmerte er sich nicht weiter darum und fuhr in sein Büro.

Es stellte sich heraus, dass Hartung tatsächlich einen Abschiedsbrief geschrieben hatte. Er bekannte sich zu dem Mord an Viviane Stober. Interessant war allerdings, dass er sich auch zum Mord an Dr. Saleh äußerte. Er hätte eigentlich auch vorgehabt, den Arzt umzubringen, weil Viviane und dieser alte Herr beschlossen hatten zu heiraten und Viviane daher ab sofort jeden Kontakt mit ihm abbrechen wollte. Das hätte ihn so schwer getroffen, dass er keinen anderen Weg sah, als beide zu töten. Von Viviane hatte er erfahren, dass der Sohn von Dr. Saleh am Freitag zur Hochzeitsfeier im *Hilton* eingeladen hatte, und da wäre auf jeden Fall auch sein Vater anwesend. Bei dieser Gelegenheit wollte er ihn umbringen.

Aus Hass auf seinen Nebenbuhler hätte er sich am Tag der Hochzeitsfeier mit einem Messer bewaffnet im *Hilton* herumgetrieben und auf eine Gelegenheit gewartet, seinen Rivalen abzustechen. Wie erstaunt war er daher gewesen, als er Dr. Saleh in das Schwimmbad folgte und sehen musste, wie eine andere Person diesen mit einem Messer von hinten angriff und dann mit Schwung in das Bassin geworfen hatte, wo das anscheinend schwimmunfähige Opfer schließlich ertrank. Der Täter wäre dann durch eine Tür nach außen verschwunden. Er hätte sich zunächst in einer Badekabine versteckt und ungläubig dem Geschehen zugesehen und wäre dann auch weggegangen.

»Dann müssen wir doch noch einen Mörder suchen«, Müller stand von seinem Stuhl auf und wandte sich an seinen Kollegen. »Jetzt werden wir uns wohl mit dem familiären Umfeld von Kommissar Saleh befassen. Das wird ihm sicher nicht gefallen.«

Später erfuhr er, dass das abgerissene Bein von Hartung zu dem Unfall in der unmittelbaren Nähe des Hotels geführt hatte. Darum musste er sich auch noch kümmern. Er informierte seine Kollegen, dass das Bein nach einer entsprechenden Untersuchung in den Sarg mit den Überresten des Mörders von Frau Stober gelegt werden solle.

Kapitel 20

Als Alina ihrer völlig überraschten Mutter am Telefon erzählte, dass sie Großmutter eines Mädchens geworden sei, und sie dringend um Hilfe bat, versprach diese spätestens in einer Woche in Frankfurt zu sein.

Diese Nachricht freute Uli ungemein. Es war nämlich abzusehen, wann die zusammengewürfelte Wohnungsnotgemeinschaft explodieren würde. Er war todunglücklich über seine eingeschränkte Bewegungsfreiheit in der eigenen Wohnung und setzte sich jeden Tag stundenweise von der restlichen Hausgemeinschaft ab. Ausgedehnte Spaziergänge mit Tim oder sonstige vorgeschobene Tätigkeiten machten seine Anwesenheit zu seltenen Momenten. Oft kehrte er erst ein oder zwei Stunden vor Öffnung des Lokals zurück, um dann die Lage missbilligend zur Kenntnis zu nehmen. Wenn Alina und Siggi bei seiner Rückkehr mit dem Baby spazieren waren, atmete er auf, wobei der permanente Geruch nach Baby und Windeln bei ihm eine leichte Übelkeit auslöste.

Siggi war Ulis Abwesenheit nicht unangenehm, er hatte nämlich einen Narren an der kleinen Sissi gefressen und ging in seiner Rolle als Ersatzvater völlig auf. Nur zum Stillen überließ er Alina das Kind.

»Lange kann das aber so nicht bleiben«, meinte Uli gereizt. Das Fehlen der gewohnten Ordnung schmerzte ihn. Siggi schien es nichts auszumachen.

»Wo soll ich denn jetzt fernsehen?«, hatte Uli trostlos gemurmelt.

Statt einer Antwort fragte Siggi, wo er den Hundekorb hinstellen sollte, der könne jedenfalls nicht im Wohnzimmer bleiben.

»Der kommt ins Schlafzimmer.« Ulis Ton duldete keinen Widerspruch.

Zum Glück für Uli war für den nächsten Tag die Ankunft von Alinas Mutter vorgesehen. Während Alina und Uli zum Flughafen fuhren, musste Siggi die Babysachen und sonstigen Utensilien in Alinas alte Wohnung bringen. Hier konnten Oma, Mutter und Kind dann die nächste Zeit wohnen. Bei diesen Gedanken brach Siggi schier das Herz. Es fiel ihm schwer, auf die Anwesenheit des kleinen Wesens zu verzichten.

Alinas Mutter nahm überglücklich ihr Enkelkind in den Arm. Dann stockte sie einen Augenblick in ihrer Bewunderung für die Kleine. Sie erzählte Alina, dass sie Vladimir auf dem Weg zum Flughafen in Kiew getroffen hätte und mit ihm gesprochen habe. »Er weiß jetzt, dass du eine Tochter von ihm bekommen hast, und will so schnell wie möglich hierherkommen, um seine Tochter zu sehen.«

Alina wurde kreidebleich.

»Wir passen schon auf euch auf«, beruhigte sie Uli. »Mit mir legt man sich besser nicht an, das ist doch bekannt.«

Zur Lokalöffnung kam Alina in Begleitung ihrer Mutter, die ihr das Kind abnahm. »Wie lange bleibt deine Mutter?«, fragte Siggi Alina mit traurigen Augen. Er saß wie früher am Tresen. Seine Gedanken kehrten zu Uli, seinem lieben Mann, zurück. Er konnte den Lokalschluss kaum erwarten. Schließlich hatten sie ihren ersten babyfreien Abend seit einiger Zeit. Als Siggi nach einem befreienden Whisky zärtlich werden wollte, während der Anwesenheit von Mutter und Kind war das nicht möglich gewesen, stieß Uli ihn empört zurück.

»Du riechst nach Baby. Da kann ich nicht.« Beleidigt stand Siggi auf und duschte gründlich. Anschließend sprühte er sich mit Eau de Toilette ein.

»So, jetzt rieche ich nicht mehr nach Baby.« Mit diesen Worten ließ er sich neben Uli ins Bett fallen, doch der schlief schon tief und fest.

Beim Frühstück gab sich Siggi schweigsam. Er war früh aufgestanden, nachdem er eine fast schlaflose Nacht verbracht hatte. Erneut hatte er geduscht, damit er in jedem Fall geruchlos war und bestenfalls nach seinem Eau de Toilette roch. Ihn beschlich ein leiser Zweifel, ob er womöglich an Attraktivität für Uli verloren hatte. Er nahm sich aber fest vor, seine Ausstrahlung nicht andernorts zu testen. Schließlich war er ein frischgebackener Ehemann. Aber ein wenig trauerte er den alten Zeiten doch nach. Damals, als er noch seine eigene Wohnung in Wiesbaden hatte und hin und wieder über die Stränge schlug und ein unruhigeres Leben führte, von dem Uli nicht alles mitbekam. Jetzt hatte er das Gefühl, sich Uli völlig ausgeliefert zu haben.

Kapitel 21

Eine halbe Stunde vor Öffnung des Lokals, als Alina in der Küche verschwunden war und Uli aus alter Gewohnheit den Tresen abwischte, obwohl er völlig sauber war, öffnete sich die Tür. Schon wollte Uli aufbrausen, dass sie noch geschlossen hätten, als er im Gegenlicht Kommissar Müller erkannte.
»Bin ich jetzt doch wieder verdächtig?«, fragte er unwirsch.
»Wie man es nimmt, Herr Reinhold.«
»Ich weiß gar nicht, was Sie von mir noch hören wollen.«
»Es geht darum, was Sie gesehen haben, als Sie auf der Terrasse des Hotels saßen. Denn wie wir inzwischen wissen, wurde Dr. Saleh genau in dieser Zeit ermordet. Deswegen ist es für uns extrem wichtig, alle Details zu erfahren, die in diesem Zeitraum passiert sind. Wir haben die Aufnahmen aus dem Schwimmbad, auf dem zwei Männer zu erkennen sind, und jetzt hat uns das Hotel weitere Videoaufnahmen übergeben. Sie waren anscheinend in dem ganzen Durcheinander zunächst verschwunden gewesen. Heute haben wir sie uns anschauen können. Jetzt raten Sie mal, was darauf zu sehen ist? Eines kann ich Ihnen schon verraten, es sind Aufnahmen vom Flur, der vom Schwimmbad auf die Terrasse führt. Diesen Weg mussten Sie ja nehmen, als Sie zur Terrasse gingen.« Müller war sich sicher, dass er mit dieser Behauptung Uli aus der Reserve locken würde. Und so war es.
Uli schoss das Adrenalin in den Körper, sein Gesicht verfärbte sich. Da hatte man doch sein sorgsam gehütetes Geheimnis entdeckt. Jetzt blieb ihm nur noch übrig, ein Geständnis abzulegen

und seine Unschuld am Mord des Arztes darzulegen. Leugnen war angesichts der Videoaufnahmen nicht mehr möglich. Er fing an zu stottern: »Ich, ich habe die beiden Männer doch nur von der Seite und von hinten gesehen. Eine genaue Beschreibung von ihnen zu machen, wäre mir überhaupt nicht möglich. Das bringt die Polizei doch gar nicht weiter.«

»Das lassen Sie mal uns entscheiden, was wichtig ist oder nicht. Jedenfalls haben Sie durch Ihr Schweigen unsere Arbeit behindert und uns wichtige Informationen vorenthalten und sich somit strafbar gemacht. Und jetzt sagen Sie mir noch, warum Sie uns belogen haben?«

Uli holte tief Luft, setzte sich auf einen Barschemel und erklärte Müller zerknirscht, dass er und sein Mann Siggi durch einige Vorfälle im letzten Jahr ständig durch die Polizei, hauptsächlich durch Kommissar Saleh, drangsaliert worden waren. Dadurch hätten sie, obwohl sie unschuldig waren, furchtbare Zeiten durchgemacht und hätten nach reiflicher Überlegung beschlossen, sich nicht schon wieder in eine solche Situation hineinmanövrieren zu lassen. Das wäre der Grund, warum er geschwiegen hatte. Außerdem hätte er die beiden Männer ja sowieso nicht von Angesicht gesehen.

»Sie haben mich also belogen. Ihre Falschaussage werden Sie noch bereuen. Das wird Folgen für Sie haben.« Müller war sehr zufrieden mit seinem Vorgehen, denn, was Uli nicht wusste, die Polizei hatte gar keine Aufnahmen aus dem Flur. Es war nur ein Bluff, ein Bluff, zu dem Kommissar Saleh seinen Kollegen Müller angestiftet hatte.

Mit ihm hatte er nämlich am Morgen über alle Aspekte des Mordes an seinem Vater gesprochen. Dabei hatten sie sich darauf geeinigt, wie sie zunächst den Wirt vom *Kleinen Wirtshaus* unter Druck setzen könnten. Sie würden einfach behaupten, es lägen Aufnahmen vor. So hatte der Trick geklappt.

Uli tat Müller den Gefallen und fiel auf den Bluff rein. Er schilderte, wie die beiden Männer über die Terrasse in der Grünanlage verschwanden. Der eine hatte sich schnellen Schrittes entfernt, während der zweite anscheinend keine Eile hatte. Er hätte sich aber keine Gedanken darüber gemacht. Erst als er vom Mord an dem Arzt erfahren hätte und sich an die Blutspuren auf dem Boden vor dem Schwimmbad erinnerte, hätte er gestutzt und sich das Geschehen zusammengereimt. Müller wollte noch wissen, ob die Männer groß oder klein, schmächtig oder athletisch waren. Aber da fiel ihm nicht viel ein, ja, der erste schien eher groß und athletisch gewesen zu sein und der andere etwas kleiner. Mehr konnte er nicht sagen

»Diese Informationen waren für mich jetzt sehr wichtig, Herr Reinhold. Ich fürchte, es wird Konsequenzen für Sie haben, dass Sie uns nicht die Wahrheit gesagt haben.«

Müller schaute sich in Ulis Kneipe um. Uli dachte schon, er wolle vielleicht etwas trinken. »Kann ich Ihnen etwas anbieten?«

Horst Müller lehnte jedoch dankend ab. Er wollte einmal pünktlich zum gemeinsamen Abendessen mit seiner Frau zuhause sein. Oft genug zog er sich wegen seines langen Ausbleibens und seiner Motorradfahrten, die er für einen klaren Kopf so gerne unternahm, ihren Zorn zu. Er wollte seine Ehe nicht gefährden, auch wenn schon lange anstelle der Liebe eine Gewohnheitsbeziehung getreten war. Aber Liebe vergaß man nicht. Wo und wie sollte er auch eine Bekanntschaft machen? Horst Müller hielt sich nicht für besonders attraktiv.

Als Kommissar Müller gegangen war, sackte Uli an der Bar zusammen. Jetzt war das eingetreten, was er unter allen Umständen verhindern wollte. Düster schaute er auf die Tür, durch die Müller verschwunden war. Ihm blieb auch nichts erspart. Erst die Rufe seiner ersten Gäste rissen ihn aus seinem Schockzustand. Später musste er Siggi unbedingt von seinem Zusammentreffen mit Kommissar Müller erzählen.

Kapitel 22

»Seit Tagen redest du kaum noch mit mir«, sagte Fatma zu ihrem Mann. »Mama wundert sich schon, dass du sie nicht besuchen kommst. Hast du noch immer Magenschmerzen?«

Omar nickte. »Ja, mir ist immer noch übel. Ich weiß auch nicht, was das ist. Wie geht es denn meiner Schwiegermutter?« Omar rang sich ein Lächeln ab.

»Es geht ihr soweit ganz gut. Sie sucht nach einem neuen Kompagnon für die Praxis. Vielleicht sollte sie bei dir eine Magenspiegelung machen?«, fragte Fatma ihren Mann.

Omar erschrak. Das durfte auf keinen Fall passieren. Seine Schwiegermutter sollte ihn nicht berühren. Er riss sich zusammen. »Heute geht es mir schon wieder besser. Der Umsatzdruck im Geschäft hat mir ein bisschen zu sehr zugesetzt. Was gibt es denn zu essen? Es riecht so lecker.«

Fatma lächelte. Genau das hatte sie erhofft. Sie wollte ihren Mann mit einem leichten und leckeren Abendessen verführen. Sie vermutete, dass ihr Eisprung unmittelbar bevorstand. Lange hatte sie keine Kinder haben wollen, aber seit dem Tod ihres Vaters sah sie das anders. Auch Khalils Hochzeit hatte zu ihrem Sinneswandel beigetragen. Nachdem er Brigitte geheiratet hatte, die schon die Vierzig knapp überschritten hatte und außerdem zwei fast erwachsene Kinder aus erster Ehe mitbrachte, würde die Ehe ihres Bruders wohl kinderlos bleiben. Dann gäbe es in ihrer Familie keine Nachkommen mehr.

Omar hatte sich mittlerweile an den schön gedeckten Tisch gesetzt. Fatma trug duftenden Jasminreis, Gemüse und gebratenen Fisch auf. Sie kochte recht gut, hatte aber oft keine Lust, nach dem anstrengenden Tag in der Praxis noch aufwendig zu kochen. Zu dem Essen tranken sie Tee.

»Mama hofft, dass Papa bald auf dem Südfriedhof beigesetzt werden kann. Ich soll im Anschluss an die Beisetzung ein paar Datteln reichen. Mehr Aufwand wollen wir nicht betreiben. Auch Khalil möchte nicht, dass wir weiter ins Gerede kommen.« Fatma verzog das Gesicht. »Nur Mamas Schwester Nour wird sicher wieder aus Amman anreisen. Sie könnte eigentlich dieses Mal bei uns wohnen, damit Mama nicht so viel Arbeit hat.«

Omars Magen krampfte sich erneut zusammen. Dieses ständige »Mama, Mama« ging ihm tierisch auf die Nerven. Auch war diese Nour genauso hochnäsig wie Leyla, seine Schwiegermutter.

»Wie laufen eigentlich die Ermittlungen?«, erkundigte er sich.

Fatma bemerkte das Unwohlsein ihres Mannes. Sie blickte ihn besorgt aus ihren stark geschminkten Augen an. »Vielleicht sollte Mama dich doch …«

Als sie den umwölkten Blick ihres Mannes bemerkte, brach sie ab. »Khalil weiß auch nichts Näheres. Kommissar Müller will jetzt in unserer Familie ermitteln. Darüber hat sich Khalil furchtbar aufgeregt.« Fatma lächelte gequält.

»Meinst du, dass deine Mutter etwas mit der Sache zu tun hat?«, fragte Omar beiläufig. »Schließlich ist sie doch von deinem Vater so schändlich betrogen worden.« Seine Stimme war laut geworden.

»Nein, so etwas könnte Mama nie tun. Auf keinen Fall.« Fatma klang zornig.

Da war es wieder, dieses »Mama«, das ihm so auf die Nerven ging.

»Was meinst du eigentlich zu folgender Überlegung, Fatma?«, fragte Omar, der näher an seine Frau herangerückt war. »Vielleicht hat dein Bruder Khalil etwas mit der Sache zu tun. Denn ihn würde man am allerwenigsten verdächtigen. Vielleicht wollte er die Ehre der Familie wiederherstellen.«

»Khalil war zum Tatzeitpunkt an der Tafel anwesend. Jetzt reichen mir deine perfiden Unterstellungen. Erst soll es Mama gewesen sein, meine liebe, liebe Mama, und dann mein Bruder. Vielleicht verdächtigst du als Nächstes noch mich. Da könnte ich auch dich fragen, ob du ihn getötet hast. Denn dein persönliches Verhältnis zu meinem Vater war wegen seiner Liaison mit Frau Stober und wegen seiner Weigerung, dir einen Kredit zu gewähren, doch ziemlich zerrüttet.«

Omar sprang auf und packte seine Frau hart am Arm. »Wie kannst du es wagen, so mit mir zu sprechen. Du bist meine Frau und kannst mich nicht als Verbrecher darstellen. Wage es ja nicht, mir so zu kommen.« Dann stieß er sie auf die Couch.

Fatma zuckte zusammen. So gewalttätig hatte sie ihren Mann noch nie erlebt. Ihr Vorwurf musste ihn stark getroffen haben. Sie räumte den Tisch ab und verschwand wortlos ins Schlafzimmer. Eine Liebesnacht mit Omar schien ihr jetzt nicht passend

Omar griff sich seine Wasserpfeife und ging auf den Balkon. Er fragte sich, ob er nicht etwas zu weit gegangen war. Er würde Fatma um Entschuldigung bitten. Schließlich liebte er sie. Jetzt schmerzte sein Magen noch heftiger.

Kapitel 23

Dr. Leyla Saleh stand am Fenster der Praxis, die sie gemeinsam mit ihrem Mann geführt hatte, und schaute bedrückt auf das unbekümmerte Treiben der Menschen am *Roßmarkt*. Sie machte sich Sorgen, wie es nach dem Tod ihres Mannes weitergehen sollte. Nur wenige Tage hatte sie die Praxis geschlossen gehalten, aber der Druck der Stammpatienten, die behandelt werden wollten, war so stark, dass sie notgedrungen die Ordination wieder geöffnet hatte. Sie hatte nur Patienten mit Bagatellerkrankungen behandelt, die mit einfachsten Mitteln oder ein paar Tabletten zufriedengestellt werden konnten. Aber so konnte es nicht weitergehen. Einige Patienten mit größeren Problemen hatte sie zu anderen Internisten oder an Kliniken überwiesen. Sie musste unbedingt einen Nachfolger für ihren Mann finden. Sie selbst war nur Allgemeinmedizinerin. Ihr Mann war der Spezialist für innere Krankheiten. Sollte sie die Praxis einfach schließen?

Sie schloss die Augen und ließ die katastrophalen Geschehnisse der letzten Wochen bis zum plötzlichen Tod ihres Mannes noch einmal Revue passieren. Wie hatte es nur so weit kommen können? Nicht, dass sie ihrem Mann eine Träne nachgeweint hätte. Nein, dafür hatte er sie zu sehr gedemütigt. Im Gegenteil, angesichts der trauernden Patienten und Freunde musste sie sich zusammenreißen, nicht so kurz nach seinem Tod schon allzu geschäftsmäßig aufzutreten. Aber wie sollte es mit der Praxis weitergehen?

Ohne ihren Mann jedenfalls könnte sie solche Eingriffe nicht durchführen, wie kürzlich bei dem Drogenschmuggler, der wegen eines fehlgeschlagenen Transports von achtzehn Plastikkondomen voller Kokain in seinem Darm in ihrer Praxis vorstellig wurde. Wie schon verschiedene Male zuvor, hatte ein Bekannter ihres Mannes den Patienten diskret zu ihnen geschleust und um sofortige Hilfe gebeten. Anscheinend hatte ein schadhaftes Kondom der ätzenden Magensäure nicht standgehalten. Den Weg in eine Klinik hatte man gescheut, weil man verständlicherweise auf die Fragen des dortigen Personals keine befriedigenden Antworten hätte geben können. Leyla war es bei diesen Aktivitäten ihres Mannes nie wohl gewesen, aber er fühlte sich aus Loyalitätsgründen seinem Freund verpflichtet. Schließlich wurde er für seine diskreten Dienste stets gut belohnt. Nach dem Eingriff, der seine ganze ärztliche Kunst forderte, erschien der Bekannte ihres Mannes, holte die gesäuberten Kondome mit dem Kokain ab und übergab ihrem Mann einen prallen Umschlag, den dieser, ohne hineinzuschauen, in seine Jackentasche steckte. Dann verschwanden sowohl der Drogendealer als auch ihr Mann und ließen sie mit dem nun zwar erleichterten, aber völlig traumatisierten Drogenkurier allein, der sie von der Liege mit angstvollen Augen anstarrte und noch unter Schock stand.

Sie wusste, wo ihr Mann hingehen würde. Zu seiner Geliebten, dieser blonden Viviane, die sie jahrelang als ihre kompetenteste und loyalste Sprechstundenhilfe betrachtet hatte, bis sie dahintergekommen war, dass ihr Mann Yasin ein Verhältnis mit ihr hatte. Natürlich hatte sie ihm sofort ein Ultimatum gestellt, entweder Viviane oder sie. Lange hatte er sich dagegen gewehrt, Viviane zu entlassen, und noch länger, seine Liebschaft aufzugeben, wie er es seiner Frau versprochen hatte.

Aber lange hielt er es ohne Viviane nicht aus. Sie hatte ihn verhext, er liebte sie wirklich mit allen Fasern seines Herzens. Ohne sie war sein Leben freudlos und ohne Glanz. Nur sie gab ihm dieses prickelnde Gefühl, noch einmal jung zu sein, und dieses flirrende Glück des Verliebtseins. Als Leyla schließlich dahinterkam, dass er sich mitnichten von ihr getrennt hatte, gab es einen heftigen Streit, der sogar in Handgreiflichkeiten ausartete. Damals erklärte Leyla ihr blaues Auge mit einem Sturz von der Leiter beim Fensterputzen. In dieser bösartigen Auseinandersetzung hatte Yasin ihr dann voller Hass gesagt, dass er sich von ihr scheiden lassen wolle.

»Du hast richtig gehört, ich werde mich von dir scheiden lassen und Viviane heiraten.«

Dieser Satz riss Leyla aus ihrer naiven Vorstellung, dass es sich nur um eine vorübergehende Laune ihres Mannes handelte, und zog ihr den Boden unter den Füßen weg.

»Für so ein Flittchen wirfst du unser ganzes Lebenswerk weg, unsere Praxis, unsere Familie? Diese Frau ist Gift für dich. Sie zerstört alles, was wir uns aufgebaut haben. Das werde ich nicht zulassen.«

»Dir wird nichts anderes übrigbleiben. Ich habe es schon vor einiger Zeit beschlossen. Finde dich damit ab. Wir werden eine saubere Trennung aller unserer Güter vornehmen und dann sind alle zufrieden.«

Alle zufrieden? Leyla schaute wie gelähmt auf ihren sich wie ein zorniger Gott gebärdenden Mann. Er meinte es ernst. Die kommenden Konsequenzen seiner Entscheidung zogen wie ein Film an ihrem inneren Auge vorbei. Zerstört ihr Ruf als angesehene Ehefrau und Ärztin. Der Stempel der geschiedenen Frau, verlassen wegen einer Jüngeren, noch dazu nichtmuslimischen Geliebten, würde wie ein Albtraum auf ihr lasten. Diese Schmach! Nein, eher würde sie sich vor ihm auf die Knie werfen und ihn anflehen, um Allahs willen und wegen seiner Familie diese ruchlosen Pläne aufzugeben. Er hatte Ehebruch begangen. Ja, das stimmte, aber das konnte sie ihm mit der Zeit verzeihen, aber eine Scheidung, das konnte er ihr nicht antun.

»Yasin, ich bitte dich, überlege, was du tust.« Sie warf sich vor ihm nieder und umklammerte seine Beine. »Das ist doch nur eine Liebelei, das geht wieder vorbei. Willst du denn alles zerstören?«

Yasin blickte sie nur kalt an. »Steh auf, mach dich nicht lächerlich. Ich will jetzt nicht weiter mit dir diskutieren. Unsere Ehe ist schon lange zu Ende. Eine liebevolle Frau warst du in den letzten Jahren sowieso nicht mehr. Ich meine es ernst. Ich werde mich von dir trennen.«

»Unser Sohn Khalil wird in ein paar Tagen heiraten. Willst du so weit gehen, dass du ihm seine Hochzeit verdirbst?«

»Nein, mach dir keine Sorgen, solange werde ich meine Rolle noch spielen. Meinem Sohn zuliebe werde ich vor unserer Familie und den Verwandten aus Jordanien ein letztes Mal die Rolle des Familienvaters spielen. Danach ist Schluss. Ich habe nur ein Leben zu leben und das werde ich mit Viviane verbringen.«

Leyla dachte mit ingrimmigem Zorn daran, dass ihr Mann, trotz seiner Affäre mit Viviane, immer noch seine ehelichen Rechte bei ihr eingefordert hatte, und sie ihm diese auch gewährt hatte, in der naiven Hoffnung, dass er dadurch von Viviane abließe und wieder zu ihr zurückkehre. Denn wenn sie sich verweigert hätte, wäre das für ihn ein guter Vorwand gewesen, ihr vorzuwerfen, dass sie mit ihrem Verhalten Schuld an seinen außerehelichen Eskapaden habe. Sie hasste sich für ihre Schwäche und noch mehr hasste sie ihren Mann für seinen zerstörerischen Egoismus. Von jetzt an war Schluss damit. Sie würde ins Gästezimmer ziehen. Sollte er doch die Tür eintreten. Sie jedenfalls war für ihn nicht mehr verfügbar und wenn sie ihn mit dem Messer abwehren müsste.

»Ich werde der Polizei sagen, dass du Verbindung zu den Drogendealern hast.« Leyla schaute ihm trotzig in die Augen.

»Ja, meine Liebe, wenn du auch ins Gefängnis gehen willst, nur zu. Schließlich hast du, ohne zu protestieren, bei den Eingriffen stets geholfen. Wie heißt es so schön in Deutsch, liebe Leyla: Mitgegangen ist mitgefangen.«

Mit diesen Worten verließ er das Wohnzimmer, griff zu seinem Jackett und verließ die Wohnung. Wütend ließ er die Tür ins Schloss fallen, dass die Gläser in den Schränken klirrten.

Leyla warf sich auf den Boden und schrie sich minutenlang die

Kehle heiser, bis die Tränen kamen und sie in einem nicht enden wollenden Strom ertränkten. Nach einiger Zeit raffte sie sich auf, wischte sich das Gesicht ab, rief ihre Tochter Fatma an und erzählte ihr alles. Alles, bis auf ihre zeitweiligen Hilfen für den befreundeten Drogendealer. In diese kriminelle Geschichte wollte sie ihre Tochter auf keinen Fall mit hineinziehen.

»Es ist schrecklich, was Papa unserer Familie antut. Dass er mit dieser Frau ein Verhältnis hat, damit hatten wir uns ja schon fast abgefunden. Aber dass er sie heiraten will, das ist unerträglich. Wie kann er uns das antun nach all den Jahren, in denen wir doch so glücklich waren?«

Fatma stimmte in den Klagegesang ihrer Mutter ein. »Das kann ich Papa nicht verzeihen. Wie stehen wir jetzt da? Alle werden uns bemitleiden und sich hinter unserem Rücken über uns lustig machen. Ich bin zutiefst von Papa enttäuscht. Auf seine alten Jahre will er noch einmal ein junges Ding heiraten. Dieser alte Bock! Seine Familie ist ihm völlig egal. Was machen wir jetzt mit der Hochzeit von Khalil? Da muss er doch als Familienoberhaupt dabei sein. Wie kann er das nur seinem einzigen Sohn antun?«

»Er hat mir versprochen, dass er bis nach der Hochzeitsfeier nichts über die Scheidung sagen will. Wie könnten wir sonst unser Gesicht wahren? Die Verwandtschaft ist schon unterwegs. Ich könnte es nicht ertragen, wenn schon alle wüssten, dass er sich von mir scheiden lassen will.«

Leyla fing wieder an zu weinen. Ihre Tochter versuchte sie zu trösten, aber ihre Mutter war nicht zu trösten. Ihr ganzes Leben war zerstört. Nein, sie wolle auch nicht zu ihr kommen. Sie wolle nicht unter den Augen ihres Schwiegersohns Omar so ein erbärmliches Bild abgeben. Schließlich hatte sie Zeit ihres Lebens immer auf Haltung und eine gewisse Distanz gesetzt, um den Leuten Respekt abzuverlangen. Dieses Bild der starken Frau war durch das Scheidungsverlangen ihres Mannes vom Sockel gestürzt. In diesem Zustand wollte sie sich niemanden zeigen.

Nach einer schlaflosen Nacht erschien sie am nächsten Tag in der Praxis. Ihr erster Patient war der Drogenkurier, dem noch ein unerträglicher Juckreiz in der Aftergegend das Leben schwer machte und der sie um dringende Abhilfe anflehte. Ihr Mann hatte ihr gesagt, sie solle ihn behandeln, er hätte anderes zu tun. Sie betrachtete die armselige Gestalt und fragte sich, ob sie es wirklich nötig hatte, solche Patienten zu behandeln.

Dann hatte sie einen Gedanken, einen Gedanken, den sie erst nicht zulassen wollte. Einen Gedanken, der beim längeren Nachdenken einen immer größer werdenden Raum in ihrem Kopf einnahm. Was wäre, wenn sie ihren Mann von einem dieser Kerle umbringen lassen würde, gegen gutes Geld natürlich. Nicht von diesem Typ, der ihren Mann ja als seinen Retter betrachtete und ihm daher nichts antun würde, sondern von einem anderen, von einem, der keine Verbindung zu ihnen hatte. Sie würde sich von dem Drogenkurier einen anderen Mann nennen lassen, der solche tödlichen Geschäfte übernehmen würde. Natürlich würde sie ihm eine ganz andere Geschichte erzählen. Aber nicht jetzt und nicht hier in der Praxis.

Nach der Untersuchung und nachdem sie dem Mann eine Salbe in die Hand gedrückt hatte, sprach sie ihn an.

»Könnten Sie mir bitte Ihre Telefonnummer geben. Ich möchte Sie später anrufen und mich mit Ihnen unterhalten.«

Er gab ihr die Nummer, und als ihr Mann am Abend die Wohnung verließ, um sich mit diesem Flittchen zu treffen, rief Leyla den Drogenkurier an. Als sie jedoch dessen verwaschene, aufgedrehte Stimme am Telefon hörte und feststellen musste, dass er mehr als high war, zögerte sie plötzlich. Sollte sie sich wirklich in die Hände eines absolut unzuverlässigen Rauschgiftsüchtigen begeben und ihr eigenes Leben in Gefahr bringen und beim möglichen Scheitern ihres Plans nicht nur sich, sondern auch ihre Kinder mit in den Abgrund ziehen, nur weil sie sich an ihrem Mann rächen wollte? Sie brauchte nur eine Sekunde zum Überlegen. Nein, das wollte sie nicht.

»Entschuldigen Sie, ich habe mich geirrt.« Mit klopfendem Herzen legte sie den Hörer auf.

Oh Allah, zu was hätte sie sich hinreißen lassen? In einem plötzlichen Moment der Klarheit erkannte sie das Risiko ihres Plans.

Sie nahm sich vor, die Kränkung durch ihren Mann so gut es ging zu ertragen, ihm so weit wie möglich aus dem Weg zu gehen und ihr Leben in die eigenen Hände zu nehmen. Sie war schließlich eine gestandene Frau und gute Ärztin.

Als dann völlig unerwartet ihr Mann ausgerechnet auf der Hochzeitsfeier seines Sohnes Khalil ermordet wurde, erbebte Leyla bis in ihre Grundfesten. Andere hatten tatsächlich das Geschäft erledigt, das sie um ein Haar selbst in Auftrag gegeben hatte. Wer aber konnte der Täter sein, der seinen Tod beschlossen hatte? Ihr fiel keiner ein. Sie jedenfalls hatte Verständnis für eine solche Tat. Wenn ein Mensch durch einen anderen zum Äußersten getrieben wird, musste man sich nicht wundern, dass er zu einem solchen Verbrechen fähig war. Auge um Auge, Zahn um Zahn, so sagte es doch die Schrift.

Sie wunderte sich nur darüber, dass ihr Mann nicht die Kosten der Hochzeit seines Sohnes, wie angekündigt, gleich zu Beginn der Feier im Hotel beglichen hatte. So wie sie ihn verstanden hatte, wollte er das Geld in bar mitnehmen. Bevor sie ins Hotel fuhren, hatte er ihr noch den Banknoten-Clip mit den zwanzig Fünfhundert-Euro-Scheinen gezeigt. Sie fand es seltsam, dass er die zehntausend Euro unbedingt in bar zahlen wollte, aber dann dachte sie, dass er vielleicht den Lohn für seine chirurgischen Eingriffe bei dem Drogendealer steuerlich nicht deklarieren konnte und sie daher auch in bar weitergeben wollte. Im Chaos des Mordanschlags war ihm anscheinend das Geld aus dem Jackett gefallen oder entwendet worden. Sie hatte über den Verlust des Geldes niemanden, nicht einmal Khalil informiert. Sie wollte ihren Sohn, den Kommissar, nicht in irgendwelche krummen Geschäfte verwickelt sehen.

Der Hotelmanager hatte Leyla ein paar Tage später diskret auf die ausstehende Begleichung der Rechnung aufmerksam gemacht und sie hatte den Betrag unverzüglich überwiesen, ohne danach zu fragen, ob man das Bargeld gefunden hätte. Sie hätte nicht gewusst, wie sie die Herkunft des Geldes hätte erklären können.

Leyla stand noch immer am Fenster ihrer Praxis am Roßmarkt und machte sich Gedanken um einen Nachfolger ihres Mannes. Sie kannte einen Freund ihres Mannes, der nicht mehr in der Klinik arbeiten wollte, sondern sich gerne selbständig gemacht hätte. Den würde sie ansprechen. Sie würde die Praxis auf jeden Fall weiterführen. Das Leben ging weiter.

Kapitel 24

Es war halb sechs Uhr abends. Alina stand schon in der Küche und hantierte am Herd. Gleich würde Uli seine Gastwirtschaft öffnen. Jetzt aber schaute er mürrisch im Schankraum hin und her. Nicht nur, dass er wieder einmal unter Mordverdacht stand. Er war auch schlecht gelaunt, weil er sich hatte überrumpeln lassen. Von der Notwendigkeit getrieben, Alina als Köchin wieder ganz an sich zu binden, hatte er sich von Siggi und der Freude auf Alinas Gesicht blenden lassen, als er den Vorschlag machte, das Dach auszubauen. Aber die Aussicht, Alina mit ihrem Baby im ausgebauten Dachgeschoss über sich wohnen zu haben, hatte schon bald jeglichen Charme für ihn verloren. Wie hatte er sich nur dazu hinreißen lassen, so leichtfertig über seine Zukunft zu entscheiden? Kindergeschrei im Haus und eine ständige Unruhe über seinem Kopf. Er wusste nicht, ob er das aushalten würde.

Jetzt war Gott sei Dank Alinas Mutter da, die sich noch in der alten Wohnung zunächst für die nächsten drei Monate um ihre Tochter und die Enkelin kümmern würde. Aber was würde aus dem ganzen Arrangement, wenn sie wieder in die Ukraine zurückkehrte? Dann müssten Siggi und er in die Bresche springen und auf das Baby aufpassen. Sie könnten ja schlecht das Baby abends ins Lokal mitnehmen, da hätten sicher das Ordnungsamt und auch das Jugendamt etwas dagegen. Diese ganze auf ihn zukommende Situation wurde ihm zusehends lästiger. Das Schlimmste war, dass Siggi so vernarrt in das kleine Mädchen war. Geradezu äffisch benahm er sich, wenn er mit der kleinen Sissi spielte. Uli war dann abgemeldet. Spürte er nicht vielleicht sogar einen Stich von Eifersucht auf das kleine Wesen, wenn er Siggi so hingebungsvoll mit ihm spielen sah? Nein, Uli fand Sissi ja auch ganz nett, aber das Getue von Siggi fand er stark übertrieben.

Noch bevor er mit seinen unliebsamen Überlegungen zu Ende gekommen war, öffnete sich die Eingangstür und die ersten Kunden betraten das Lokal. Im Trubel des Abends verdrängte er seine Bedenken und sorgte wie üblich dafür, dass seine Gäste sich bei ihm wohlfühlten.

Nachdem er gegen acht Uhr die meisten Essensbestellungen abgearbeitet hatte, gönnte er sich einen Schluck Weißwein, als er sah, wie eine ihm bekannte, aber durchaus nicht geschätzte Person, Kommissar Saleh, durch die Tür kam. Sofort schrillten bei ihm die Alarmglocken. Das konnte nichts Gutes verheißen. Mit einem Ruck stellte er sein Glas beiseite und begrüßte den Kommissar zurückhaltend.

»Guten Abend, Herr Saleh. Dass Sie noch einmal in meine Wirtschaft kommen, das hätte ich nie gedacht. Hoffentlich führt Sie nicht wieder ein Verbrechen hierher?«

Attraktiv sah der Kommissar mit seinem weißen Hemd und den gutsitzenden Jeans aus, aber was wollte er von ihm? Uli blickte sich hilfesuchend nach Siggi um, der hatte es jedoch vorgezogen, wieder einmal in Alinas Wohnung mit deren Mutter auf Sissi aufzupassen.

»Nein, ich wollte nur noch einen Schoppen trinken.«

»Wie kommen Sie denn nach Sachsenhausen«? wunderte sich Uli. »Kann ich Ihnen was zu trinken bringen? Einen Wein? Ein Pils? Sind Sie auf der Suche nach dem Mörder Ihres Vaters? Da sind Sie bei mir an der falschen Adresse, das wissen Sie ja, oder?«

»Haben Sie einen Riesling aus dem Rheingau?«

»Natürlich haben wir einen guten Weißwein, leider nicht aus dem Rheingau, sondern aus der Rheinpfalz.«

Saleh nickte. Uli stellte den Wein auf die Theke und schaute Saleh erwartungsvoll an.

Der senkte den Blick und meinte beiläufig: »Nein, ich war bei einem Freund, der hier um die Ecke in der Textorstraße wohnt, ganz in der Nähe vom ›Kanonesteppel‹, und da dachte ich, dass ich mal wieder bei Ihnen vorbeischauen könnte. Machen Sie einfach Ihren Job weiter, ich trinke nur ein Glas Wein und gehe dann wieder.«

Uli seufzte erleichtert auf und widmete sich seinen Gästen, die schon mit den Hufen scharrten.

Später flaute das Geschäft etwas ab und Uli konnte sich wieder seinem ungebetenen Gast widmen. Der hatte bereits den zweiten Weißwein vor sich stehen und schaute Uli aufmerksam entgegen.

»Das mit Ihrem Vater tut mir sehr leid. Ich kann mir vorstellen, dass sein Tod, ausgerechnet an Ihrem Hochzeitstag, furchtbar für Sie und Ihre Familie war. Weiß man denn schon, wer der Mörder ist?« Uli schaute den Kommissar fragend an.

»Leider nein.« Khalil würde den Teufel tun und Uli über die Ermittlungen der Polizei informieren.

Uli sagte ihm nicht, dass Müller ihn vor zwei Tagen unter Mordverdacht gestellt hatte.

Der zweite Wein hatte bei Saleh anscheinend die Zunge gelockert. Uli kam es vor, als wolle er sich mit ihm unterhalten. »Ich habe nur eine einzige Frage. Haben Sie vor oder nach dem ersten Zusammentreffen mit meinem Vater noch eine andere Person in der Nähe gesehen? Sie haben sich doch ein paar Minuten auf der Terrasse des Hotels aufgehalten.«

Uli seufzte. »Das hat mich schon Ihr Kollege Müller gefragt. Auf der Terrasse war ich ganz allein. Tut mir leid, dass ich Ihnen nicht weiterhelfen kann.« Er wunderte sich, dass der Kommissar ihn nicht darauf ansprach, was er seinen Kollegen Müller wegen der beiden Personen erzählt hatte. Sprachen die nicht miteinander?

Saleh zog das Foto eines Mannes aus der Tasche seines Jacketts und fragte Uli: »Ist Ihnen irgendwann während der Hochzeitsfeier zufällig dieser Mann begegnet?«

Uli nahm das Foto an sich und schob es unter die Lampe. »Nein, diesen Mann habe ich noch nie gesehen. Tut mir leid, den kenne ich nicht. Da kann ich Ihnen nicht weiterhelfen.«

Enttäuscht nahm der Kommissar das Foto seines Schwagers Omar wieder an sich und meinte zu Uli: »Wenn Ihnen doch noch etwas einfallen sollte, dann melden Sie sich bitte bei mir.«

Kommissar Saleh trank seinen Wein aus und verabschiedete sich von Uli. Ihm war nicht wohl dabei, dass er hinter dem Rücken von Horst Müller Nachforschungen bei dem Wirt angestellt hatte. Er hoffte nur, dass dieser seinem Kollegen nichts sagen würde.

Im Auto zog er das Foto noch einmal aus seiner Jacke und betrachtete seinen Schwager. Seltsam, so richtig gut kannte er den Mann seiner Schwester nicht. Seine Eltern waren damals bei der Heirat ihrer Tochter Fatma mit dem Schwiegersohn auch nicht so ganz einverstanden gewesen. Er wäre ja nur ein Autohändler gewesen. Seine Eltern hatten fest damit gerechnet, dass Fatma, die ebenfalls Ärztin war, wenigstens einen Akademiker heiraten würde. Schon damals hatten sich der Dünkel und Hochmut seiner Eltern gezeigt, hauptsächlich bei seiner Mutter, die sie daran hinderten, den Wunschpartnern ihrer Kinder unbefangen gegenüberzutreten. Er selbst hatte unter den vielen Bedenken, die seine Mutter gegen seine Ehe mit Brigitte geäußert hatte, sehr gelitten.

Sollte er sich mit seinem Schwager zu einem gemeinsamen Abendessen treffen? Da konnte er ihn ein bisschen besser unter die Lupe zu nehmen. Immerhin war er einer der Teilnehmer, der ausgerechnet zum Zeitpunkt des Mordes nicht mehr an der Hochzeitstafel saß und allein schon aus diesem Grund verdächtig war. Er nahm sich vor, gleich morgen einen Termin mit ihm auszumachen.

Kapitel 25

»Weißt du, wer gestern Abend im Lokal war?« Uli setzte seine Tasse ab und schaute auf Siggi, der sich gerade Marmelade auf sein Frühstücksbrötchen strich. »Der Saleh, der Kommissar. Einfach so als Gast. Er war eigentlich ganz nett. Natürlich hat er auch Fragen gestellt und mir das Foto eines Mannes, wahrscheinlich des Tatverdächtigen gezeigt. Wenn du nicht dauernd bei deiner Sissi wärst, hättest du ihn auch begrüßen können.«

»Danke, ich will so wenig wie möglich mit der Polizei zu tun haben. Will er jetzt hier Stammgast werden?«, fragte Siggi misstrauisch.

Uli schüttelte den Kopf. »Ich glaube, dass er nur ein bisschen unter der Hand ermitteln wollte. Offiziell darf er das doch nicht, so jedenfalls habe ich das von Kommissar Müller gehört, der mir gerade das Leben zur Hölle macht.«

Siggi ging nicht weiter darauf ein und sah auf seine gefälschte Rolex. Erschrocken meinte er, dass er leider gleich gehen müsse, weil Alina und ihre Mutter das Goethehaus besichtigen wollten. Er würde in dieser Zeit auf die Kleine aufpassen.

»Tu, was du nicht lassen kannst«, sagte Uli. »Ich habe ohnehin zu tun. Was ist eigentlich mit deinem Maklerbüro? Machst du jetzt dauerhaft Betriebsferien?«

»Nein.« Siggi schüttelte unwirsch den Kopf. »Ich will mich jetzt auf die Vermittlung kinderfreundlicher Objekte spezialisieren«, sagte er dann mit fester Stimme. »Aber jetzt muss ich erst mal weg.«

»Tu das«, sagte Uli, wobei nicht klar war, ob er sich auf die kindgerechten Wohnungen oder den Abgang seines Mannes bezog.

Siggi hatte die kleine Sissi in den Kinderwagen gepackt und ging mit ihr am Mainufer entlang spazieren. Er hatte alte Brotwürfel mitgenommen und wollte Schwäne füttern. Vielleicht hatte die Kleine, auch wenn sie noch ein Baby war, schon Spaß daran, ihm zuzuschauen.

Als er sich gerade über den Kinderwagen beugte, denn Sissi hatte ihren Schnuller ausgespuckt, vernahm er eine ihm wohlbekannte Stimme, die »Hallo, wen haben wir denn da?« sagte. Siggi blickte überrascht auf und sah Annalene Waldau direkt vor sich stehen. Sie trug ihre Laufsachen und war etwas außer Atem.

»Schön dich zu sehen«, sagte Siggi erfreut. »Wir haben uns ja lange nicht mehr gesehen.«

»Das liegt aber nicht an unbedingt mir«, meinte Annalene. »Wie ich sehe, habt ihr Nachwuchs bekommen. Das ging aber schnell.«

Die Polizeipräsidentin lächelte spöttisch. »Setzen wir uns eine Weile.« Annalene deutete auf eine freie Parkbank neben ihnen. Siggi nickte. Sie setzten sich. Der Kinderwagen stand vor ihnen. Siggi beugte sich vor und hob die kleine Sissi aus dem Wagen.

»Das ist Sissi, die Tochter unserer ukrainischen Köchin Alina. Ist sie nicht süß? Willst du sie einmal halten?«

Annalene nickte und nahm das Bündel. Siggi ließ schnell die Papiertüte mit den Brotwürfeln unter die Decke gleiten.

Annalene hielt die kleine Sissi so, als hätte sie schon immer Babys auf dem Arm gehabt. »Leider haben Wolfgang und ich keine Kinder«, seufzte sie traurig.

Siggi erzählte ihr jetzt die ganze Geschichte von Alinas Baby.

»Stimmt, auf eurer Hochzeit sah sie ziemlich blass und mitgenommen aus«, sagte Annalene dann. »Aber schön, dass ihr sie so unterstützt.«

»Schon, aber Uli mag den Duft von Babys nicht. Eigentlich will er das Dachgeschoss in seinem Haus ausbauen, damit unsere Köchin eine Wohnung hat. Aber ich habe manchmal Angst, dass er sich das noch einmal anders überlegt. Und dann?«, sagte Siggi mit etwas Wehmut in der Stimme. »Übrigens, arbeitest du heute nicht?«

»Ich habe heute einen Tag frei genommen. Die Morde sind bei Kommissar Müller in guten Händen. Ich muss etwas für mein Aussehen tun.«

»Dein Kommissar Saleh war gestern bei Uli in der Gastwirtschaft und hat ihm irgendein Foto gezeigt«, sagte Siggi.

»Was hat er?« Annalene brauste auf. »Er darf doch in eigener Sache gar nicht ermitteln.«

»Nein, nein«, beschwichtigte Siggi peinlich berührt. »Er war als Gast bei Uli, rein privat und hat das nur nebenbei gefragt.«

»Umso schlimmer«, meinte Annalene. »Gut, dass ich es weiß.

»Du siehst so schön aus wie immer«, sagte dieser. »Wieso willst du eigentlich etwas für dein Aussehen tun? Da kann man doch gar nichts mehr verbessern.«

»Mir wird langsam kühl«, sagte Annalene. Sie standen auf. »Ich rufe dich an«, sagte sie zu Siggi, bevor sie mit wehenden Haaren davonlief.

Siggi sah ihr nach. Dann holte er die Brötchentüte unter der Decke hervor und hielt nach Schwänen Ausschau.

Kapitel 26

Kommissar Saleh hatte sich kurz entschlossen selbst bei seiner Schwester Fatma eingeladen. Ja, Omar würde auch dabei sein, hatte sie ihm gesagt und er solle doch auch Brigitte mitbringen. Das aber wollte er nicht. Er war auf einer anderen Spur, auf einer Spur, von der er hoffte, dass sie sich als Irrweg erweisen würde. Eine Spur, die seiner Familie nach dem Mord an dem Vater den Todesstoß versetzen könnte. Von diesem Verdacht wollte er aber keinem etwas sagen und am wenigsten seiner Frau Brigitte. Als er bei seiner Schwester eintraf, war Omar nicht da.

»Er musste dringend wegen eines Autoverkaufs noch einmal aus dem Haus. Ein wichtiger Kunde hatte ihn angerufen, dass er noch ein paar Informationen bräuchte, bevor er seinen Auftrag vergibt. Und da geht es gleich um mehrere Autos, da muss sich Omar schon mal bemühen. Tut mir leid, Khalil.«

Saleh bemühte sich, seine Enttäuschung nicht allzu deutlich zu zeigen.

»Welches schreckliche Unglück hat uns Allah geschickt?« Fatma war noch sichtlich von den Ereignissen der letzten Woche mitgenommen.

»Ja, ich kann es auch nicht fassen. Papa ist tot und unsere Mutter geht wie ein Zombie durch das Leben.«

»Nein, das stimmt nicht. Unsere Mutter hat sich inzwischen doch wieder gefasst. Sie wird sich einen alten Freund von Papa als dessen Ersatz in die Praxis holen. Das hat sie mir gestern gesagt. Sag mir, Khalil, wer, glaubst du, hat Papa getötet?«

»Keine Ahnung. Der Typ, der Viviane, die ehemalige Sprechstundenhilfe von Papa, getötet hat, war es jedenfalls nicht, so wie ich es zunächst vermutete. Das hat er in seinem Abschiedsbrief geschrieben, bevor er sich vom Dach des Marriott-Hotels stürzte. Fatma, aber sag mir, warum Omar ausgerechnet bei meiner Hochzeit und während der Mord geschah, nicht anwesend war. Gibt es irgendetwas, was ich wissen müsste?«

Empört sah ihn Fatma an. »Du glaubst doch nicht, dass mein Mann etwas mit dem Mord zu tun hatte.«

»War Omar in letzter Zeit irgendwie anders? Hat er mit dir über das Verhältnis von Papa und Viviane gesprochen? Und wenn ja, hat es ihn geärgert?«

»Natürlich hat es ihn geärgert. Es war ja kein Geheimnis und unser Vater hat sich ungeniert in aller Öffentlichkeit mit dieser Frau gezeigt. Selbst bei seinen Moscheebesuchen hat man Omar immer wieder einmal darauf angesprochen. Es war ihm peinlich, aber was sollte er dagegen tun. Am schlimmsten war es für ihn, als er hörte, dass sich Papa von Mama scheiden lassen wollte, und noch schlimmer, dass er die Absicht hatte, dieses Weib auch zu heiraten. Er fand, dass Papa keinen Charakter hätte. Ja, er hat unter den Eskapaden unseres Vaters gelitten, weil es der Familienehre schaden würde, wie er sagte. Er hat unseren Vater verflucht. Aber was konnte er tun? Einmal hat er Vater angesprochen, aber der hat sich über seine Vorhaltungen nur lustig gemacht.« Fatma schaute ihren Bruder hilfesuchend an.

Khalil lauschte den Worten seiner Schwester und wunderte sich, dass Omar in letzter Zeit häufiger in die Moschee zum Beten ging. Das hatte er früher nicht getan. Ob sein Schwager der Mörder seines Vaters war? Aber dann verwarf er seinen Verdacht. Der Ärger von Omar konnte doch nicht so heftig sein, dass er seinen Schwiegervater umbrachte. Wer sonst aus seiner Familie hätte Interesse am Tod eines Vaters? Wer hätte ein finanzielles Interesse? Da wäre noch seine Mutter. Die hätte auf jeden Fall ein Motiv. Aber sie selbst hatte ihn sicher nicht umgebracht. Sie hätte aber den Mord an ihren Mann in Auftrag geben können. Nein, das traute er ihr wirklich nicht zu. Und seine Schwester? Der traute er noch weniger so eine Tat zu. Wo sollte er nur ansetzen?

Später ging er nach Hause, ohne Omar gesprochen zu haben. Es war schon kurz vor zwölf und er wunderte sich, dass Omar noch nicht nach Hause gekommen war.

Am nächsten Tag rief er Omar an. Er wollte sich mit ihm treffen. Omar zögerte erst ein bisschen, er hätte viel in seinem Autohaus zu tun, willigte dann jedoch ein, ihn im Café *Liebfrauenberg* in der Frankfurter Innenstadt zu treffen.

Khalil hatte sich gerade gesetzt, als sein Schwager mit forschem Schritt durch die Tür trat. Er trug einen ungepflegten Bart, den Khalil noch nie an ihm gesehen hatte. Im Gegenteil, Omar hatte immer wieder betont, dass er als Geschäftsmann und Vertreter einer renommierten Automarke sich niemals einen Bart stehen lassen wolle. Und nun das. Er musterte Omar erstaunt, der darauf irritiert fragte, warum er sich nicht auch einen Bart stehen lasse. Es gäbe immer mehr Männer, die das täten, und das wären nicht nur Muslime.

Khalil beschwichtigte ihn. Es wäre nur so ungewöhnlich für ihn. Er hätte seinen Schwager eben noch nie mit Bart gesehen.

»Den Bart musst du aber noch ein bisschen wachsen lassen. Noch ein bisschen länger und dann kannst du ihn schön trimmen. Steht dir gar nicht schlecht.« Khalil wollte sich nicht mit Omar anlegen. Der hatte nämlich ein leicht aufbrausendes Naturell und war schlecht zu bremsen, wenn ihn einmal der Zorn ritt.

»Lass dir auch einen Bart stehe. Unser Prophet Mohammed trug auch einen, Khalil, mein lieber Schwager.«

»Ach, weißt du, im Beruf ist es mir lieber ohne Bart, und ich kann mir nicht vorstellen, dass Brigitte meine Bartstoppeln gefallen würden. Nein, für mich wäre das nichts.«

Omar meinte, dass ein muslimischer Mann einen Bart tragen sollte. Er hätte mit einigen Gläubigen darüber gesprochen und die hätten ihm dazu geraten.

»Seit wann gehst du denn in die Moschee? Das ist ja was ganz Neues. Früher hast du doch gar kein Interesse daran gehabt.«

»Ja früher, da war ich anders. In letzter Zeit habe ich das Gefühl, dass ich mich mehr mit unserem Glauben beschäftigen sollte«, Omar schaute seinen Schwager streng ins Gesicht. »In unserer Familie sind ja in letzter Zeit Dinge passiert, die mir sehr zu schaffen machen.«

»Was meinst du denn?« Khalil wusste sehr wohl, was Omar meinte, wollte es aber aus seinem eigenen Mund hören.

»Ja, fandst du es denn normal, dass dein Vater mit dieser blonden Geliebten die Familienehre in den Schmutz gezogen hat? Dass er sich nicht geschämt hat, dieses Verhältnis in der Öffentlichkeit auszuleben. Er hat die Ehre eurer Mutter befleckt. Du hättest ja auch mal mit deinem Vater reden können und ihn auf seine schändliche Liaison mit dieser nichtmuslimischen Hure ansprechen sollen.«

»Dann hättest du dich also nicht aufgeregt, wenn er sich eine muslimische Geliebte genommen hätte? Das wäre für dich und den Imam dann in Ordnung gewesen? Merkst du gar nicht, wie einseitig und intolerant du denkst?«

Khalil war empört. Natürlich war ihm das Verhältnis seines Vaters mit dieser Sprechstundenhilfe auch unangenehm gewesen, aber sollte er als Sohn seinen Vater dafür maßregeln. Sein Vater war ein eigenständiger Mann und was sollte er sich da einmischen. Ja, seine Mutter tat ihm leid. Aber mit seinem Vater über dessen Liebesleben zu sprechen? Das hätte der sicher abgeschmettert und ihm geraten, sich um sein eigenes Leben zu kümmern. Das Schlimmste aber war, dass jetzt in aller Öffentlichkeit über das unrühmliche Ende seines Vaters und den Mord an seiner Geliebten diskutiert wurde. Ihm, als Kommissar, schadete dieses ganze Gerede und die Tuscheleien hinter seinem Rücken wurden immer mehr, jedenfalls bildete er sich das ein.

»Hätte ich meinem Vater seine Beziehung zu Frau Stober verbieten sollen?«

»Jedenfalls hättest du ihm ins Gewissen reden sollen. Deine Mutter hat sehr darunter gelitten. Genauso wie sie darunter gelitten hat, dass du eine nichtmuslimische Frau geheiratet hast. Das hat auch mir die Freude an deiner Hochzeit genommen.«

Khalil sprang auf. In seiner eigenen Familie ein solcher Abgrund von Intoleranz. Jetzt machte er auch noch Brigitte schlecht. Das konnte er sich nicht gefallen lassen. Er hatte Omar eigentlich ganz anders in Erinnerung.

»Ist das der Grund gewesen, dass du meine Hochzeitsfeier verlassen hast? Weißt du, Omar, es ist schön, dass du wieder mehr zum Glauben gefunden hast, aber dass du deswegen Andersgläubige pauschal verdammst, das geht mir doch zu weit. Ich hatte dich immer für einen weltoffenen Menschen gehalten, der hier in Frankfurt mit Menschen anderen Glaubens umgeht und das als normal empfindet. Aber dein Gerede, dass Muslime nur Muslime heiraten sollten, das ist so dumm, dass ich lachen könnte, wenn du es nicht so verdammt ernst meintest. Was hast du gegen Andersgläubige? Bist du etwas Besseres, nur weil du ein Muslim bist? Das glaubst du doch selbst nicht. So ungebildet bist du doch nicht, oder?«

Mit unterdrückter Wut wandte sich Omar an seinen Schwager: »Mach nicht so ein Theater. Setz dich wieder hin. Die Leute drehen sich schon nach uns um. Ich halte mich lediglich an den Koran. Der Imam in meiner Moschee hat mich eindringlich darauf hingewiesen, dass das Verhalten deines Vaters nicht rechtens war.«

»So, und jetzt sagst du mir noch, dass du meinen Vater wegen seines lasterhaften Lebens umgebracht hast. Schließlich warst du ja in der Zeit seines Mordes nicht mehr auf meiner Feier und hättest ihn ermorden können. Ich hoffe, du hast ein gutes Alibi.« Khalil war so erregt, dass er diese ungeheuerliche Anklage nicht zurückhalten konnte.

Omar wurde leichenblass, stieß seinen Stuhl zurück und rief: »Das wirst du noch bereuen!« Dann verließ er das Lokal, ohne zu zahlen oder sich zu verabschieden.

Khalil blickte sich um. Es war so laut in dem Café, dass wohl keiner ihren Streit so richtig mitbekommen hatte. Wieso war es ihm entgangen, dass sein Schwager in letzter Zeit so eine engstirnige Sicht auf das Leben bekommen hatte? Könnte es sein, dass Omar tatsächlich etwas mit dem Mord an seinem Vater zu tun hatte? Er grübelte und kam zu keinem Ergebnis. Fatma hatte ihm nicht erzählt, dass sich ihr Mann in letzter Zeit so stark in der Moschee engagiert hatte. Sollte sich sein Verdacht erhärten, dass Omar in den Mord seines Vaters verwickelt war? Er wusste, dass er wegen Befangenheit eigentlich keine Ermittlungen auf eigene Faust durchführen durfte. Aber wenn sich bei Omar ernsthafte Anhaltspunkte für eine Tat ergaben, dann würde er es doch tun. Schließlich ging es auch um seine eigene Ehre.

Am nächsten Tag nahm er ein jüngeres Foto von Omar, das er auf seinem Smartphone gespeichert hatte, ließ es bei der Drogerie dm vergrößert ausdrucken und ging damit ins *Hilton*. Er hatte ein schlechtes Gewissen, aber er musste es tun. Zuerst sprach er den Manager an, der ihm sofort einen Angestellten zur Seite stellte, der am Tag der Hochzeitsfeier Dienst getan hatte und der wusste, welche anderen Kellner mitgeholfen hatten. Trotz intensiver Nachfragen gab es niemand, der sich an eine Person erinnerte, die Omar ähnlich gesehen hatte. Enttäuscht verließ er das Hotel. Er hoffte inständig, dass seine verbotenen Aktivitäten nicht im Präsidium publik wurden.

Kapitel 27

Nach dem Streit mit seinem Schwager Khalil hatte sich Omar in sein Auto gesetzt und war nach Hause gefahren. Er war wütend. Wie hatte es nur so weit kommen können? Wenn er jetzt nicht aufpasste, würde ihm sein ganzes Leben um die Ohren fliegen. Das wollte er auf keinen Fall. Er musste nachdenken und sich zurückerinnern an den fatalen Tag der Hochzeit, um auf alle Fragen eine richtige Antwort zu haben. Denn dass Khalil ihn nach ihrem Streit des Mordes an seinem Vater verdächtigen würde, das war ihm klar.

Er sah sich, wie er auf der Hochzeitsfeier von Khalil und Brigitte neben seiner Frau Fatma am festlich gedeckten Tisch saß. Es ging ihm damals nicht gut. Sein Magen machte ihm große Probleme. Die völlige Überschuldung seines Autohauses drückte auf seine Stimmung. Außerdem war er beunruhigt wegen des Geschenks seines jordanischen Freundes Hamad, das ihm dieser vor Beginn der Feier in die Hand gedrückt hatte. Omar hatte das teure Stück sofort in seinem Auto im hoteleigenen Parkhaus verstaut.

Die Figur, ein kostbares kleines Originalteil aus einem Relief der berühmten Felsenstadt *Petra* in Jordanien, die Omars Bekannter Hamad dem arglosen jordanischen Zoll am Flughafen von Amman und natürlich auch dem Frankfurter Zoll als zertifizierte »Kopie« vorgelegt hatte, und mit dieser gefälschten Urkunde auch durchkam, war ein kleines Vermögen wert.

Hamad war ein guter Freund von Omar, den er vor Jahren bei seiner eigenen Hochzeit mit Fatma in Frankfurt kennengelernt hatte und mit dem er sich damals sehr angefreundet hatte. Der gelernte Steinmetz war überaus stolz, zu den privilegierten Personen zu gehören, die an den Ausgrabungen und dem Erhalt der antiken Felsenstadt *Petra* in Jordanien arbeiten durften, einem Weltkulturerbe, das jedes Jahr Millionen Touristen anzog. Er hatte ihm und Fatma viele Fotos seiner Wirkungsstätte gezeigt. Noch nie hatte Omar so etwas Majestätisches vor Augen gehabt, und noch niemals hatte er jemals von diesem magischen Ort gehört. Auf den Aufnahmen sah er, wie die gigantisch hohe und breite Fassade, die direkt in den Berg gehauen war, durch das Sonnenlicht geradezu überirdisch das leuchtende Hellrot des Felsens zur Geltung brachte, und war zutiefst beeindruckt von der monumentalen Schönheit dieses Bauwerks.

Unter dem Eindruck dieser unwirklichen Pracht wuchs in Omar der Wunsch, diesen Ort mit eigenen Augen zu sehen. Er schlug Fatma vor, ihre Hochzeitsreise nach Jordanien zu machen. Die ursprünglich geplante Reise an die Côte d'Azur würden sie nächstes Jahr nachholen, versprach er ihr. Seine Begeisterung für *Petra* war so ansteckend, dass seine Frau seinen Reiseplänen schließlich zustimmte. Ihre Eltern stammten aus Jordanien und natürlich kannte auch Fatma die Felsenstadt *Petra*, zumindest vom Namen her. Allerdings war sie selbst bei ihren gelegentlichen Besuchen in Jordanien noch nie dort gewesen.

Obwohl Hamad in der Felsenstadt *Petra* arbeitete, die älter schien als die Zeit selbst, war er ein sehr moderner Typ. Insbesondere hatte er eine Vorliebe für schnelle Autos, mit denen er nach Amman brausen konnte, um sich dort zu amüsieren.

Nun hatte man Omar kurz vor seiner Hochzeit den günstigen Ankauf eines gebrauchten Triumph Spitfire Sportwagens angeboten, den er möglichst schnell außerhalb Deutschlands weiterverkaufen solle.

Den Wagen, den Omar zunächst auf sich selbst zugelassen hatte, wobei er Blut und Wasser schwitzte, dass sich der Wagen nicht als gestohlen erweisen sollte, wollte er an seinen Freund Hamad mit einem nur geringen Gewinn weiterverkaufen, weil dieser in die Marke Spitfire vernarrt war. Der Gewinn löste sich aber in Luft auf, weil das Auto erst kostspielig per LKW nach Genua und dann von dort per Schiff über den Golf von Akaba nach Amman gebracht werden musste. Er hatte zunächst überlegt, den Wagen selbst von Frankfurt bis nach Amman zu fahren. Fatma aber protestierte, sie wolle nicht eine ganze Woche lang jeden Tag fünfhundert Kilometer fahren, um dann völlig durchgerüttelt in Amman anzukommen. So jedenfalls stelle sie sich ihren Honeymoon nicht vor. Schließlich ließ sich Omar überzeugen, das Flugzeug nach Amman zu nehmen.

Hamad war von Omars Service mit dem Sportwagen mehr als überwältigt und versprach ihm, sich erkenntlich zu zeigen.

Während Fatma am Hotelpool lag und den Luxus eines Fünf-Sterne-Hotels in dem nahe bei *Petra* gelegenen Ort *Wadi Musa* genoss, verfiel Omar unter Hamads kundiger Führung ganz dem Zauber der Felsenstadt. Insgeheim hoffte er, etwas zu finden, was er als Andenken mitnehmen konnte. Hamad hatte ihm allerdings diese Illusion nachdrücklich ausgeredet. *Petra* war ein Ort nationaler Größe. Jeder Raub eines noch so kleinen Teils dieses monumentalen Kunstwerkes würde unnachsichtig und sehr hart bestraft werden.

Wenn Omar und Fatma im Hotel dinierten, erzählte Omar seiner Frau enthusiastisch von seinen Eindrücken aus *Petra*, denen sie nur mäßig interessiert zuhörte. Nach dem Abendessen tanzten sie meistens noch lange auf der bunt beleuchteten Hotelterrasse. Dabei blühte Fatma auf. Sie trug ein langes schmales weißes Kleid, dessen tiefer Ausschnitt von einer breiten Goldkante eingefasst war und ihre gebräunte Haut gut zur Geltung brachte. Die Nächte waren heiß und leidenschaftlich. Omar betete seine Frau an. Er konnte sein Glück noch immer nicht fassen, dass ausgerechnet Fatma, eine Ärztin, seinem Werben erlegen war. Ihre Eltern schienen von ihm leider nicht ganz so erbaut zu sein. Im Gegensatz zu seiner fehlenden akademischen Bildung nannte er allerdings ein florierendes Autohaus auf der Hanauer Landstraße sein eigen und besaß ein äußerst gewinnendes Äußeres, dem Fatma erlegen war.

Es war eine gelungene Hochzeitsreise und sie waren betrübt, als sie wieder zurückflogen. Omar war traurig, als er *Petra* verlassen musste. Mit Hamad blieb er lose in Kontakt.

Die Zeit verging und Omars einst blühendes Autohaus verlor an Kunden, sei es durch neue Konkurrenten, vielleicht aber auch, weil er irgendwie den Trend der Zeit verschlafen hatte.

Als sein Autohaus immer tiefer in die roten Zahlen geriet, erinnerte sich Omar seines Glaubens, wurde sehr religiös und suchte Lösungen für seine Probleme bei Allah. In der Moschee gab es vereinzelte Gläubige, die einer sehr strengen, konservativen Auslegung des Islam folgten. Irgendwie war er in diese Kreise geraten und fühlte sich dort gut aufgenommen. Die aufgezeigten Wege schienen so einfach und klar. Als er ihnen jedoch einmal von seinen Erlebnissen aus der Felsenstadt *Petra* vorschwärmte, wandten sie sich gegen ihn. Das wäre doch keine islamische Gedenkstätte, das wären doch damals, vor Tausenden von Jahren Ungläubige gewesen, die diese Stätte errichtet hätten, und da sollte er gar nicht mehr hingehen. Zu der Zeit, lange bevor der Islam sich durchgesetzt hatte, hätten die Bewohner doch ganz andere Götter angebetet. Im Grunde sollte man *Petra* aus einem muslimischen Land wie Jordanien entfernen, ja man sollte die Stätte in Grund und Boden bomben und durch eine Moschee ersetzen.

Omar fiel aus allen Wolken. Damit hatte er sich noch gar nicht befasst. Ja richtig, der Islam war erst Jahrhunderte später aufgekommen. Wie hatte er sich nur für so eine gänzlich unislamische Kultur begeistern können? Von da an war *Petra* für ihn gestorben.

Und ausgerechnet jetzt, jetzt hatte ihm sein Freund Hamad diese Originalfigur aus einem Relief von *Petra* mitgebracht. Als Gegengeschenk für den preisgünstigen Kauf des Triumph Spitfire Sportwagens, damals, als er geheiratet hatte.

Geschickt hatte Hamad das Original durch ein von ihm selbst hergestelltes Falsifikat ersetzt. Aber was sollte Omar damit? Er konnte sie doch nicht zurückweisen. Aber behalten wollte er sie auch nicht, diese unislamische Figur! Hamad hatte ihm gesagt, dass die kleine Figur ein Vermögen wert war. Da hatte Omar aufgehorcht. Was würde denn ein solches Stück kosten?

Unbezahlbar, hatte ihm sein Freund gesagt, weil das Kunstwerk offiziell unverkäuflich wäre. Kein seriöses Museum würde sich wagen, ein geraubtes Teil von *Petra* auszustellen. Aber er schätze, dass man auf dem Schwarzmarkt mindestens ein paar hunderttausend Euro dafür bekommen würde. Ein Wert von dreihunderttausend Euro stand im Raum. Omar war wie elektrisiert. Vielleicht konnte er durch den Verkauf dieser Figur den Bankrott seines Autohauses abwenden.

Das konnte er seinem Freund jedoch nicht sagen. Der durfte nicht ahnen, dass er das Teil verkaufen musste, um wenigstens einen Teil der drückenden Schulden abzahlen zu können. Er hatte allerdings keine Ahnung, an wen er sie verkaufen konnte. Die bekannten öffentlichen Museen der Völkerkunde würden sich überschlagen, einen solchen Schatz ausstellen zu können, das hatte ihm Hamad gesagt. Aber angesichts der äußerst strengen Gesetze der jordanischen staatlichen Stellen hinsichtlich der Ausfuhr antiker nationaler Kunstgegenstände hätten sie keine Freude an diesem Relief. Diese Möglichkeit war also ausgeschlossen. Er müsste also das kostbare Stück unter der Hand an einen speziellen Kunstkenner verkaufen, der den Besitz des Kunstwerks nicht publik machte und es nur zu seinem persönlichen Besitzerstolz bei sich zuhause ausstellte. Nur an wen? Er hatte schon versucht, bevor Omar ihm die kleine Figur in die Hände gedrückt hatte, im Internet nach Interessenten Ausschau zu halten. Aber woher sollte er wissen, wer ein ernsthafter Käufer war und wer nicht? Die Sache stellte sich komplizierter dar, als er dachte. Aber diesen Weg wollte er auf jeden Fall weiterverfolgen.

Die andere Möglichkeit, seine Insolvenz abzuwenden, wäre ein Kredit seines Schwiegervaters gewesen, den ihm dieser aber vor kurzem hartherzig verweigert hatte.

Omar war es leid, in der Moschee immer wieder hässliche Kommentare seiner strenggläubigen Freunde über das sittenwidrige Privatleben seines Schwiegervaters zu hören. Eine Liebschaft mit einer Nichtmuslima! Von der eigenen Ehefrau und beliebten Ärztin, mit der er zusammen seine lukrative Praxis aufgebaut hatte, wolle er sich wegen seiner deutschen Geliebten scheiden lassen. Das war schlimm genug. Was Omar aber am meisten gekränkt hatte, war die kalte Abfuhr, die ihm Dr. Saleh erteilte, als er ihn um einen Kredit bat. Nicht nur hatte er seine Bitte rundherum abgelehnt, nein, er hatte ihm auch nahegelegt, dass es seine eigene Sache wäre, sich um einen Kredit zu kümmern. Auf seinen Einwand, dass die Banken aufgrund seiner hohen Verschuldung nicht bereit wären, ihm ein weiteres Darlehen zu gewähren, sagte er nur kurz und knapp: »Dann musst du deine Firma eben verkaufen.«

Bei diesem hartherzigen Rat schoss Omar das Blut ins Gesicht. Er ahnte schon, warum ihm sein Schwiegervater den Kredit verweigerte. Noch vor dem Debakel mit dem fehlgeschlagenen Deal der fünfzehn Luxuskarossen von Mercedes hatte er seinen Schwiegervater mehrfach auf seinen unsittlichen Lebenswandel angesprochen.

Der hatte ihn aber jedes Mal auflaufen lassen und speziell jetzt, als ein Geschäft mit diesen libanesischen Autobetrügern endgültig den Bach hinuntergegangen war, hatte er ihm ordentlich die Leviten gelesen: »Was geht dich eigentlich mein Leben an? Sage ich dir etwa, wie du zu leben hast? Ich muss mir von so einem grünen Jungen wie dir keine Ratschläge geben lassen, schon gar nicht in Allahs Namen. Seit wann bist du eigentlich so auf Allah und unseren Glauben fixiert? So warst du doch früher nicht. Kümmere du dich um dein eigenes Leben und mische dich nicht in meins. Du siehst ja, wo dich deine Unfähigkeit hingeführt hat. In den Bankrott! Meine Tochter Fatma ist nicht auf dein Geld angewiesen. Sie könnte auch ohne dich mit ihrem Verdienst als Ärztin bestens allein leben.« Damit drehte er sich um und ließ Omar wie einen begossenen Pudel stehen.

Omar kochte vor Wut. Diese Unverschämtheit, diese Kälte. Er hasste ihn aus tiefstem Herzen. Wenn er jetzt ein Messer gehabt hätte, er wüsste nicht, wie er reagiert hätte. Fatma hatte er nicht gesagt, dass er ihren Vater um Geld gebeten hatte. Er wollte sie über seine katastrophale Lage nicht so genau informieren und hatte auch seinen Schwiegervater gedrängt, seiner Tochter nichts von seiner verzweifelten Lage zu erzählen. War es seinem Schwiegervater eigentlich egal, dass er seine Tochter mit seiner starren Haltung in eine schreckliche Situation brachte? Daran war nur diese blonde Hexe Schuld. Sie hatte ihm vollkommen den Kopf verdreht und er tanzte nach ihrer Pfeife.

Nächtelang hatte er wachgelegen und überlegt, wie er sich aus seiner ausweglosen Lage befreien könnte. Seine eigene Familie in Marokko war bitterarm und erwartete eher von ihm, dass er sie unterstützte. Von der Seite konnte er kein Geld erwarten. Fatmas Eltern allerdings waren sehr reich. Wenn sich sein Schwiegervater aber nicht an der Rettung seines Autohauses beteiligen wollte, war er verloren. Natürlich könnte er über eine windige Internet-Bank einen Kredit bekommen. Aber deren Zinsen wären so hoch, dass er über kurz oder lang seine Firma veräußern müsste, und dann stünde er mit gar nichts da. Mit Khalil hatte er sich überworfen. Ihn konnte er auch nicht um Geld anbetteln. Was blieb ihm noch übrig? Es gab nur eine Möglichkeit, er musste irgendwie an das Geld seines Schwiegervaters kommen.

Bei der Hochzeit von Khalil und Brigitte sah er seinen Schwiegervater kaum am Tisch sitzen. Eine innere Unruhe schien ihn befallen zu haben und hielt ihn ständig in Bewegung. Als Familienoberhaupt machte er einen nicht gerade seriösen Eindruck. Seine Frau Leyla schaute ihn strafend an, aber das schien ihn nicht zu stören.

Zu all seinen Sorgen um den Weiterbestand seines Autohauses kam noch hinzu, dass Omar seit Wochen an heftigen Magenbeschwerden litt. Am Tag der Hochzeitsfeier ging es ihm so schlecht, dass er Fatma sagte, er müsse nach Hause und sich hinlegen. Er wüsste nicht, ob er sich noch länger aufrecht halten könne. Fatma schaute ihn besorgt an und nickte ihm verstehend zu. Draußen an der Garderobe griff er seinen Mantel, als er bemerkte, dass auch sein Schwiegervater den Festsaal verlassen hatte.

Neugierig folgte ihm Omar in einiger Distanz, während er sich beim Gehen den Mantel überwarf und den Kragen hochzog. Er wusste nicht, wohin sein Schwiegervater ging, aber er sah, dass er, kaum aus der Tür, nach seinem Handy griff und jemand anrief, der anscheinend nicht antwortete. Schließlich hörte er, wie Dr. Saleh auf den Anrufbeantworter sprach: »Viviane, wo bist du? Seit gestern versuche ich dich zu erreichen. Ruf mich dringend auf meinem Handy an. Liebste, ich bitte dich, lass mich nicht so lange warten.«

Dann bückte er sich, um sich die Schuhe zu binden, als Omar sah, wie ein anderer Mann aus einer Tür trat und direkt hinter Dr. Saleh zu stehen kam, der ihm den Weg versperrte, während er an seinen Schuhen herumfingerte. Auch der Mann bückte sich, aber Omar konnte nicht erkennen, was er dort tat. Jedenfalls stand der Mann abrupt wieder auf, drehte sich um und hantierte an den dort stehenden Rollwagen, dann ging er, ohne Omar anzusehen, an ihm vorbei in die andere Richtung.

Sein Schwiegervater richtete sich auf und ging weiter. Er kam zu einer Tür, öffnete sie und Omar sah, wie er leicht schwankend in die Schwimmbadhalle trat und sich neugierig umschaute.

Dieser Dreckskerl! Auf der Hochzeit seines Sohnes hatte er nichts Besseres zu tun, als seine Geliebte anzurufen. Wie schamlos! Zornig schaute sich Omar um. Auf dem Flur standen mehrere Rollwagen, auf denen schmutzige Teller und das Besteck abgelegt worden waren. Omar warf einen missbilligenden Blick auf das Durcheinander. Konnten die in einem Fünf-Sterne-Hotel ihren Gästen nicht den Anblick des dreckigen Geschirrs ersparen?

Kapitel 28

Am Abend der beiden Hochzeitsfeiern war Ahmad Alnimri dafür eingeteilt worden, beim Servieren der einzelnen Gänge zu helfen. Er war ganz schön im Stress gewesen und fühlte sich wie gerädert. Endlich konnte er sich eine Pause gönnen und auf der zur Grünanlage hin gelegenen Terrasse eine Zigarette rauchen. Er schaute weder nach rechts noch nach links. Nur raus aus dem Stress und ins Freie.

Fast wäre er über den vor ihm zu Boden gebeugten Mann gestürzt. Erschreckt konnte Ahmad seinen Schritt gerade noch abbremsen. Wie aus dem Nichts war das Hindernis in seinem Weg aufgetaucht. Der elegant gekleidete grauhaarige Herr versuchte seinen Schuh zu binden. Er schien es gar nicht zu bemerken, dass jemand direkt hinter ihm stand. Der Kleidung nach zu schließen, schien es sich um einen Gast einer der beiden Hochzeitsgesellschaften zu handeln. Die Smoking-Jacke war nach vorne gerutscht und gab ein gut geformtes Hinterteil frei. Aus der Gesäßtasche der Hose ragte eine Geldklammer heraus, die ein dickes Bündel Scheine zusammenhielt. Ahmad konnte nicht widerstehen. Wie von selbst schoss seine Hand nach vorn. Vorsichtig zog er an der Klammer. Nichts passierte. Der Grauhaarige nestelte weiter mit zitternden Händen an seinem Schuh. Ein leichter Alkoholgeruch stieg Ahmad in die Nase. Schnell ließ er das Bündel Scheine in seiner Hosentasche verschwinden.

Der Gast setzte mit unsicheren Schritten seinen Weg in Richtung Schwimmbad fort. Ahmad sah ihm erstaunt nach. Was wollte der Mann in der Schwimmhalle? Dann drehte er sich um, damit er seine Beute verstecken konnte, als er beinahe über einige der am Boden liegenden Servietten stolperte, die anscheinend von den beiden vollgestellten Rollwagen mit schmutzigem Geschirr hinuntergefallen waren. Während er zwischen den beiden Rollwagen auf dem Boden kniete und die Servietten einsammelte, eilte ein großer Mann in einem schwarzen Mantel an ihm vorbei und lief ebenfalls in Richtung Schwimmbad. Erschrocken erhob sich Ahmad und schaute dem Mann hinterher. Er konnte nur noch seinen Rücken sehen. Ein schneller Griff in seine Hosentasche versicherte ihm, dass das pralle Päckchen Geld noch da war. Er lief zu seinem Spind und verstaute die Banknoten in seinem Mantel. Sein Herz raste.

Ahmad war Flüchtling und war in Frankfurt gestrandet. Seine Frau lag mit Mukoviszidose in der Uniklinik, weil sie eine schwere Lungenentzündung hatte. Über die *Caritas* war er in das *Hilton* vermittelt worden. Er liebte seine schöne junge Frau, die von dieser unheilbaren Stoffwechselerkrankung befallen war. Sie war so zart. Ahmad wollte sie nicht verlieren. Jede Lungenentzündung bedeutete eine weitere Schädigung der geschwächten Lunge und führte zu neuen Komplikationen. Die Therapieansätze der Frankfurter Uniklinik konnten die Lebensqualität und Lebenserwartung seiner Frau deutlich verbessern, aber viele der Leistungen wurden von der Krankenkasse nicht übernommen. Ahmad hatte immer Geldsorgen.

Als er nach dem langen Arbeitstag endlich ins Bett fiel, versteckte er den größten Teil der zehntausend Euro unter der Matratze. Tausend Euro ließ er in der Klammer und steckte sie am nächsten Morgen wieder ein. Als die Leiche des Gastes im Schwimmbad entdeckt worden war und die Polizei alles untersucht hatte, schien es niemand aufgefallen zu sein, dass das Geld fehlte.

Am nächsten Morgen hatte die Polizei in der Hotelhalle die Übernachtungsgäste aus Jordanien befragt. Ahmad trieb sich immer wieder in der Nähe herum. Auch jetzt war von dem Geld offenbar keine Rede. Er wartete noch einen Tag, ohne etwas von dem Geld auszugeben.

In seiner Mittagspause ging er schließlich in die unweit des Hotels gelegene Schillerstraße, kaufte ein schickes Seidentuch und Pralinen. Die nette Rezeptionistin mit dem Vornamen Wilma hatte ihm Geld geliehen. Jetzt konnte er seine Schulden zurückzahlen.

Er stand vor ihr, strahlte sie an, hielt ihr das Päckchen hin. »Für dich, Wilma, weil du mir geholfen hast. Und meine Schulden kann ich auch bezahlen.« Dann griff er in die Tasche seiner Jeans und zog die goldene Klammer mit den Initialen Y. S. heraus.

Wilma hatte scharfe Augen und die Gravur sofort bemerkt. Ahmad gab ihr 110 Euro.

»Ist mit Zinsen«, sagte er und schob ihr das Geld hin.

Den ganzen Nachmittag rang Wilma mit sich und wusste nicht, was sie tun sollte. Schließlich rief sie im Polizeipräsidium an. Sie verlangte nach dem Kommissar, der in dem Mordfall im *Hilton* ermittelte. Endlich hatte sie Kommissar Müller in der Leitung.

»Ich muss Ihnen etwas mitteilen, das mir erst heute aufgefallen ist. Gestern, als Ihr Kollege mit dem Foto bei mir war, wusste ich noch nichts von der Sache.«

Müller schluckte. Khalil war eigenmächtig unterwegs? Den Vorfall würde er der Polizeipräsidentin melden müssen. Er verstand ihn zwar, aber Regeln waren Regeln.

»Was haben Sie denn nun beobachtet?« Kommissar Müller überging das Fehlverhalten seines Kollegen.

»Den Geldnoten-Clip mit den Initialen Y. S. Ich habe ihn bei einem der Flüchtlinge gesehen, die wir hier im Hotel beschäftigen. Außerdem war mir aufgefallen, dass er plötzlich viel Geld hatte. Seine Frau ist so krank.« Wilma konnte ein Schluchzen nicht unterdrücken. Was hatte sie sich nur dabei gedacht? Den Mann einer todkranken Frau ans Messer zu liefern, der ihr vertraute und dem sie zuerst Geld geliehen hatte. Wilma fühlte sich schlecht.

»Vielleicht täusche ich mich auch. Vielleicht sind es doch andere Initialen«, sagte sie matt.

»Wie dem auch sei«, sagte Kommissar Müller. »Wir kommen sofort.« Wilma hätte sich am liebsten in ein Mauseloch verkrochen.

Horst Müller rief noch schnell bei Annalene Waldau an, um sie von der Aktion des Kollegen Saleh zu unterrichten und der Spur, die sie jetzt endlich hatten. Schließlich rannte er zu dem Streifenwagen, der ihn bereits mit laufendem Motor erwartete. Mit quietschenden Reifen brausten sie in Richtung *Hilton*.

Kapitel 29

Annalene Waldau schaute nachdenklich aus dem Fenster. Der Anruf ihres Kommissars Müller hatte sie gerade aus einem Wolkenkuckucksheim auf den Boden der Tatsachen zurückgeholt. Ihre Gedanken mussten von dem zauberhaften Abend an der Seite ihres Noch-Ehemanns Wolfgang zu dienstlichen Angelegenheiten zurückkehren. Gestern hatte Wolfgang sie fürstlich zum Essen eingeladen und ihr unverwandt in die Augen geschaut. Auf dem Heimweg an einer roten Ampel hatte er ihr ein Geständnis gemacht.

»Weißt du, Anna, bei Maria habe ich mich immer sehr überlegen gefühlt. Sie betet mich an. Und du, du warst immer nur mit deinem hochrangigen Amt als Polizeipräsidentin verheiratet. Ich kam mir vor wie ein Haustier, um das man sich kümmern muss, weil man es sich nun einmal zugelegt hat, mit dem man auch manchmal schmust, wenn es einem gerade passt. Du hattest dich doch nie wirklich für mich interessiert.«

Wolfgang machte eine Pause und atmete schwer. Mittlerweile standen sie in der Obermainanlage vor Annalenes Haustür. Beide waren fast gleich groß. Wolfgang nahm das Kinn seiner Frau in seine Hände und hob ihr Gesicht seinen Lippen entgegen. Der Kuss dauerte eine Ewigkeit. »Wie konnte ich dich nur verlassen, ich habe dich doch immer begehrt und jetzt noch viel mehr.«

Flüsternd war Wolfgang zu dem rechten Ohr seiner Frau geglitten, als sie sich ihre Münder endlich voneinander gelöst hatten. »Deine Ohrringe gefallen mir. Du gefällst mir«, sagte er, indem er einen Schritt zurücktrat und sie bewundernd musterte.

»Komm doch mit nach Spanien, nach Cadaqués. Vielleicht ist jetzt alles anders. Ich habe mich geändert.« Annalene hatte das Gefühl, den Boden unter den Füßen zu verlieren und an das Ende der Zeit gekommen zu sein.

»Was sage ich Maria?«, fragte Wolfgang sorgenvoll.

»Die Wahrheit«, schlug Annalene vor. »Dass wir unsere Ehe noch einmal auf die Probe stellen wollen, bevor wir den endgültigen Schritt in die unwiderrufliche Scheidung gehen.«

»Ja, du hast vermutlich Recht.« Wolfgang schüttelte sich leicht. »Vielleicht komme ich mit nach Spanien.«

In diesen schönen Gedanken hatte Annalene geschwelgt, als Horst Müllers Stimme aus dem Telefonhörer in ihr Gehirn mit der Botschaft eindrang, dass der Kollege Khalil Saleh doch auf eigene Faust zu ermitteln schien. Wie konnte er das trotz ihrer Mahnung tun? Aber es war wohl menschlich und zu erwarten gewesen. Sie erinnerte sich daran, was ihr Siggi am Mainufer erzählt hatte. Annalene betätigte die Gegensprechanlage und bat ihre Assistentin, Kommissar Saleh in einer halben Stunde zu ihr zu schicken. Vor dessen Eintreffen verfasste sie selbst die entsprechende Abmahnung, die ihre Assistentin dann der Personalakte beifügen sollte. Nach einem vorsichtigen Klopfen öffnete sich die Tür. Annalene sah auf und in die Augen ihres Kommissars.

»Herr Saleh, was haben Sie sich eigentlich bei Ihren Aktionen gedacht?«, fragte sie, als der Kommissar vor ihrem Schreibtisch Platz genommen hatte. Er sah schlecht aus. Sein Gesicht wirkte fahl, die Augen fiebrig glänzend.

»Entschuldigen Sie, Frau Waldau, aber ich musste einfach einer Sache nachgehen, die ich für so vage und irreal hielt, dass ich sie meinen Kollegen nicht erklären konnte.«

Annalene drehte den Ring am Finger, den sie damals in seiner Wohnung am Waschbecken vergessen hatte, als er sie wegen Problemen mit ihrer Kontaktlinse auf dem Sommerfest des Polizeipräsidiums kurzerhand mit in seine nahegelegene Wohnung genommen hatte, da er ebenfalls Kontaktlinsen trug. Damals fand sie ihn ziemlich attraktiv, doch jetzt wirkte er etwas heruntergekommen.

»Ich hatte Sie ausdrücklich aufgefordert, sich aus den Ermittlungen herauszuhalten. Außerdem müssen Sie jeden Verdacht, und sei er noch so abwegig, dem ermittelnden Kommissar mitteilen. Was war es? Welcher Verdacht hat sie zu einem Alleingang motiviert?« Ihre Stimme klang schneidend scharf.

»Ach, es war nichts. Ich glaube, dass ich mir da nur etwas eingebildet habe, um nicht untätig zuhause herumzusitzen.« Saleh runzelte die Stirn. Er war nicht willens, sich zu seinem Anfangsverdacht gegenüber seinem Schwager Omar zu äußern.

»Ich glaube, dass es sehr wohl etwas gibt, was in Ihrem Kopf vorgeht und was Sie nicht preisgeben wollen. Da Sie also nicht kooperieren, werde ich nicht großzügig sein. Jetzt gibt es eine zweite Abmahnung in Ihrer Akte.« Annalene lehnte sich mit verschränkten Armen zurück. »Die erste Abmahnung haben Sie wegen grob homophoben Auftretens erhalten. Sie erinnern sich.«

Dies war der Moment ihrer persönlichen Rache. Sie konnte sich sehr gut daran erinnern, dass Saleh bei ihrer vorübergehenden Versetzung wegen Befangenheit, als es um den Mord an ihrem Neffen Alexander Wienhold gegangen war, auf Anweisung seiner Vorgesetzten allerdings, eine entscheidende Rolle gespielt hatte. Annalene hatte die Tatsache, dass das Mordopfer ihr Neffe war, zunächst verschwiegen. Fünf Monate hatte sie im Innenministerium in Wiesbaden Altakten zu ungeklärten Fällen studieren müssen. »Am liebsten würde ich Sie unter Hausarrest stellen.«

Als Khalil diese Worte seiner Chefin vernahm, bildeten sich Schweißperlen auf seiner Stirn. Der Polizeipräsidentin blieb diese Körpersprache nicht verborgen. »Möchten Sie mir etwas sagen?«, fragte sie betont liebenswürdig.

Widerwillig rückte Khalil mit der Sprache heraus. »Vielleicht hat die Tat einen islamistischen Hintergrund. Mir sind solche Spekulationen zu Ohren gekommen«, sagte er gepresst.

»Als ob wir nicht auch darüber nachdenken würden«, sagte Annalene spöttisch. »Wessen Foto haben Sie herumgezeigt?«

»Ach, das war nur das Bild eines meiner Vettern aus Jordanien.«

»Darf ich es mir einmal ansehen?«, fragte Annalene noch eine Spur liebenswürdiger. Khalil antwortete, dass er das Bild nicht dabeihabe.

»Dann gehen Sie bitte nach Hause und holen das Bild. Ich erwarte Sie.« Mit diesen Worten entließ sie ihren Kommissar.

Khalil Saleh fühlte sich schlecht. Annalene Waldau hingegen fühlte sich gut.

Kapitel 30

Verärgert lief Kommissar Saleh den Gang im Präsidium entlang. Er war wütend auf sich und noch mehr auf seine Chefin. Was sollte er tun? Wenn er ein falsches Bild zeigte und den Verdacht auf einen Verwandten im weit entfernten Jordanien lenken würde, würde das einen äußerst komplizierten Vorgang zwischen Deutschland und Jordanien in Gang setzen. Und wen sollte er da aus seiner unschuldigen Verwandtschaft herauspicken. Nein, das konnte er nicht tun. Er würde sich in ein undurchdringliches Geflecht von Lügen und Täuschungen hineinmanövrieren, dass er am Schluss selbst nicht mehr wüsste, wen er da ans Messer liefern sollte, und würde über kurz oder lang wegen seiner Unwahrheiten aus dem Dienst entlassen werden. Das wäre das Letzte, was er sich wünschte. Die Polizeiarbeit war sein Leben. Er war gern Polizist und liebte die Arbeit mit seinen Kollegen.

Sein Gehirn arbeitete hektisch an einer Lösung seines Problems, aber ihm fiel nichts anderes ein, als dass er seiner Chefin die Wahrheit erzählen musste. Selbst um den Preis, seinen Schwager wegen Mordverdachts überprüfen zu lassen und sich selbst als Idioten zu outen. Noch bevor er seine Gedanken ganz geordnet hatte, nahmen seine Beine die Entscheidung vorweg, drehten auf der Stelle um und führten ihn wieder ins Zimmer der Polizeipräsidentin.

»Na, was ist? Haben Sie es sich anders überlegt?« Überrascht blickte die Polizeipräsidentin von ihren Unterlagen auf.

»Ich muss mich bei Ihnen entschuldigen«, sagte Saleh etwas

unsicher und schaute an ihr vorbei. »Meine Informationen vorhin waren nicht ganz korrekt. Hier ist das Foto, das Sie sehen wollten. Es handelt sich um meinen Schwager Omar, der mit meiner Schwester Fatma verheiratet ist.«

Damit legte er das Bild auf den Schreibtisch seiner Chefin, die es an sich nahm und ausgiebig studierte und ihn dann barsch anfuhr: »Wollen Sie damit sagen, dass Sie mich vorhin angelogen haben? Was soll ich mit diesen halbgaren Erklärungen anfangen? Jetzt erklären Sie mir mal, wozu Sie dieses Foto sowohl Herrn Reinhold als auch dem Personal des *Hilton* gezeigt haben?«

»Mein Schwager Omar hat natürlich auch an meiner Hochzeitsfeier teilgenommen. Er hat allerdings fast zeitgleich zum Mord an meinem Vater aus gesundheitlichen Gründen die Feier verlassen und ist nach Hause gefahren. Mir war das gar nicht aufgefallen, ich hörte das nur von meiner Mutter und meiner Schwester. Es ist nur ein vager Verdacht, der durch nichts begründet ist. Ich wollte wissen, ob ihn irgendjemand vom Personal des Hotels oder auch Herr Reinhold möglicherweise gesehen hätte. Es gibt für mich nicht einen Hinweis dafür, dass er überhaupt etwas mit dem Mord zu tun hätte. Es ist nur der Umstand seiner Abwesenheit an der Tafel zum Zeitpunkt des Mordes, der mich misstrauisch gemacht hat. Daher wollte ich das betroffene Personal vom *Hilton* befragen, ob es die Person auf dem Foto gesehen hatte.

»Ja, sind Sie denn völlig wahnsinnig geworden? Das hätten Sie Ihren Kollegen Müller sofort mitteilen müssen. Man sollte nicht meinen, dass Sie ein erfahrener Polizist sind. Das wird Konsequenzen haben.« Sie schüttelte verärgert den Kopf.

Saleh stand da wie ein tumber Schüler, dem die Lehrerin eine Lektion erteilt hatte. Noch nie hatte er sich so ohnmächtig und gleichzeitig schuldig gefühlt.

»Sie setzen sich sofort mit Kommissar Müller zusammen und informieren ihn über Ihre Recherchen. Und jetzt gehen Sie mir aus den Augen. Ich sage Ihnen noch einmal, Ihre Alleingänge werden Konsequenzen haben. Zwingen Sie mich nicht, noch andere drastische Maßnahmen gegen Sie zu ergreifen.«

Saleh versuchte einen halbwegs anständigen Rückzug hinzubekommen und verschwand mit steifem Rücken durch die Tür.

Hoffentlich würde er einigermaßen glimpflich aus dieser verfahrenen Situation herauskommen, das war das Einzige, woran er dachte, als er den Flur zum Büro von Müller entlanglief.

Kapitel 31

Müller und sein Kollege parkten ihr Einsatzfahrzeug direkt vor dem Eingang des *Hilton*. Sie sprangen aus dem Auto und liefen auf die Rezeption zu.

»Haben Sie uns angerufen?«, fragten sie die Dame hinter der Rezeption.

Wilma nickte stumm. Ihr tat ihr Vorgehen mittlerweile sehr leid. Der arme Ahmad hatte doch alles verloren. Warum sollte er nicht ein bisschen Geld behalten dürfen, das er offenbar gefunden hatte. Der Tote würde es nicht mehr brauchen, Ahmad dafür umso mehr. Keinesfalls hatte er den Mord begangen. Dessen war sich Wilma sicher. Ein junger Mann, der sich so aufopfernd um seine schwerkranke Frau kümmerte, konnte zu einer solchen Tat nicht fähig sein. Was sollte er für ein Motiv haben? Wilma seufzte.

»Wo finde ich diesen Ahmad?«, fragte Kommissar Müller ungeduldig. Er hatte sich von der Dame an der Rezeption ein etwas energischeres Auftreten erhofft.

»Er ist unterwegs. Das Krankenhaus hat angerufen. Es geht seiner Frau sehr schlecht. Er wird aber bald zurück sein. Nehmen Sie doch bitte in der Halle Platz. Möchten Sie etwas trinken?«

Horst Müller nickte. »Wenn Sie vielleicht einen Kaffee für mich hätten, wäre das nicht schlecht.«

Sein Kollege bestellte auch einen Kaffee.

Wilma nickte und telefonierte kurz. Zwei Minuten später wurde Kaffee nebst einem Schälchen Gebäck zu den Sesseln gebracht, in denen Müller und sein Kollege inzwischen Platz genommen hatten. Der Kommissar dankte knapp und behielt abwechselnd die Rezeption und den Eingang im Auge. Schließlich bemerkte er, dass Wilma mit einem schmächtigen jungen Mann sprach. Er war mit Jeans und Turnschuhen bekleidet. Über einem weißen T-Shirt trug er einen dünnen fadenscheinigen Pulli. Kommissar Müller stand auf und trat an die Rezeption.

»Ich wollte Ihnen gerade Ahmad vorstellen«, sagte die Rezeptionistin.

»Setzen Sie sich.« Der Junge leistete Folge, Müller blieb in voller Größe drohend vor ihm stehen.

»Wie lautet Ihr kompletter Name? Woher kommen Sie? Geburtsdatum?« Müller notierte die Personalien des Flüchtlings in einem kleinen Notizbuch, das er der Innentasche seines Jacketts entnommen hatte, sowie auch dessen Adresse im Bahnhofsviertel.

»Wie sind Sie in den Besitz des Geldes des Toten gekommen und wie hoch war die Summe?«, fragte er dann.

»Wie viel Geld haben Sie ihm entwendet?« Müller wurde laut.

»Er hat es mir geschenkt«, sagte Ahmad Alnimri trotzig. »Er ist ein Landsmann von mir und hat sich auf dem Flur mit mir unterhalten. Es waren zehntausend Euro.«

»Was hat er genau gesagt?«, wollte Horst Müller unerbittlich wissen.

»Er wollte wissen, woher ich komme, wie es mir hier in Deutschland geht, ob ich klarkomme und so. Dann habe ich ihm von meiner Frau in der Uniklinik erzählt. Da hat er mir das Geld geschenkt. Schließlich wollte er noch wissen, wie er zum Schwimmbad kommt.« Ahmad hatte die Worte atemlos herausgesprudelt. Die Geschichte hatte er sich schon vorher ausgedacht.

»Was ist mit Ihrer Frau?«

»Sie hat Mukoviszidose. Es geht ihr gerade sehr schlecht. Sie benötigt dringend ein Medikament aus den USA. Es ist in Deutschland nicht erhältlich. Das muss ich selbst bezahlen, und es ist sehr teuer. Da hat er mir das Geld gegeben. Dann wollte er von mir den Weg zum Schwimmbad wissen.« Ahmads Augen füllten sich mit

Tränen. Schnell wischte er mit dem Handrücken darüber. Dass es seiner Frau schlecht ging, stimmte. Man hatte ihn heute in die Uniklinik bestellt, um ihm anzudeuten, dass es bei dieser letzten Lungenentzündung um Leben und Tod ging. Der junge Mann war mittlerweile fast ganz in dem großen Sessel versunken.

Kommissar Müller ging nicht weiter auf die Ehefrau ein. »Haben Sie ihn in das Schwimmbad begleitet, dort ausgeraubt und in das Wasser gestoßen?«

»Nein, nein, auf gar keinen Fall. Er hat mir doch das Geld schon vorher geschenkt. Ich brauchte ihn also gar nicht auszurauben.« Ahmad sprang auf, seine Stimme zitterte.

»Gibt es Zeugen, die das bestätigen können?«, fragte der Kommissar.

Ahmad schüttelte den Kopf und sagte, dass er von niemand gesehen worden war. »Sie müssen mir glauben, Herr Kommissar, genauso war es.« Seine Stimme klang flehentlich.

»Kam es Ihnen nicht seltsam vor, dass der Mann in die Schwimmhalle wollte?« Horst Müller ließ nicht locker.

Ahmad antwortete ihm, dass er gedacht habe, dass der alte Herr vielleicht einer Tradition folgend in das Becken springen wollte.

»Ich bitte Sie«, meinte der Kommissar. »Das kommt Ihnen doch selbst nicht glaubwürdig vor. Mit dieser Bemerkung belasten Sie sich mehr, als dass Sie sich entlasten. Ich werde Sie jetzt mit ins Präsidium nehmen. Dort wird die Vernehmung fortgesetzt.« Horst Müller legte eine Hand auf den Rücken des jungen Mannes und schob ihn in Richtung Ausgang. Ahmad drehte sich noch einmal um und schickte einen hilfesuchenden Blick in Richtung Wilma, die auf die vor ihr liegenden Papiere starrte und ihn nicht zu bemerken schien.

Im Präsidium ließ Müller Ahmad Alnimri in einen Untersuchungsraum bringen und stellte zwei Beamte zu seiner Beaufsichtigung ab, während er noch versuchte, telefonisch die Polizeipräsidentin darüber zu informieren, dass der Mord an Yasin Saleh wahrscheinlich geklärt werden konnte. Er wollte von ihr die

Zustimmung dazu, dass er für den dringend Tatverdächtigen Untersuchungshaft beantragte. Zu seiner Verwunderung zeigte sich Annalene Waldau nicht von seiner Argumentation überzeugt. Sie teilte ihm nur vage mit, dass es noch einen weiteren Verdächtigen zu geben schien, zu dem sie sich aber noch nicht äußern wollte. Kommissar Saleh würde ihm Näheres mitteilen.

Horst Müller streifte die leichte Irritation ab, die durch dieses Gespräch entstanden war, und betrat den Raum.

Ahmad Alnimri, der seinen Kopf auf seine Arme gelegt hatte, schreckte hoch. »Wo ist meine Frau?«, rief er. Der junge Mann schien kurz eingeschlafen zu sein.

Der Kommissar zuckte nur die Schultern. »Besitzen Sie einen dunklen Mantel?«, fragte er.

»Ja«, antworte Ahmad. Er schien die Tragweite der Frage nicht zu verstehen.

Kommissar Müller klärte ihn auf. »Wo befindet sich das Kleidungsstück? Haben Sie es zum Tatzeitpunkt getragen?«

Ahmad erklärte, dass es sich wahrscheinlich in seinem Spind im *Hilton* befände. Kommissar Müller erklärte, dass der Mantel zur Spurensicherung sichergestellt würde.

Die Polizeipräsidentin hatte zumindest einem Polizeigewahrsam von achtvierzig Stunden zugestimmt, nachdem sie die Vorführung Alnimri vor dem Haftrichter abgelehnt hatte. Horst Müller hatte allerdings noch einmal mit erregter Stimme seine Gründe aufzählen müssen.

Ahmad setzte sich aufrecht hin und bat um ein Glas Wasser, woraufhin der Kommissar einem der beiden anwesenden Beamten einen Wink gab. Bis das Wasser gebracht wurde, ging Kommissar Müller schweigend auf und ab. Seine Hände hielt er auf dem Rücken verschränkt.

Schließlich stand ein Glas auf dem Tisch. Horst Müller begann mit der Vernehmung. »Herr Alnimri, kam es Ihnen nicht seltsam vor, dass der Mann im Abendanzug die Schwimmhalle aufsuchen wollte?«

»Nein, die Reichen und Schönen springen doch immer in den Pool, wenn sie betrunken sind.« Ahmad sah den Kommissar verständnislos an.

»Ist Ihnen nicht aufgefallen, dass die Situation eine ganz andere gewesen ist, dass Ihre Aussage absolut nicht passt?« Müller wurde ungeduldig.

Ahmad meinte, dass er gedacht hätte, die anderen kämen vielleicht noch zum Baden nach. Müller nahm ihm diese Naivität nicht ab. Er teilte dem erstaunten Ahmad Alnimri mit, dass er ihn für achtundvierzig Stunden in Polizeigewahrsam nähme, damit er noch einmal in Ruhe über alles nachdenken könne.

»Wenn Sie ein Geständnis ablegen, wirkt sich das günstig für Sie aus.«

»Abführen«, wies er die beiden Beamten an, bevor er den Raum verließ. Im Gehen wischte er einen nur für ihn sichtbaren Krümel von seinem Jackett.

Der Hauptkommissar fühlte sich alt und grau. Er hatte die letzten Tage ununterbrochen an diesem Fall gearbeitet und fühlte sich ausgelaugt und beschloss für heute den Dienst zu beenden und noch eine Runde mit dem Motorrad zu drehen. Diese halsbrecherischen Touren waren der reinste Jungbrunnen für ihn. Er liebte seine knallrote Ducati. Hoffentlich würde er zuhause, bevor er zu der Fahrt aufbrach, nicht auf seine Frau treffen. Er hatte keine Lust auf eine Diskussion darüber, wie gefährlich das Motorradfahren doch war. Er wollte raus aus Frankfurt. Eine Spritztour auf den Großen Feldberg konnte er vor dem Abendessen noch zeitlich gut bewältigen.

Ahmad war nicht unglücklich darüber, in einer Zelle gelandet zu sein. Er fühlte sich ständig überfordert und genoss den Moment der Ruhe. Eine Auszeit von all seinen Problemen war ihm gerade Recht. Im *Hilton* beuteten sie ihn aus. Seine Einzimmerwohnung im Bahnhofsviertel war schmutzig und unaufgeräumt. Der Hausflur war so widerlich wie so viele andere abgeschiedene Ecken rund um den Hauptbahnhof. Unrat, Urin und weggeworfene Spritzen lagen überall herum. Ahmad war froh, dass er einmal nicht in die Uniklinik musste, um seine Frau zu besuchen. Ihr Leiden erreichte auch seine Schmerzgrenze.

Die Zelle war sauber. Auf dem Bett lag ein frisch gewaschenes Leinentuch. Er wusste, dass ihn ein anständiges Abendessen erwarten würde. Es war nicht seine erste Inhaftierung. Fast freute er sich auf die ruhige Nacht, die vor ihm lag. Geduldig hockte er auf der Bettkante.

Kapitel 32

Uli wälzte sich unruhig im Bett hin und her. Er fand keinen Schlaf, während Siggi friedlich wie ein Baby neben ihm schlummerte. Der Wirt kannte den Grund für seine innere Unruhe nur zu gut. Am Nachmittag hatte ihn Sven, ein guter Freund und der Grund für Siggis häufige Eifersuchtsanfälle vor ihrer Hochzeit, über Handy mitgeteilt, dass er ihn unbedingt sehen müsse. Er wollte ihn morgen im *Kleinen Wirtshaus* besuchen.

Am liebsten wäre es ihm, wenn Siggi gar nichts von dem Treffen erfahren würde. Das würde ihr Verhältnis nur wieder belasten. Andererseits wollte er Siggi nicht anlügen. Schließlich hatten sie sich erst vor kurzem das Jawort gegeben und er wollte keine Heimlichkeiten vor ihm haben. Er hatte den festen Vorsatz, Siggi treu zu bleiben. Aber bei der Erinnerung an Sven wurden seine alten Sehnsüchte wieder wach. Hoffentlich kam Sven solange Siggi noch in seinem Maklerbüro war. Am besten wäre es, die beiden würden sich gar nicht sehen.

Er drehte das Kopfkissen zum wiederholten Male um und seufzte tief. Warum konnte er nicht einschlafen?

Den ganzen Tag war es im Haus wie in einem Taubenschlag zugegangen. Siggi hatte drei Innenausbaufirmen auf einen Tag verteilt einbestellt, um sich Kostenvoranschläge für den Ausbau des Dachgeschosses erstellen zu lassen. Es war ein ständiges Getrampel im Treppenhaus und auf Ulis Nerven gewesen. Dazu das ständige Gemurmel, das an seine Ohren drang, wovon er kein Wort verstand und auch nicht verstehen wollte.

Der Auftritt der letzten Firma war besonders zeitaufwändig gewesen. Siggis Lachen drang bis in die Wohnung. Wie hellhörig dieses Haus doch war. Wie würde es erst werden, wenn oben ständig Kinderquengeln und Alinas durchdringende Stimme zu hören war. Uli tat sich jetzt schon leid. Er war gerade im Begriff, in sein Lokal zu gehen, um ein paar Vorbereitungen für den Abend zu treffen, als ihm auffiel, dass aus dem Dachgeschoss kein Ton mehr zu ihm nach unten drang. Ob er nachschauen sollte, was dort oben vor sich ging? Er verwarf den Gedanken. Das war unter seinem Niveau. Mit gespitzten Ohren ging er schließlich nach unten. Es dauerte noch ein Weilchen, bis Siggi mit dem letzten Innenausbauer vor die Tür trat und diesem lange die Hand schüttelte. Danach betrat der das Lokal. Uli sah auf. »Und?«, fragte er mürrisch.

»Der Inhaber der letzten Firma war sehr entgegenkommend«, sagte Siggi glücklich lächelnd. »Sein Angebot wird dir bestimmt zusagen. Er wirkt auch sehr kompetent und sympathisch. Es ist wichtig, dass man zu jemand, mit dem man eng zusammenarbeiten will, einen guten Draht entwickelt.« Bei dieser Ausführung schien Siggis Gesicht noch etwas mehr zu leuchten.

»So, so, eng zusammenarbeiten wollt ihr also. Na, hoffentlich nicht zu eng«, murmelte Uli vor sich hin.

In seiner Euphorie hatte Siggi die Bemerkung überhört. »Ich mache mich noch etwas frisch und gehe dann in mein Büro. Ich hatte noch gar keine Zeit, die heutige Post zu lesen. Wir sehen uns dann später bei dir im Lokal.«

Genau in dem Moment, als Siggi aus dem Haus trat, vibrierte Ulis Mobiltelefon. Es war Sven. Er wollte in einer Viertelstunde bei ihm vorbeikommen. Uli stand stockstill, dann durchfuhr ihn eine plötzliche Hitze, die ihm die Röte ins Gesicht trieb. Er rannte die Treppen hoch ins Badezimmer, kämmte sein Haar, trug ein bisschen Aftershave auf, schaute sich aufmerksam im Spiegel an und drohte seinem Spiegelbild: »Du wirst nicht schwach werden! Siggi ist dein Mann, du liebst nur Siggi. Sven hat sich in einen anderen Mann verliebt. Er lebt jetzt mit diesem Dr. Steiner zusammen. Bilde dir nichts ein. Sven ist für dich tabu.«

Aber all sein Gerede konnte nicht verhindern, dass ein eigentümlich ziehendes Gefühl von ihm Besitz ergriff, das alle seine Sinne beherrschte.

Als es an der Tür klopfte, ging er langsam die Treppen hinunter und öffnete die Tür. Sven stand im Türrahmen und lächelte ihm entgegen. Uli schaute in die wohlbekannten graublauen Augen des Freundes und sein Herzschlag setzte aus.

»Lange nicht gesehen, mein Lieber, gut siehst du aus. Unglaublich, wie du den mörderischen Anschlag von diesem Paul Baum weggesteckt hast.« Ulis Worte kamen etwas kurzatmig aus seinem Mund. Sie umarmten sich fest, klopften sich auf den Rücken und sahen sich aufmerksam an. Lange aber konnte Uli die leuchtenden Augen von Sven nicht aushalten und schaute weg. »Wie geht es dir denn? Wir haben lange nichts voneinander gehört«, Ulis Stimme war etwas unsicher. »Wie ich sehe, kannst du wieder ganz normal gehen. Dieser Dr. Steiner hat ja wahrlich ein Wunder bewirkt. Ist bei dir jetzt alles wieder wie vor dem Sturz?«

»Ja, beinahe. Nur manchmal habe ich Kopfschmerzen oder beim Gehen kleinere Probleme mit dem Gleichgewicht. Aber alles in allem bin ich fast ganz wieder der, der ich vor dem Mordanschlag war. Nach der Reha habe ich, wie du weißt, bei Dr. Steiner gewohnt. Aber sag, wie geht es dir? Und was macht mein Lebensretter, mein lieber Tim? Ich möchte ihn unbedingt wiedersehen. Immerhin hat er mich aus dem Koma geweckt.«

»Komm, lass uns nach oben ins Wohnzimmer gehen. Da liegt Tim in seinem Körbchen und schläft. Er wird sich sicher freuen, dich zu sehen.«

Als sie ins Wohnzimmer traten, hob Tim verschlafen seinen Kopf. Es dauerte nur zwei Sekunden, bis er Sven erkannte, eiligst seine Schlafstatt verließ und vor Freude winselnd an ihm hochsprang. Sven setzte sich auf die Couch und zog Tim in seine Arme.

»Tim, mein guter Tim, endlich sehe ich dich wieder. Mein Lebensretter! Dir und deinem Herrchen verdanke ich mein Leben. Wer weiß, was ohne euch beide aus mir geworden wäre? Ein lebender Leichnam, jedenfalls nicht der, der ich heute wieder bin. Mein Gott, bist du groß geworden.« Tim dankte ihm für die lieben Worte, indem er ihm herzhaft über das ganze Gesicht leckte.

»Ja, so lange hast du nichts von dir hören lassen. Nur ab und zu ein kurzes Telefonat. Das mit Dr. Steiner muss ja eine leidenschaftliche Geschichte sein.«

Bei diesen Worten verzog sich Svens Gesicht. »Es ist aus. Wir haben uns getrennt. Besser gesagt, Jochen hat sich von mir getrennt. Unsere Vorstellungen von einem gemeinsamen Leben waren einfach nicht unter einen Hut zu bringen. Ich werde noch bis Ende des Sommers im Stadtschreiberhaus wohnen und dann wahrscheinlich nach Köln zurückgehen.«

Sven erzählte, dass Jochen ein sehr anstrengendes und diszipliniertes Leben führte, das wenig Raum für gemeinsame Unternehmungen ließ. Der anfängliche Rausch und die Leidenschaft wären bald im engen Korsett des beruflichen Alltags eines Arztes steckengeblieben. Alles musste sich den Anforderungen seines Berufs unterordnen. Für Vergnügungen hatte Jochen wenig Sinn. Sven wollte aber nach den vielen dunklen Stunden im Koma wieder das Leben genießen, wollte ausgehen und Spaß haben. Schließlich mussten sie beide einsehen, dass ihre Lebensmuster nicht zusammenpassten.

Obwohl Sven sein Leben mit Dr. Steiner sehr eindringlich beschrieb, drangen die Worte kaum zu Uli durch, so sehr bemühte er sich, seine Gefühle für ihn zu unterdrücken. Sven hatte nichts von dem Zauber verloren, den er von Anfang an für ihn ausgestrahlt hatte. Als er von dem Aus mit Dr. Steiner hörte, rauschte das Blut in seinen Ohren noch stärker und er konnte den Impuls, ihn an sich zu ziehen, kaum bezähmen. Denk an Siggi, ermahnte er sich. Du willst doch deine Ehe mit ihm nicht gefährden!

»Einen schönen Ehering trägst du. Leider konnte ich nicht zu deiner Hochzeitsfeier kommen, ich hatte diesen wichtigen Termin in der Klinik zur Nachuntersuchung. Wie geht es Siggi?«

Schuldig blickte Uli auf den goldenen Ring an seinem Finger. Wie Feuer brannte er in seinem Fleisch.

»Ja, Siggi geht es gut. Unsere Köchin Alina ist überraschend Mutter einer kleinen Tochter geworden und weil der Erzeuger keine Ahnung hat, dass er Vater geworden ist, geht Siggi in der Rolle als Ersatzvater völlig auf. Er wäre sicher ein guter Vater geworden. Mir fehlt leider dieses Talent.«

Sven musste laut lachen. »Du als Vater? Das kann ich mir auch nicht vorstellen.«

Sie saßen noch eine ganze Weile beisammen und unterhielten sich über vergangene Zeiten. Das Strahlen in ihren Augen war nicht zu übersehen. Es war, als ob sie in einem abgeschlossenen Kokon lebten und nur Augen füreinander hatten.

Bis die Tür aufging und ein sichtlich überraschter Siggi die Idylle zerstörte. »Na, wen haben wir denn da? Sven, ich glaub es nicht. Wie geht's dir denn?«

Der Zauber war gebrochen. Die Intimität der Zweisamkeit vorbei. Die drei unterhielten sich ganz normal. Aber Siggi hatte sehr wohl gemerkt, dass es zwischen Uli und Sven wieder knisterte. Er wollte nur vor Sven keine Szene machen und wartete, bis sich dieser verabschiedet hatte.

»Was wollte Sven? Habe ich doch gleich gesehen, dass ihr zwei euch wieder wie die verliebten Kater angehimmelt habt«, Siggi ließ Uli seinen Unmut gleich spüren.

»Du spinnst ja, da ist gar nichts. Er wollte sich nur mal wieder sehen lassen. Schließlich haben wir uns lange nicht gesehen. Außerdem galt sein Kommen eher Tim, der sich übrigens sehr gefreut hat.«

»Genau! Wegen Tim ist er gekommen«, Siggi lachte höhnisch auf. »Das glaubst du wohl selbst nicht. Ich habe doch Augen im Kopf. Aber wenn du wieder das Spielchen mit Sven beginnst, dann sind wir geschiedene Leute. Glaubst du, ich lasse mich noch einmal so vorführen wie letztes Jahr? Noch einmal mache ich den ganzen Zirkus nicht mit. Überleg es dir gut. Entweder er oder ich. Ich gehe jetzt zu meiner Sissi, denn die hat mich wirklich lieb!« Mit diesen Worten schlug er die Tür zu, polterte die Treppen hinunter und verschwand.

Uli wollte ihm noch nachlaufen, ließ es aber dann, seufzte tief, goss sich einen Whisky ein und setzte sich auf die Couch. Diese Dreier-Geschichte machte ihm Angst. Angst machte ihm allerdings auch die Drohung von Kommissar Müller, dass der Verdacht, dass auch er der mögliche Mörder von Dr. Saleh sein könnte, noch immer nicht vom Tisch war. Schnell goss er sich noch einen kleinen Whisky zur Beruhigung nach. Jetzt aber hatte er keine Zeit zum Nachdenken. Es musste sein Lokal öffnen.

Kapitel 33

Uli stand hinter seinem Tresen und versuchte sich darauf zu konzentrieren, den Getränkebestellungen seiner Gäste nachzukommen. Ein Pils nach dem anderen zapfte er, ein Sauergespritzter Ebbelwoi nach dem anderen ging raus. Ein ums andere Mal brachte Alina die Gerichte aus der Küche, die er seinen Gästen an den Tischen weiterreichte.

»Das Rumpsteak habe ich nicht bestellt, Uli. Ich wollte einen Sauerbraten.« Stammgast Willi Herzog, der heute Abend mit seiner ganzen Familie da war, reagiert ungnädig, weil ausgerechnet ihm das verkehrte Essen hingestellt wurde und er doch den größten Hunger hatte.

»Ach, Willi, entschuldige, hier ist dein Sauerbraten«, sagte Uli, schnappte sich den noch nicht angerührten Teller vom Nachbartisch und tauschte ihn um.

»Herrgott noch mal«, rief sich Uli selbst zur Ordnung, »ich muss mich zusammennehmen.«

Er war völlig durcheinander. Sven beherrschte sein ganzes Denken und Fühlen. Er konnte ihn nicht aus seinen Gedanken bannen. Da waren dieses sehnsuchtsvolle Ziehen in seiner Brust und gleichzeitig eine starke Abwehr dagegen und eine innere Stimme, die ihm sagte, dass seine Ehe mit Siggi im Abfalleimer der Geschichte landen würde, wenn er jetzt den Weg seines Begehrens folgte. Das wollte er auf keinen Fall. Er liebte Siggi doch. Ja, musste er sich eingestehen, aber ebenso begehrte er Sven. Sein Verstand sagte ihm, dass er ihn vergessen musste, auch wenn es ihm das Herz zerriss.

»Uli, du weißt doch, dass ich kein Hefeweizen trinke. Wieso stellst du mir dieses Gesöff hin? Bist wohl heute ein bisschen durch den Wind?«

Uli warf einen unfreundlichen Blick auf den Querulanten und beeilte sich, seinem Stammgast Walter ein Pils mit einem Schnaps hinzustellen. Was war nur mit ihm los? Er musste sich wirklich zusammenreißen. Wenn ihn Siggi so sähe, wüsste er genau, was ihn so aus der Fassung brachte. Der aber war wie so häufig in letzter Zeit bei der Mutter von Alina und herzte das fremde Kind, als wäre er der leibhaftige Vater.

Kurz vor acht Uhr kam Mira mit ihrem Freund Manfred Lobesang durch die Tür. Mira war eine gute Bekannte von Uli, die gerade das Trennungsjahr von ihrem Noch-Ehemann Heribert durchlebte, der sie über Jahre betrogen hatte, so dass sie ihn vor die Tür ihres Hauses gesetzt hatte.

Uli freute sich sehr, Mira wiederzusehen. Früher waren sie und Heribert Stammgäste bei ihm gewesen. Aber seit der Trennung von ihrem Mann kam sie nur noch selten. Heribert hatte, zu Ulis Ärger, sein Lokal als seine allabendliche Zuflucht auserwählt, die er meist erst sturzbetrunken wieder verließ. Mira hatte Heribert gezwungen, aus ihrem bis zur Trennung gemeinsam bewohnten Haus auszuziehen. Das Haus gehörte ihr. Sie hatte es von ihrer Tante geerbt.

Uli konnte Heribert nicht leiden, weil er Mira nicht nur einmal bösartig behandelt hatte. Aber er kam regelmäßig und blieb dann meistens, bis Uli das Lokal schloss, und ging ihm mächtig auf die Nerven. Heute kam er nicht, weil er zu einer dreitägigen Geschäftsreise aufgebrochen war, das jedenfalls hatte er Uli gestern Abend erzählt. Zufälligerweise hatte Uli Mira gestern auf der Straße getroffen und ihr von Heriberts Reise erzählt. Ach, dann könnte sie ja mal wieder vorbeischauen, hatte Mira gemeint. Sie würde auch ihren Freund Manfred mitbringen.

»Na, ihr beiden, schön, euch mal wiederzusehen. Was kann ich euch bringen? Wollt ihr was essen?« Uli freute sich wirklich, Mira und ihren Freund wieder einmal begrüßen zu können.

»Ja, gerne. Wir haben die ganze Zeit an dein Rumpsteak gedacht. Uns läuft schon das Wasser im Mund zusammen.«

Mira und Uli hatten sich viel zu erzählen. Auch von Ulis erneutem Zusammentreffen mit Hauptkommissar Saleh und dessen vergeblichem Versuch, Siggi und ihn als Mörder seines Vaters festzunageln. Vor kurzem wäre Saleh noch einmal bei ihm im Lokal gewesen und hätte ihm das Foto eines anderen Verdächtigen unter die Nase gehalten, aber er hätte ihm nicht weiterhelfen können.

Später in der Stoßzeit, als er alle Hände für das Bedienen seiner Gäste brauchte, konnte er nur ab und zu an Miras und Manfreds Tisch kommen und sich mit ihnen unterhalten. Erst als gegen neun Uhr die meisten Essen ausgegeben waren, konnte er sich wieder intensiver mit ihnen austauschen. Gerade hatten sie ihr Rumpsteak aufgegessen, als die Eingangstür mit Schwung aufgerissen wurde und Heribert im Türrahmen stand. Er schien schon etwas angetrunken zu sein, denn die zuschlagende Pendeltür prallte mit Schwung auf seinen Rücken, so dass sie ihn mit Wucht in das Innere des Lokals katapultierte. Er konnte sich gerade noch mit den Händen an der Theke festkrallen, sonst hätte es ihn zu Boden geschlagen.

»Was soll denn der Scheiß?«, Heribert drehte sich kämpferisch nach dem vermeintlichen Angreifer um. Aber da war keiner, den er zur Rede hätte stellen können.

Uli war alarmiert. Hatte er Heribert mit seiner Geschäftsreise falsch verstanden? Das Zusammentreffen mit einem betrunkenen Heribert und Mira mit ihrem neuen Freund Manfred hatte großes Potential zur Eskalation.

»Setz dich her zu mir an die Theke. Ich geb dir gleich ein Pils und einen Klaren. Das wolltest du doch, oder?«

Heribert ließ seine Blicke durch das Lokal schweifen und entdeckte natürlich in der hinteren Ecke seine Noch-Ehefrau mit ihrem neuen Freund. Der Anblick seines Konkurrenten verdarb ihm augenblicklich die Stimmung. Mira und Manfred bemerkten seine schlechte Laune und wollten sich schon von den Sitzen erheben und das Lokal verlassen.

Als Uli das sah, kam er hinter dem Tresen hervorgestürzt und sagte ihnen: »Ihr müsst jetzt nicht gehen, nur weil Heribert da ist. In meinem Lokal sind alle Gäste willkommen und werden von mir bedient.«

Aber Heribert mit seinem schon reichlich benebelten Hirn war nicht zu bremsen, als er seine Noch-Ehefrau, die ihn aus seinem behaglichen Heim geschmissen hatte, mit einem neuen Mann an ihrer Seite in »seinem« Lokal sah, die es sich schmecken ließ.

»Was macht ihr denn hier? Ist es nicht genug, dass ihr mein Leben zerstört habt. Nein, jetzt wollt ihr euch auch noch über mich amüsieren. Na Mira, wie ist denn dein Neuer im Bett? Bringt er's so gut wie ich in unserem schönen Ehebett?«

Mira wusste vor lauter Scham nicht, in welche Ecke sie schauen sollte. Am besten gar nicht antworten, dachte sie, dann beruhigt er sich von allein.

Für Uli aber war das Maß voll. »Heribert, lass gut sein, geh nach Hause, morgen ist ein anderer Tag.«

»Was heißt hier anderer Tag? Muss ich mir das ansehen, wie sich meine Frau an diesen Kerl ranschmeißt? Dieses Flittchen! Sie konnte mich gar nicht schnell genug aus dem Haus bekommen, nur um mit diesem Rechtsverdreher ins Bett zu springen.«

Jetzt hatte Uli genug von den Unverschämtheiten seines Stammgastes. »Jetzt reicht's. Heribert, verschwinde aus meinem Lokal und lass dich nie wieder bei mir blicken.«

Heribert schaute Uli aus blutunterlaufenen Augen an: »Halts Maul, du Schwuchtel. Das geht nur mich und Mira was an. Kümmere du dich um deine eigenen schwulen Sachen und halt dich aus meinen Angelegenheiten raus.«

Uli, der in seinem Lokal noch nie auf diese Weise angegangen worden war, wurde vor Wut blass um die Nase. Ausgerechnet Heribert, der seit vielen Jahren sein Stammgast war, ging ihn dermaßen grob unter der Gürtellinie an. Das hatte er nicht von ihm erwartet. Noch keiner hatte es je gewagt, Ulis Homosexualität öffentlich und in seinem eigenen Lokal zu thematisieren, jedenfalls nicht in dieser abschätzigen Art. Im Prinzip wussten alle, die hier verkehrten, dass Uli schwul war und dass Siggi sein Freund war. Selbst dass er vor kurzem seinen langjährigen Partner geheiratet hatte, war kein Geheimnis. Er selbst sprach aber kaum darüber. Denn auch nach so vielen Jahren konnte er immer noch nicht so souverän mit seiner Homosexualität umgehen, wie er es gerne getan hätte. Was man hinter seinem Rücken sagte, war ihm gleich, aber er ahnte, dass so manches über seine Homosexualität und sein Zusammenleben mit Siggi gesagt wurde, was ihm nicht gefallen würde. Das war nichts Neues. Aber dass hier einer in seinem eigenen Lokal so verächtlich über ihn sprach, das konnte und wollte er nicht tolerieren.

Er zerrte Heribert an seiner Jacke vom Tresen weg in Richtung Tür und wollte ihn vor die Tür setzen, hatte aber nicht mit der unbändigen Kraft des Betrunkenen gerechnet.

»Lass mich los, du schwule Sau! Ich bleibe hier, solange ich will. Vorher aber werde ich diesen aufgeblasenen Wichser, diesen Rechtsverdreher, noch eins in die Fresse hauen, dass er an mich denkt.«

Uli hängte sich an seinen linken Arm und wollte verhindern, dass Heribert in die Nähe von Mira und Lobesang gelang, aber es gelang ihm nicht, dem Berserker Einhalt zu gebieten. Die anderen Gäste lehnten sich zurück und betrachteten interessiert den Streit. Nur Helmut, ebenfalls ein Stammgast, stellte sich Heribert in den Weg, den dieser aber mit einem Schlag seiner rechten Faust aus dem Weg räumte. Helmut fiel einfach wie ein Kartoffelsack um und blieb erst mal liegen. Er war nicht mehr der Jüngste und hatte schon einen gewissen Alkoholpegel, der ihn an weiteren Kampfhandlungen hinderte.

Jetzt aber fühlten sich die anderen männlichen Gäste in ihrem Ehrgefühl getroffen, sich der Dampfwalze namens Heribert in den Weg zu stellen und ihm den Saft abzudrehen. Es entspann sich ein erbitterter Kampf zwischen dem Tresen und dem hinteren Bereich der Kneipe, wo Mira und ihr Freund Manfred saßen. Heribert hätte

Manfred gerne in die Zange genommen, um ihm zu zeigen, dass dessen Besitzansprüche an Mira nicht rechtens waren, aber Manfred hatte seinerseits seine Attacke in Form eines rechten Uppercuts auf Heriberts Kinn platziert, der aber wegen des hin- und herwogenden Kampfes mehrerer Personen nur abgeschwächt auf dessen Visage landete. Mira versuchte vergeblich Manfred zurückzuhalten, aber auch bei ihm schien das ansteckende Virus des Kampfes gezündet zu haben. Selbst Tim, Ulis Hund, wollte sich in die Rauferei einmischen, kam aber wegen der verschlossenen Tür nicht weiter und bellte sich vom oberen Stockwerk die Stimmbänder wund.

Schließlich erschien auch Siggi, der Sissi inzwischen ausreichend bespaßt und in den Schlaf gewiegt hatte, und wunderte sich über das chaotische Durcheinander, das sich zum größten Teil auf dem Boden abzuspielen schien.

»Hey, was wird das denn hier? Wird hier für ein Stück aus dem Tollhaus geprobt? Soll ich die Polizei rufen? Uli, was machst du da auf dem Boden? Kann man euch nicht einen Augenblick alleine lassen?« Siggi regte sich auf. Das hatte er in Ulis Kneipe noch nie gesehen. Er kam näher und sah, wie sich eine verschlungene Traube von Leibern ekstatisch am Boden wälzte. Dann erkannte er auch Uli und Heribert, die sich mit anderen Personen anscheinend einen Wrestling-Wettkampf lieferten.

Endlich gelang es der gemeinsamen Anstrengung der Tapferen, den rasenden Heribert niederzudrücken, ihm die Arme auf den Rücken zu legen und von seinen Konkurrenten wegzuzerren, als sich plötzlich die Tür öffnete und zwei Polizisten eintraten.

»Guten Abend, hier ist die Polizei. Wir haben eben einen Anruf bekommen, dass in Ihrem Lokal eine Auseinandersetzung stattfindet. Wo ist der Wirt? Können wir mal den Wirt sprechen?«

Uli riss sich von Heribert los, ordnete seine Kleidung, räusperte sich und wandte sich an die Polizisten: »Ich bin der Wirt. Wer hat Sie denn gerufen? Äh, äh, äh, wir haben nur ein kleines Spielchen gemacht, um herauszufinden, wer der stärkste Mann hier im Lokal ist. Nicht wahr, Heribert?«

Heribert, dem angesichts der Polizisten das bisschen Verstand, das er noch hatte, wieder an eine Stelle rückte, wo er es auch bedienen konnte, gab sich handzahm und murmelte, dass alles nur ein Spaß gewesen sei.

Uli war empört. Welcher Idiot hatte für solch eine Lappalie die Polizei angerufen? Völlig übertrieben! Sein Bedarf an polizeilichem Beistand war noch für Jahre gedeckt. Das wäre doch alles nur ein harmloses Geplänkel gewesen, das keinesfalls einen Polizeieinsatz rechtfertigen würde. Absolut überzogen! Man hatte sich nur eine etwas grob geratene Balgerei unter Männern geliefert, sozusagen eine Gaudi veranstaltet.

Die Polizisten schauten in die Runde. Aber als alle Ulis Worte zustimmend kommentierten, zogen sie sich wieder zurück und murmelten etwas von übereifrigen Bürgern, die unnötigerweise die Staatsgewalt für irgendeinen Quatsch bemühten.

Als sie weg waren, scheuchte Uli Heribert aus dem Lokal und verbat sich weitere Besuche von ihm. »Nie wieder will ich dich hier in meiner Wirtschaft sehen, hörst du, nie wieder! In Sachsenhaussen gibt es unzählige Kneipen, da wird doch eine passsende für dich dabei sein. Bei mir jedenfalls hast du ab sofort Hausverbot und falls du doch noch einmal auftauchen solltest, lieber Heribert, dann hole ich tatsächlich die Polizei und da wird mir schon etwas einfallen, was die interessieren könnte. Denk nur mal an dein Handy.«

Heribert, der inzwischen einigermaßen nüchtern geworden war, flog der Kopf herum. Was hatte Uli da gesagt?

»Wie meinst du das mit dem Handy?«

»Ich sag das jetzt einmal nur so. Mehr wirst du von mir nicht erfahren. Also, Abmarsch und denk dran, mein Lokal ist für dich für die nächsten Jahrhunderte tabu!«

Heribert schickte sich in sein Schicksal, klopfte den Staub aus seiner Kleidung, griff irgendein volles Glas Bier, das auf der Theke stand, leerte es bis zum letzten Tropfen, wischte sich den Mund ab und verließ, ohne noch etwas zu sagen, mit einem Hinken und einer etwas größeren Schramme auf der linken Backe, das Lokal.

Alle anderen atmeten hörbar auf und die beteiligten Männer schauten sich freudig erregt an. So eine kleine Schlägerei war doch mal was Schönes, trieb den Kerlen mal wieder das Blut etwas schneller durch die Adern und gab jede Menge Selbstbewusstsein.

Die Rauferei hatte allen mächtig Durst gemacht. Uli spendierte den beteiligten Kämpfern ein Gratisgetränk und auch die anderen Zuschauer fühlten sich bemüßigt, ihre Begeisterung und Anteilnahme an dem Spektakel durch den Genuss von weiteren alkoholischen Getränken auszudrücken.

Auch Mira und ihr Freund Manfred kamen an die Theke und es gab noch sehr angeregte Diskussionen über die wüste Prügelei und Mutmaßungen, welcher Armleuchter wohl für das völlig unnötige Auftreten der Polizei verantwortlich war.

Als Siggi und Uli noch ziemlich aufgekratzt später in ihre Wohnung gingen, wurden sie von einem ebenfalls noch hellwachen Tim enthusiastisch begrüßt.

»Na, mein Kleiner. Wenn du dabei gewesen wärst, hätte es wohl noch mehr Radau gegeben«, Uli griff sich Tim und knuddelte ihn gutgelaunt durch. »Hast du gesehen, wie der Heribert zusammengezuckt ist, als ich sein Handy erwähnte?«

»Ja, hab ich gesehen, aber ich habe das Ganze nicht verstanden.«

Erst jetzt wurde sich Uli bewusst, dass er Siggi niemals von dem Vorfall mit Heriberts Handy erzählt hatte. Er hatte Mira damals versprochen, niemand davon zu erzählen. Zu schrecklich war es für sie gewesen, dass ihr eigener Mann, während er sie durch K.-o.-Tropfen bewusstlos gemacht hatte, kompromittierende Nacktaufnahmen von ihr gemacht hatte.

»Ach, das erzähl ich dir ein anderes Mal. Siggi, bring doch mal den guten alten Whisky, den Chivas Regal 18, den mir mal ein Lieferant geschenkt hat.«

»Oh, der tut uns jetzt gut«, sagte Siggi genießerisch beim ersten Schluck und ließ sich im Sessel entspannt nach hinten fallen. »Toller Whisky, sicher sündhaft teuer.«

»Das kannst du wohl glauben. Den habe ich bekommen, als

ich den Bierlieferanten gewechselt habe. Da wollte sich die neue Brauerei erkenntlich zeigen. Na, was macht denn deine Sissi?«

»Meine Sissi, meine Sissi! Was soll das? Ich helfe nur der Irina, so heißt die Mutter von Alina, ein bisschen mit dem Baby. Sie ist übrigens eine ganz patente Frau, eine ausgebildete Ingenieurin, intelligent und sehr nett. Du hast sie ja selbst kennengelernt. Die freut sich, wenn sie sich mal mit jemand anderem als immer nur mit Alina unterhalten kann. Ihr Deutsch ist übrigens recht gut. Am Anfang war sie sehr zurückhaltend, weil Alina ihr erzählt hatte, dass du und ich schwul seien und noch dazu miteinander verheiratet. Sie sagte mir, dass sie keinen in der Ukraine kenne, der schwul sei, und dass die dortige Gesellschaft keine Sympathie für Homosexuelle hätte. Aber inzwischen hat sie wohl gesehen, dass ich kein Ungeheuer bin, und wir kommen gut miteinander zurecht. Sie hat mir auch erzählt, dass Vladimir, Alinas Ehemann, endlich einen guten Job gefunden hätte und sogar eine relativ große Wohnung. Als er dann von ihr hörte, dass Alina sein Kind zur Welt gebracht hatte, sagte er ihr, dass es sein größter Wunsch sei, seine Frau und seine kleine Tochter nach Kiew zu holen und dort wie eine richtige Familie zu leben.

»Ach du lieber Gott! Das hätte sie ihm besser nicht gesagt. Kannst du dich noch erinnern, dass er mit einem Kumpel einen Elektro-Laden in Frankfurt ausgeraubt hatte und dann nach Kiew abgehauen ist, ehe die Polizei ihn festnehmen konnte. Aber wie ich den kenne, wird er versuchen, trotz eines deutschen Haftbefehls, Alina wieder in seine Finger zu kriegen, besonders weil das Kind ja von ihm ist. Ich würde mich nicht wundern, wenn der eines Tages vor Alinas Tür steht und sein Kind einfordert.«

»Mal den Teufel nicht an die Wand. Ich pass schon auf, dass dieser Gangster meine kleine Sissi nicht in seine Hände kriegt.« Siggi schaute sich kämpferisch um, als stünde Vladimir leibhaftig vor ihm. »Das war ein aufregender Tag heute. Erst Sven, dann der Streit mit Heribert. Da werden wir gut schlafen können.«

Siggi sah Uli bei diesen Worten ganz genau ins Gesicht. Der ließ sich nichts anmerken, was aber nicht bedeutete, dass er die absichtsvollen Worte von Siggi nicht richtig interpretiert hätte. Später im Bett und gegen seinen Willen, vermischte sich allerdings Siggis Gesicht mit dem von Sven. Uli verwünschte seine eigenen Vorstellungen und beschwor sich selbst, seinen Eheschwur mit Siggi nicht zu brechen. Er hatte wirklich die besten Vorsätze, aber nicht immer ist der Mensch Herr seiner eigenen Sehnsüchte. Je mehr er sich bemühte, die Bilder von Sven in seinem Kopf zu verdrängen und seine eigene Unsicherheit zu verbergen, umso feuriger umarmte er Siggi, der sich in der Vorstellung gefiel, die ungeteilte Liebe von Uli zu empfangen.

Kapitel 34

Vladimir, der ukrainische Ehemann von Alina, lebte seit seiner Flucht aus Frankfurt, um nicht wegen schweren Einbruchs verurteilt zu werden, wieder in Kiew. Er war arbeitslos, wohnte mal hier, mal da und schlug sich mit kleineren Hehlereien und Gelegenheitsjob durch. Bei seiner letzten Aushilfstätigkeit, die ihm Alinas Mutter vermittelt hatte, war er allerdings in ein Ingenieurbüro geraten, wo er unerwartet seine erlernten Kenntnisse als technischer Zeichner zeigen konnte. Endlich erhielt Vladimir seine Chance. Er durfte an den Konstruktionszeichnungen mitarbeiten und schließlich eigenverantwortlich ausführen. Nach drei Monaten erkannten die Arbeitgeber Vladimirs Talente und er erhielt eine feste Anstellung.

Wenige Tage nach diesem glücklichen Ereignis hatte Vladimir zufällig Alinas Mutter getroffen, die ihm erzählte, dass Alina eine Tochter bekommen hatte und sie in wenigen Tagen nach Frankfurt fliegen wolle, um ihrer Tochter beizustehen.

»Ich habe eine Tochter? Stimmt das?«

Seine Schwiegermutter konnte das nur bejahen.

Jetzt hätte er die Möglichkeit, eine Familie zu ernähren, aber Alina und das Baby waren in Frankfurt und er in Kiew. Vladimir wusste, was er zu tun hatte. Er würde sich den Wagen seines Kollegen leihen, der gerade wegen eines Unfalles am Bau krankgeschrieben war, nach Frankfurt fahren und Frau und Kind nach Hause holen.

Zum ersten Mal in seinem Leben lief es gut für ihn. Auf den

Knien dankte Vladimir seinem Schöpfer. Dann nahm er eine Woche Urlaub. Vorher hatte er sich darum gekümmert, die entsprechenden Papiere für den Grenzübertritt von der Ukraine nach Polen zu bekommen. Dass er in Deutschland vielleicht steckbrieflich wegen des Einbruchs in dem Elektro-Laden in Frankfurt gesucht wurde, war ihm bewusst. Dieses Risiko musste er eingehen. Gott sei Dank gab es zwischen Polen und Deutschland keine Grenzkontrollen mehr, so dass ihm diese Gefahr erspart blieb. Dennoch war es ein riskantes Unternehmen. Aber er war eisern entschlossen, ein neues glückliches Leben mit Alina und seiner ihm noch unbekannten Tochter zu beginnen. Dafür würde er alles auf sich nehmen.

Das Wichtigste für ihn war, Alina davon zu überzeugen, dass sie mit ihm in Kiew zusammenleben sollte. Auf keinen Fall wollte er sie gewaltsam in die Ukraine verschleppen Er wusste, dass ihre Mutter noch in Frankfurt bei ihr war. Sie konnte ihn unterstützen und auch gleich mit zurückfahren.

Eine Nacht verbrachte er auf einem Autobahnparkplatz in Polen. Kurz vor Frankfurt hielt Vladimir an einer Autobahnraststätte. Dort duschte er und putzte seine Zähne. Im Verkaufsraum kaufte er einen Strauß Blumen für Alina.

Nach einer weiteren Stunde stand Vladimir schließlich um elf Uhr abends vor Alinas Haustür. Das Herz klopfte ihm bis zum Hals. Gleich würde er seine kleine Tochter sehen. Er klingelte. Dann ertönte der Summer. Vladimir nahm die vielen Stufen im Laufschritt. Schon im Hausflur hatte er den Kinderwagen gesehen. Oben stand die Tür offen.

»Komm rein«, hörte er Alinas Stimme. Wen hatte sie denn erwartet? Vladimir betrat zögernd die Wohnung. Im Wohnzimmer lief das Fernsehen. Alina hatte ein kleines Bündel im Arm.

»Hallo Alina, da bin ich.«

Alina riss den Kopf herum und sah ihn mit schreckensweiten Augen an. »Vladimir, du? Ich dachte, es wäre Siggi.«

Vladimir ging vor Alina in die Knie. Es war das zweite Mal innerhalb kurzer Zeit, dass er niederkniete.

Er senkte den Kopf. »Alina, ich wollte dich um Verzeihung bitten für alles, was ich dir angetan habe. Ich bin gekommen, um meine kleine Tochter zu sehen.« Vladimir stand auf und hielt Alina die Blumen hin. »Darf ich sie sehen?«

»Weck sie nicht auf. Sie ist gerade eingeschlafen. Vladimir, das ist Sissi, deine Tochter.« Alina hielt ihm das schlafende Kind hin. Vladimir liefen dicke Tränen über die Wangen, als er sich über die Kleine beugte. »Sie ist so unbeschreiblich süß«, sagte er und strich ihr vorsichtig mit dem Finger über die Wange. Ein kleines Zucken ging durch das schlafende Wesen.

»Setz dich, Vladimir. Wie bist du hierhergekommen? Hast du Hunger?«, fragte Alinas Mutter. »Möchtest du ein Bier?« Vladimir schüttelte den Kopf. »Danke, nein, aber ein Wasser oder ein Tee wäre gut.«

Alinas Mutter stand auf und ging in die Küche. Vladimir ergriff die Hand seiner Frau und drückte einen langen Kuss in die Innenseite. »Alina, ich bin gekommen, um dich nach Hause zu holen.«

Alina fühlte sich völlig überrumpelt und protestierte zunächst, dass das gar nicht in Frage käme. Sie ließ es aber widerstrebend zu, dass er den Arm um sie und das Kind legte.

Alinas Mutter kam mit einem dampfenden Tee und zwei belegten Broten. Bevor Vladimir zu essen begann, holte er aus seiner Hemdtasche ein Päckchen. Es enthielt winzige Ohrringe für Sissi. Während er aß, erzählte er von seiner Anstellung als technischer Zeichner und dass er eine Wohnung hatte. Er wurde nicht müde, sein kleines Töchterchen anzustrahlen und Alina zu bitten einzuwilligen, mit ihm ein neues Leben in der Ukraine zu beginnen.

Alina ging das alles viel zu schnell, sie war hin- und hergerissen. Vor allem auch deshalb, weil Uli ihretwegen sein Dachgeschoss ausbauen lassen wollte, um ihr und ihrem Töchterchen eine ordentliche Bleibe zu bieten. Sie konnte ihm doch nicht schon wieder den Bettel vor die Füße schmeißen, nach all dem, was er für sie getan hatte. Außerdem, konnte sie Vladimir wirklich trauen? Ihre Erfahrungen mit ihm waren eher negativ gewesen. Sollte er sich tatsächlich von einem Saulus zum Paulus verwandelt haben? Sie brauchte noch Bedenkzeit. Andererseits war die Perspektive, in Kiew zu wohnen und ihre Mutter als Babysitter für Sissi zu haben, doch auch sehr verlockend. Sie musste daran denken, wie gut es ihr im letzten Sommer im Urlaub in Kiew gefallen hatte.

»Lass mich eine Nacht darüber schlafen«, bat sie Vladimir. »Morgen weiß ich dann besser, was das Beste für mich und mein Kind ist.«

Selbst Alinas Mutter gefiel Vladimirs Plan. Sie könnte sich dann immer um ihr Enkelkind kümmern. Lächelnd sagte sie: »Es wird klappen. Jetzt schlafen wir alle erst einmal. Ich nehme die Couch im Wohnzimmer und überlasse dem jungen Glück das Schlafzimmer.«

Alina konnte lange nicht einschlafen. Vladimir bedrängte sie nicht. Er nahm nur zärtlich ihre Hand und drückte sie auf seine Brust. Dann erzählte er ihr, wie er sich sein Leben mit ihr und Sissi in Kiew vorstellte. Er malte ihr das gemeinsame Leben in so leuchtenden Farben aus, dass Alina sich immer mehr für seine Idee begeisterte. Sie spürte, dass er sich sehr gewandelt hatte und sich wahrscheinlich erst in Kiew, weit weg von Frankfurt, bewusst geworden war, was er an Alina hatte. Und dass er Vater geworden war, nachdem sie so viele Jahre, trotz fehlender Verhütung kein Kind bekommen hatten, ließ sein Verantwortungsgefühl für Alina und das Kind noch stärker werden. Er würde seine Aufgabe als Familienvorstand sehr ernst nehmen.

Sie überlegte, wie ihr Leben als alleinstehende Mutter in der Dachwohnung von Ulis Haus sein würde. Immer wäre sie auf die Hilfe der beiden angewiesen. Die Perspektive, mit Vladimir in einer anständigen Wohnung in Kiew zu leben und die Eltern in der Nähe zu haben, erschien ihr immer verlockender. Außerdem war Vladimir ein attraktiver Mann.

Sie drehte sich im Bett zu ihm hin und berührte ihn. Er nahm sie in den Arm und sie liebten sich wie ein frisch verliebtes Paar. Am Ende klammerten sie sich weinend aneinander und schworen sich, dass sie von nun an ein neues Leben beginnen würden. Ja, sie würde mit Vladimir nach Kiew zurückkehren.

Das Einzige, was Alina beunruhigte, war das kommende Gespräch mit Uli und Siggi.

Nach dem Frühstück hielt sie es nicht mehr aus und machte sich auf den Weg zu Uli. Sie traf Uli noch in seiner Wohnung an. Alinas Bericht nahm er eisern schweigend zur Kenntnis. Als er danach lospoltern wollte, hörten sie ein Trampeln im Treppenhaus. Siggi war bereits im Dachgeschoss, um einen weiteren Innenausbauer in Empfang zu nehmen. Uli beherrschte sich. Das Problem mit dem Dachausbau und dem Kleinkind im Haus wäre gelöst, wenn Alina zurück in die Ukraine ging. Aber Siggi? Er fürchtete, dass er sich verstärkt an ihn hängen würde in seinem Kummer über den Verlust von Sissi. Wann konnte er sich dann mit Sven treffen?

Uli schluckte. Er sah seine Köchin lange und ernst an. »Gut Alina, du kannst hier aufhören. Ich bedaure es sehr, aber Reisende darf man nicht aufhalten. Vielleicht ist es wirklich besser, dass du zu deiner Familie nach Kiew zurückkehrst.«

Ulis Stimme bekam einen weichen Klang. In seinen Augen glitzerte es verdächtig. »Du wirst mir fehlen, Alina.«

Kapitel 35

Zu Alinas Überraschung hatte Uli die Nachricht über ihr Weggehen relativ gefasst aufgenommen. Die Köchin hatte die eine Träne im Auge ihres Chefs sehr wohl bemerkt, dabei hatte sie mit einer harten, unwirschen Predigt gerechnet. Dass sie ihn hängen ließe, dass sie in ihr Unglück rennen würde, auf solche Worte war sie gefasst gewesen, nicht aber auf ein schnelles Einverständnis mit einem leisen Anflug von Trauer.

Nachdem dieses Gespräch so einfach gewesen war, wollte Alina auch Siggi über ihre Pläne aufklären. Uli hatte ihr gesagt, dass er in seinem Maklerbüro sein müsste. Dieses Gespräch würde wahrscheinlich um einiges schwieriger werden. Alina eilte zur Schweizer Straße. Sie öffnete die Ladentür und fand Siggi am Schreibtisch vor. Er hatte die Arme hinter dem Kopf verschränkt und die Füße auf die Platte des Schreibtischs gelegt. Seine cognacfarbigen Slipper passten sehr gut zu seinem hellgrauen Kaschmirpulli. Er lächelte Alina an und sprang auf, um sie zu umarmen. Wenn das Verhältnis zwischen Siggi und Alina in früheren Zeiten leicht angespannt war, dann war es jetzt nach ihrer Mutterschaft umso herzlicher.

»Wo ist unsere kleine Süße?«, fragte er, nachdem er gesehen hatte, dass die junge Mutter ohne ihr Baby vor ihm stand. Alina holte tief Luft und kündigte an, dass sie mit ihm reden müsse.

»Setz dich doch, Alina, was liegt an?« Siggi sah die zierliche blonde Person mit dem langen blonden Zopf besorgt an. Sie war ihm in den letzten Wochen sehr ans Herz gewachsen.

»Siggi, es tut mir so leid, und ich weiß auch, dass es sehr schwer für dich wird, aber es ist auch für mich nicht leicht.«

»Was ist nicht leicht, nun rede doch, Alina!«

»Siggi, Vladimir ist völlig überraschend zu mir zurückgekommen. Er ist gerade bei mir in der Wohnung und so glücklich über seine Tochter, dass er mit mir nach Kiew zurückgehen will.« Jetzt war es raus. Alina fühlte sich erleichtert, dann aber bemerkte sie, wie alles Leben aus Siggis Gesicht wich.

»Wann wird das sein?«, fragte er mit leiser Stimme.

»Bald, also in den nächsten Tagen. Uli sucht schon nach einer Aushilfe.«

»Ach, Uli weiß es schon«, regte sich Siggi auf.

»Ich war gerade bei ihm.« Alina sah Siggi traurig an. »Ich weiß auch nicht, ob es richtig ist, was ich tue, aber Vladimir ist der Vater von Sissi, und wir sind verheiratet. Mama meint auch, dass wir jetzt eine richtige Familie werden sollten. Außerdem hat er eine gute Stelle gefunden. Ich bin dir aber so dankbar für alles, was du für mich getan hast.«

Siggi nickte. »Ist schon gut, Alina. Ich habe es verstanden. Der Mohr hat seine Schuldigkeit getan und kann gehen. Lass mich jetzt bitte alleine. Wir sehen uns sicher noch.« Siggi wies mit der Hand auf die Tür und blickte an Alina vorbei ins Leere.

»Tschüss Siggi«, murmelte sie leise. Die Tür fiel hinter ihr ins Schloss. Alina bekam nicht mehr mit, dass Siggi hemmungslos zu schluchzen begonnen hatte. Als sie auf der Straße stand, fühlte sie sich sehr unbehaglich. Sie überlegte, was sie tun sollte.

Kurz entschlossen lenkte sie ihre Schritte in Richtung des Bestattungsunternehmens Erdreich. Schließlich hatte sie mit Alban einige Monate zusammengelebt, und am Anfang war es auch eine sehr schöne Zeit gewesen. Sie konnte es ihm nicht verübeln, dass er auf das Kind, das nicht von ihm war, mit Ablehnung reagiert hatte.

Alina betrat den ihr so bekannten, nach Lilien und Kerzen duftenden Schauraum. Im Hintergrund hantierte Alban. Sie trat zum ihm. Erstaunt sah er sie an. »Was führt dich zu mir?«, fragte er abweisend. »Fehlt etwas von deinen Sachen?«

»Nein, Alban, das ist es nicht. Ich bin gekommen, um dir Lebewohl zu sagen. Mein Mann wird mich und das Kind in die Ukraine mitnehmen. Ich werde wieder in meiner Heimat leben.«

»Na, dann ist doch alles bestens geregelt«, sagte er kühl. »Alles Gute für dich. Es ist aber nett, dass du dich von mir verabschiedest.« Der Bestatter sah sie lange und ausdruckslos an. Schließlich besann er sich und nahm Alina in die Arme. Er zog sie an seinen schmächtigen sehnigen Körper. »Die Umstände waren nicht günstig für uns beide«, sagte er leise.

Sie riss sich von ihm los und eilte nach Hause. Es gab vor ihrer Abreise noch viel zu erledigen.

Uli fragte Alina, als diese am Spätnachmittag zum Dienst erschien, wie Siggi die Nachricht aufgenommen habe. Er sei den ganzen Tag nicht aufgetaucht. Er habe mit Tim alleine spazieren gehen müssen. Auch Anrufe habe er nicht angenommen.

Alina sah Uli besorgt an und meinte, dass er eigentlich ganz gefasst gewirkt habe. Er hätte ihr nur zu verstehen gegeben, dass er sich ausgenutzt fühlte. »Das war wirklich nicht meine Absicht, Uli. Das musst du mir glauben.«

Uli nickte flüchtig. Er war beunruhigt über die Abwesenheit seines Mannes.

Während er routiniert den Kneipenbetrieb bewältigte, ging sein Blick immer wieder zur Tür. Bei jedem eintretenden Gast hoffte er, dass es Siggi sei. Immer wieder versuchte er erfolglos ihn anzurufen. Als er schließlich das *Kleine Wirtshaus* schließen konnte, ging er nach oben in der Angst, dass Siggi sich etwas angetan haben könnte.

Aus dem Schlafzimmer ertönte ein geräuschvolles Schnarchen. Siggi lag angezogen auf dem Bett. Er schlief offenbar seinen Rausch aus. Uli war unsagbar glücklich, ihn schnarchen zu hören. Er machte sich bettfertig und legte sich zu dem Schläfer. Allerdings musste er noch einmal aufstehen, um das Fenster zu öffnen.

Er wusste, dass er am nächsten Morgen den Katzenjammer von Siggi durchstehen musste.

Uli stand früh auf. Er ging in die Küche, löste ein Aspirin auf, kochte einen starken Kaffee und bereitete das Frühstück vor. Danach weckte er Siggi. Dieser konnte sich zunächst gar nicht orientieren. »Wo bin ich?«, fragte er und rieb sich die Augen. »Au, au, mein Kopf«, jammerte er. Uli legte ihm den Arm um die Schulter und hielt ihm das Glas mit der aufgelösten Tablette hin.

»Alina hat dir gestern gesagt, dass sie zurück in die Ukraine geht. Was hast du danach gemacht? Ich war den ganzen Tag in Sorge um dich«, sagte Uli streng.

Siggi bekam wieder feuchte Augen, als Uli ihn an den kommenden Verlust von Sissi erinnerte.

»Komm frühstücken, angezogen bist du ja schon oder immer noch«, sagte der Wirt ungerührt. Siggi ließ sich zum Frühstückstisch führen. Uli wies ihn darauf hin, dass es normalerweise nicht seine Aufgabe sei, das Frühstück zuzubereiten. Seine gesunde Härte prallte an dem trostlosen Siggi ab. Schweigend versuchte er eine Tasse Kaffee zu trinken. Den Teller mit dem belegten Brötchen schob er von sich, den Blick an Uli vorbei an die Wand geheftet. Der Wirt überlegte fieberhaft, was er Tröstendes sagen könnte. Schließlich meinte er, dass sie vielleicht zu einem etwas späteren Zeitpunkt ein Kind adoptieren würden, das ihnen keiner mehr wegnehmen könnte.

Siggi zog jetzt doch den Teller wieder zu sich und schien nachzudenken. Nachdem er das Marmeladenbrötchen vertilgt hatte, meinte er, dass das keine schlechte Idee sei. »Aber das Baby muss eine gewisse Ähnlichkeit mit Sissi haben«, sagte er. »Jetzt möchte ich doch etwas Herzhaftes essen. Machst du mir bitte noch ein Brötchen?«

Uli wusste nicht, wie ihm geschah. Den Adoptionsgedanken hatte er nur so dahingesagt in dem Glauben, dass Siggi auf der kleinen Sissi bestehen würde. Und dass er sich nun auch noch mit schöner Regelmäßigkeit von ihm bedienen lassen wollte, gefiel ihm ebenfalls nicht. Während er dick Butter für ein Schinkenbrötchen auftrug, suchte er verzweifelt nach einem weiteren Alternativvorschlag für die Wiederherstellung von Siggis Lebensglück. Schließlich hatte er eine Idee.

»Was meinst du dazu, mein Lieber, dass wir beide zusammen verreisen, wenn ich einen Ersatz für Alina gefunden habe und die Einarbeitung abgeschlossen ist? Anna könnte dann wieder übernehmen.«

Siggi verhielt sich zunächst verhalten. Plötzlich aber stieg ein Leuchten in sein Gesicht. »Wenn wir verreisen, dann können wir doch in die Ukraine fahren und Sissi und Alina besuchen. Ich wollte schon immer einmal nach Kiew. Was hältst du davon?«

Uli presste die Lippen zu einem schmalen Strich zusammen. »Wir werden sehen«, sagte er zu dem mittlerweile glücklich lächelnden Siggi, der wieder ganz der Alte schien. Die Aussicht auf ein baldiges Wiedersehen mit Sissi ließ sein Herz freudig schlagen. Vielleicht konnte er auch etwas länger in Kiew bleiben oder öfters hinfahren. Siggi fühlte sich geheilt. Auch seine Kopfschmerzen waren verflogen. Er nötigte Uli, ihm noch eine Tasse Kaffee einzuschenken.

Kapitel 36

Alina hatte einen riesengroßen Streuselkuchen gebacken. Am nächsten Morgen würde sie mit ihrer Familie sehr früh in Richtung Kiew aufbrechen. Das Kuchenbacken war Alina nicht leicht gefallen. Ihr war dabei so weh ums Herz gewesen, weil sie wusste, dass sie mit diesem Kuchen vermutlich zum letzten Mal in ihrem Leben das *Kleine Wirtshaus* betrat.

Während Alina und ihre Mutter Kuchen sowie Sahne hereinbrachten, hielt Vladimir Sissi im Arm, die sich vertrauensvoll an ihn schmiegte. Uli hatte einen sehr guten Kaffee gekocht, den er in einer Thermokanne auf den Tisch stellte. Nur Siggi wusste nicht, wo er hinschauen sollte. Deshalb häufte er sich den Teller voll Kuchen und Sahne. Jetzt konnte er seinen Blick auf den Kuchenteller heften.

Ein lastendes Schweigen lag zunächst über der Runde, das Uli schließlich durchbrach. Er klopfte mit der Kuchengabel an die Tasse. »Alina, ich muss dir sagen, dass ich es zutiefst bedauere, dass du weggehst. Wir hatten eine wunderbare Zeit zusammen. Natürlich hätte ich mir gewünscht, dass du weiter bei mir als Köchin gearbeitet hättest, aber ich verstehe, dass es besser für dich und Sissi ist, wenn du mit deinem Ehemann nach Kiew zurückgehst. Dort sind deine Eltern und sie können dir und Vladimir helfen, ein neues Leben aufzubauen.«

Irina, die Mutter von Alina, lächelte und Vladimir gab sich ebenfalls sehr zufrieden. Er richtete sich zunächst an Uli und sagte ihm, wie dankbar er ihm sei, dass er seiner Frau die Arbeit als Köchin in dem *Kleinen Wirtshaus* gegeben und sich immer um sie gekümmert hätte. Dann drehte er sich zu Siggi und lobte ihn für seine rührende Fürsorge um Mutter und Kind: »Du warst ein wunderbarer Ersatzvater für die Kleine in ihren ersten Lebenswochen, dafür bedanke ich mich bei dir, auch dafür, dass du Alina hier ein Dach über dem Kopf geben wolltest.«

Uli wunderte sich, dass Vladimir Siggi duzte und ihn siezte. Plötzlich bemerkte er, dass Siggi puterrot im Gesicht wurde und in Richtung Toilette stürzte. Uli war entgangen, dass Siggi seine plötzlich aufsteigenden Tränen verbergen wollte. Als er nach einigen Minuten wiederkam, blass mit leicht geröteten Augen, widmete er sich sofort wieder dem Streuselkuchen.

Alina stand auf. Die zierliche Person mit dem langen honigblonden Zopf dankte Uli für die schöne Zeit bei ihm und versicherte ihm, dass sie immer sehr gerne für ihn gearbeitet hätte. Danach ging sie zu Uli und küsste ihn auf beide Wangen.

»Die schönen Tage werden in meinem Gedächtnis bleiben. Ich habe hier ein Geschenk für euch beide.« Alinas Mutter gab ihr das in Geschenkpapier gewickelte Päckchen. »Bitte gleich auspacken.«

Uli riss hektisch das Geschenkpapier auf, denn es handelte sich ganz offensichtlich um ein Buch, und er wollte wissen, was sich Alina ausgedacht hatte. Es war ein schöner Bildband über Kiew.

»Ihr habt mir bei euch eine Heimat gegeben. Jetzt müsst ihr zu mir in meine Heimat kommen. Das Buch soll ein Vorgeschmack sein«, sagte Alina.

Sie wandte sich an Vladimir und ihre Mutter. »Sagt ihr auch bitte, dass ihr wollt, dass meine deutschen Freunde zu Besuch kommen. Sissi will es sowieso. Wenn ihr nicht gleich versprecht, ganz bald zu uns zu kommen, kann ich nicht gehen.« Jetzt traten Alina die Tränen in die Augen. Sie war völlig erschöpft.

Uli und Siggi standen auf und umarmten sie vorsichtig. Man wusste nicht, wie ihr Mann eine heftige Umarmung auffasste. »Alina, wir werden dich sicher besuchen. Kiew wird noch unsere zweite Heimat werden. Und du weißt, dass ihr jederzeit auch hier willkommen seid.« Uli meinte es nicht so ganz wörtlich, wie er es sagte, hielt es aber in dem Moment für angebracht. Er zog einen Umschlag hervor und überreichte ihn Alina. »Hier bitte, dein Arbeitszeugnis und eine kleine Starthilfe für die junge Familie.« Alina weinte nur noch. Alinas Mutter drängte zum Aufbruch.

»Nicht ohne ein Mispelchen«, sagte Uli. Siggi winkte ab, ihm war schon schlecht. Später würde er sich dem Whisky ergeben. Uli bereitete vier Mispelchen zu. »Auf die schönen Zeiten im *Kleinen Wirtshaus*, die jetzt zu Ende gehen.« Nach diesem Trinkspruch wurden auch seine Augen feucht. Alina und ihre Mutter packten schnell zusammen. Vladimir hielt das Kind. Siggi stand teilnahmslos daneben, griff aber nach einem Händchen des Kindes. Danach reichte er Alina seine kalte Hand. Er sagte nichts und ging schweigend nach oben in die Wohnung.

»He, mein Alter, willst du nicht aufräumen helfen?«, rief Uli ihm nach.

»Lass nur, Uli, ich mache das«, sprang Alina in die Bresche.

»Nein, Alina, du bist nicht mehr im Dienst.« Uli wischte über den Tresen.

Kapitel 37

Kommissar Müller war auf dem Weg ins *Hilton*, um den Mantel des festgenommenen Alnimri sicherzustellen.

Wilma, die Dame an der Rezeption, hatte auch heute die Tagschicht und erkundigte sich besorgt bei Müller nach dem Stand der Dinge, bevor sie ihn zu Ahmads Spind in die Personalräume brachte und aufschloss. Kommissar Müller nahm den verschlissenen dunkelblauen Mantel an sich und sagte Wilma, dass Ahmad wahrscheinlich im Laufe des Tages wieder auf freien Fuß gesetzt würde.

»Bestellen Sie ihm bitte viele Grüße von mir und sagen Sie ihm, dass das Krankenhaus angerufen hat. Seiner Frau geht es nicht gut.«

Wilma war einerseits erleichtert, dass Ahmad wieder freikommen sollte, andererseits war sie besorgt, weil sie nicht wusste, wie alles weitergehen würde, falls Ahmad seine Frau verlor. Würde er dann im *Hilton* bleiben? Wilma gestand sich ein, dass Ahmads Schicksal sie mehr berührte, als es ihr lieb war. Der junge Mann hatte so etwas Hilfloses an sich.

Im Büro traf Müller auf Saleh, der ihn erwartete. »Guten Morgen, Kal. Du wolltest mir neue Informationen liefern?«

»Ja«, Saleh kam schnell zur Sache. »Es geht darum, dass mein Schwager Omar die Hochzeitsfeier sehr früh verlassen hat, weil es ihm nicht gut ging. Ich war mir zwar fast sicher, dass Omar mit der Sache nichts zu tun hat. Trotzdem konnte ich sein Verschwinden nicht auf sich beruhen lassen. Deswegen habe ich versucht, den Sachverhalt kurz selbst abzuklären.« Khalil stockte.

»Du musst nichts dazu sagen, Horst«, fuhr er fort. »Frau Waldau hat mir schon eine Abmahnung verpasst. Ich möchte dich nur bitten, ein wenig Verständnis für mein Handeln in eigener Sache aufzubringen.«

»Hm«, meinte Horst Müller. »Aber bitte keine weiteren unerlaubten Alleingänge. Was hat deine Aktion denn nun ergeben?«

Khalil ärgerte sich über den herablassenden Ton seines Kollegen, der nicht sein Vorgesetzter war.

»Mein Schwager ist weder dem Wirt noch dem Personal im *Hilton* aufgefallen. Er scheint tatsächlich gleich nach Hause gegangen zu sein. Ich glaube, ich hatte dir schon mal gesagt, dass er Magenprobleme hat. Allerdings hat ein privates Gespräch zwischen mir und ihm gezeigt, dass er sich radikalisiert haben könnte.« Khalil Saleh seufzte.

»Dass nicht jede Radikalisierung einen Menschen zum Verbrecher macht, sollte gerade dir klar sein aufgrund deines Umfeldes.« Kommissar Müller war äußerst schlecht gelaunt. Er hatte sich gestern um einige Minuten zum Abendessen verspätet gehabt. Seine Frau war nicht erbaut gewesen, dass er eine Spritztour mit seinem Motorrad unternommen hatte, anstatt sie gemütlich auf der Couch zu erwarten. Sie hatte ihm eine heftige Szene gemacht.

Wenn sein Kollege die Radikalisierung von Omar als nicht so wichtig ansah, dann musste Khalil das jetzt auch nicht explizit thematisieren, und er fragte seinen Kollegen, was es mit dem tatverdächtigen Ahmad Alnimri auf sich habe. Müller informierte seinen Kollegen, dass der Verdächtige vorgab, von Dr. Saleh zehntausend Euro geschenkt bekommen zu haben, um dessen kranker Frau die geeignete Behandlung zu finanzieren. Er selbst aber glaubte eher, dass Alnimri seinen Vater ermordet habe, um an das Geld zu kommen.

»Niemals, niemals hätte mein Vater so viel Geld verschenkt. Ich kenne ihn. Er hätte vielleicht versucht, der kranken Frau in medizinischer Hinsicht, vielleicht durch die Vermittlung eines

Spezialisten zu helfen, aber er würde doch nicht so viel Geld verschenken.«

»Wahrscheinlich hast du Recht«, sagte Müller. »Wir sollten jetzt sofort zu Frau Waldau gehen. Sie erwartet uns.«

Auf dem Weg zum Büro der Polizeipräsidentin meinte Horst Müller vertraulich zu seinem Kollegen, dass er bei der Staatsanwaltschaft einen Haftbefehl beantragen würde, auch wenn die Statur des Tatverdächtigen nicht der Videoaufzeichnung entsprach. Zum Abschluss des Gesprächs stimmte die Polizeipräsidentin tatsächlich zu, dass Ahmad Alnimri in Untersuchungshaft genommen werden sollte. Auch sie schloss sich Khalils Meinung an, dass sein Vater einen so hohen Geldbetrag nicht an einen Unbekannten verschenken würde. Wenn es kein Raubmord gewesen sei, dann läge jedoch mindestens ein schwerer Diebstahl vor.

Kapitel 38

Am frühen Nachmittag wurde Ahmad Alnimri der Haftbefehl in seiner Zelle überstellt. Er weinte und schrie, schlug mit dem Kopf an die Wand. Er hätte niemanden getötet. Schließlich beruhigte er sich und bat Kommissar Müller, dass er der Rezeptionistin Wilma sagen solle, dass sie seine Frau anrufen und ihr erklären müsse, was passiert sei, warum er jetzt einige Tage nicht zu ihr kommen könne. Er würde alles tun, um so schnell wie möglich den Irrtum zu beweisen.

Kommissar Müller erledigte den Auftrag telefonisch.

»Frau Wilma, sind Sie das? Verzeihen Sie, dass ich Sie mit Ihrem Vornamen anspreche. Im polizeilichen Protokoll des Tatabends würde ich Ihren Nachnamen finden, aber sagen Sie mir ihn doch einfach noch einmal.«

»Wolf ist mein Name, aber Sie können auch gerne Wilma sagen.« Kommissar Müller meinte, dass sie doch bitte Alnimris Frau dessen längere Abwesenheit erklären möge.

»Was ist mit Ahmad?«, fragte Wilma besorgt. »Warum halten Sie ihn jetzt doch fest? Ich dachte, er würde heute ins Hotel zurückkehren. Wir haben auch unsere Dienstpläne.«

»Im Moment sind wir gezwungen, jedem Anhaltspunkt, und es haben sich neue Aspekte ergeben, sorgfältig nachzugehen. Und sei es nur, um sie auszuschließen. Mehr kann ich im Moment dazu nicht sagen. Auf Wiedersehen.«

Wilma blickte auf einen Zettel, der vor ihr lag: »Halt! Da ist noch etwas. Einer unserer Stammgäste vermisst seine weiße

Fliege, die er vermutlich bei seinem letzten Aufenthalt im *Hilton* in der Umkleidekabine im Schwimmbad verloren hat. Die haben Sie doch sicher mitgenommen?«

Müller erinnerte sich an die weiße Fliege. »Ja, sehr interessant. Stimmt, die liegt noch bei uns. Danke für die Information. Auf Wiedersehen.« Müller beendete mit einem Tastendruck das Gespräch.

Damit hatte sich das Geheimnis der weißen Fliege geklärt und konnte zu den Akten gelegt werden. Die DNA, die sie auf der Fliege gefunden hatten, hatte man tatsächlich keinem der Gäste zuordnen können.

Anschließend ließ er Ahmad zur Vernehmung bringen. Der junge Mann sah verzweifelt aus. Seine Augen waren gerötet und die Haare standen wirr vom Kopf ab, so als hätte er versucht, sie sich in Büscheln auszureißen. Seine Stirn zeigte eine blutige Schramme, die er sich beim Anrennen gegen die Wand zugefügt hatte.

Müller zeigte auf den Stuhl. »Setzen Sie sich. Wie geht es Ihnen, Herr Alnimri?«

Der Polizist erhielt keine Antwort.

»Gut, dann erzählen Sie noch einmal von Anfang, wie Sie in den Besitz des Geldes gekommen sind.«

Ahmad Alnimri protestierte. »Aber das habe ich doch schon mehrmals erzählt. Warum wollen Sie es noch einmal hören? Er hat es mir geschenkt, als ich ihm meine Geschichte erzählt habe.«

»Und genau das glauben wir Ihnen nicht«, hakte Horst Müller ein. »Der Tote hatte ganz andere Sorgen.« Mit diesen Sorgen meinte er die verzweifelten Anrufe bei dessen Geliebter Viviane.

Der Verdächtige wand sich auf seinem Stuhl und fasste erneut in seine Haare. »Kann ich bitte ein Glas Wasser haben?«, fragte er.

»Selbstverständlich, wenn wir hier fertig sind. Sie brauchen nur zu sagen, dass Sie das Geld gestohlen und den Arzt anschließend umgebracht haben. So etwas nennt man bei uns Raubmord«, fügte Müller sarkastisch hinzu.

Er war aufgestanden und hatte beide Hände auf den Tisch gestemmt. Mit seinem Kopf kam er dem Verdächtigen bedrohlich nahe. Er konnte den Atem riechen. Es war ein merkwürdiger Geruch, der aus einer Mischung aus Zigarette, Pfefferminz und orientalischen Gewürzen oder anderen Substanzen, die Müller nicht einordnen konnte, bestand. Außerdem schlug ihm ein leichter Schweißgeruch entgegen. Der protokollierende Beamte schrieb trotz des laufenden Aufnahmegerätes emsig mit. Müller hoffte, dass ihm die Verweigerung des Wassers nicht als Folter ausgelegt werden würde. Er zog sich wieder zurück und begann angewidert im Raum auf und ab zu gehen.

»Herr Alnimri, Sie haben bisher nichts vorbringen können, was Sie entlastet. Es ist davon auszugehen, dass gegen Sie Anklage wegen Raubmordes und der besonderen Heimtücke erhoben wird.«

Der Hauptkommissar machte eine Pause, bevor er zum vernichtenden Schlag ausholte. »Selbstverständlich haben wir bereits die Antiterrorabteilung des Landeskriminalamtes damit beauftragt, Ihre Person zu überprüfen. Es wird sich zeigen, ob weitere Delikte hinzukommen. Außerdem droht Ihnen die Abschiebung. Es wird zu klären sein, ob Sie Ihre lebenslängliche Haftstrafe in einem deutschen Gefängnis oder in Ihrer Heimat absitzen müssen. Die Zustände in den dortigen Gefängnissen dürften Ihnen bekannt sein.«

Müller verschränkte die Arme vor seinem Bauch. Das weiße Hemd spannte ein wenig über seinem Bauch. Schweißflecken zeichneten sich unter seinen Achseln ab. Er wartete auf die Reaktion des Angeklagten.

Lange musste er nicht warten. Stille Tränen flossen über das Gesicht des Nordafrikaners. Er sah dem Kommissar direkt in die Augen. »Ja, ja, ich habe das Geld gestohlen, aber den Mord habe ich nicht begangen. Das war ein anderer. Das müssen Sie mir glauben, Herr Kommissar.«

Der junge Mann schrie dem Ermittler sein Geständnis ins Gesicht. Dann brach er von Weinkrämpfen geschüttelt zusammen. Es war besser, eine Haftstrafe wegen schweren Diebstahls in einem deutschen Gefängnis zu verbüßen und möglichst schnell auf Bewährung wegen guter Führung freizukommen, als lebenslänglich wegen eines Mordes zu erhalten, den er nicht begangen hatte, und abgeschoben zu werden.

Horst Müller atmete tief durch. »Na bitte, es geht doch. Kollege, würden Sie bitte ein Glas für Herrn Alnimri besorgen.«

Der Beamte stand auf. Schweigen legte sich über den Untersuchungsraum, nur unterbrochen vom heftigen Ein- und Ausatmen des Verdächtigen. Dann stellte man ihm das Glas Wasser auf den Tisch.

Nachdem er gierig das Glas ausgetrunken hatte, nahm Horst Müller die Vernehmung wieder auf. »Gut Herr Alnimri, dann erzählen Sie bitte, wie Sie das Geld an sich gebracht haben und was Sie zu dem Mord an dem Mann sagen können.«

Ahmad schaute Kommissar Müller unsicher an und sagte ihm, wie er beinahe über den anscheinend angetrunkenen Mann gestolpert wäre, als der sich unvermittelt gebückt hatte, um seinen Schuh zu binden. Dabei hätte er in dessen Gesäßtasche die Geldklammer mit dem dicken Bündel an Scheinen gesehen und vorsichtig herausgezogen. Dann habe er dem älteren Mann seine Hilfe angeboten. Dieser habe abgelehnt und sei weiter in Richtung Schwimmbad geeilt. Er, Ahmad, habe noch eine Weile im Gang an der Wand gelehnt, um sich zu beruhigen, denn er habe sich über seine Tat erschrocken. Es sei nicht seine Art zu stehlen. Er habe überlegt, ob er das Geld zurückgeben sollte. Dann seien ihm die Bilder seiner leidenden Frau durch den Kopf gegangen. Schließlich habe er ein paar heruntergefallene Servietten aufgehoben, die zwischen zwei Rollwagen mit schmutzigem Geschirr am Boden gelegen hatten. In diesem Moment, noch während er zwischen den beiden Rollwagen hantierte, sei einer an ihm vorbeigegangen, der direkt nach Dr. Saleh auch das Schwimmbad betreten hatte, so dass die Chance, das Geld zurückzugeben, vertan war. Er glaube, dass der zweite Mann ihn wahrscheinlich nicht gesehen habe

»Der muss es gewesen sein«, sagte Ahmad Alnimri.

»Gut und wie sah die Person aus, die das Schwimmbad betreten hat? Was ist Ihnen aufgefallen?«

Ahmad beschrieb eine große athletische Gestalt. Es sei ein Mann im dunklen Mantel gewesen. Mehr sei ihm nicht aufgefallen, weil er gerade am Boden kniete. Dann hielt er einen Moment inne.

»Doch, ich glaube, dass es einer von der Hochzeit der beiden Schwulen war. Ich erinnere mich, dass er mir gleich leicht bekannt vorgekommen ist. So als hätte ich ihn schon einmal gesehen.

»Sehr gut.« Kommissar Müller rieb sich die Hände. »Wir werden Ihre Angaben überprüfen. Gegebenenfalls wird es eine Gegenüberstellung geben. Falls sich Ihre Angabe als wahr erweist, wird der Staatsanwalt entscheiden müssen, ob er wegen des schweren Diebstahls Haftbefehl beantragt. Kollege, bringen Sie Herrn Alnimri zurück in seine Zelle.

Müllers Kollege hatte bereits die Handschellen in der Hand, die man Ahmad zu Beginn der Vernehmung abgenommen hatte.

Kommissar Müller begab sich zurück in sein Büro, um sich das weitere Vorgehen zu überlegen.

Kapitel 39

Kommissar Saleh lag auf der Couch im Gästezimmer. Dorthin hatte er sich zurückgezogen, nachdem er zwei Mal mit einem Schreckensschrei aus einem Albtraum aufgeschreckt war. Seine Schreie hatten auch Brigitte geweckt und in Unruhe versetzt. Aus Rücksichtnahme wanderte er ins Gästezimmer aus. Sein Auszug hatte allerdings dazu geführt, dass jetzt beide, wenn auch räumlich getrennt, nicht mehr schlafen konnten. Er machte sich Sorgen um seine Arbeit bei der Kripo und sie sorgte sich um seinen körperlichen und geistigen Zustand.

Er erinnerte sich vage an den Inhalt seiner Träume, daran, dass sein Schwager Omar ihn verfolgt hatte und ihn offenbar töten wollte. Es war nicht zu leugnen, sein Schwager Omar beschäftigte ihn schwer in den letzten Tagen.

Der Anruf seiner Schwester Fatma gestern hatte ihn noch mehr beunruhigt. Ob er sich schon Gedanken gemacht hätte, wie das Erbe ihres Vaters geteilt werden solle, hatte sie ihn gefragt. Khalil fiel aus allen Wolken. »Was heißt denn teilen, Fatma? Unsere Mutter bekommt doch das ganze Erbe. Wir erben erst nach dem Tod unserer Mutter.«

»Das weiß ich, Khalil, aber nach deutschem Gesetz können wir Kinder direkt nach dem Tod des Vaters unseren Anteil am Erbe beanspruchen.«

»Wieso willst du denn jetzt schon ausbezahlt werden?« Khalil zeigte seine Verwunderung ganz offen. »Hast du das Geld so nötig? Du verdienst doch als Ärztin ganz gut. Ihr habt keine Kinder.

Dein Mann Omar hat ein gutgehendes Autogeschäft. Ihr müsst doch Geld wie Heu haben. Wozu willst du denn jetzt schon dein Erbe haben? Übrigens wenn ihr Geld nötig habt, ist Mutter sicher bereit, euch Geld zu leihen.«

»Dir und Brigitte haben unsere Eltern doch zur Hochzeit einen Großteil der Kosten für die Eigentumswohnung in der Hansaallee geschenkt. Das war doch schon so etwas wie ein Vorgriff auf unser Erbe.« Fatma machte einen Vorstoß.

Khalil stutzte. Wieso brachte seine Schwester dieses Thema auf. Das Geldgeschenk seiner Eltern war kein Geheimnis in der Familie. Jeder wusste, dass sie ihm eine große Summe Geld für den Kauf der Vierzimmerwohnung geschenkt hatten. »Ja, aber du hast doch damals zu deiner Hochzeit mit Omar von unseren Eltern ebenfalls einen erheblichen Geldbetrag für den Kauf der Eigentumswohnung in der Innenstadt bekommen. Damit wären wir doch quitt.«

Khalil hörte bei seiner Schwester heraus, dass ihr das Thema unangenehm war. Sie druckste herum und gab ihm keinen vernünftigen Grund für ihre Forderung. Er verstand nicht, wozu sie das Geld jetzt haben wollte.

»Fatma, sag mir doch bitte, ob du und Omar Geldprobleme habt. Dann können wir das sicher innerhalb der Familie lösen und müssen Mama nicht jetzt schon mit dem Thema der Erbschaft belasten. Das würde sie in der jetzigen Situation nur noch stärker bedrücken.«

»Ach, ich glaube, dass Mama den Tod unseres Vaters ganz gut verkraftet hat. Denk nur dran, was er ihr alles mit seiner Geliebten zugemutet hat. Nur das ganze Durcheinander mit der Praxis macht sie nervös. Aber ich glaube, sie hat jetzt jemand gefunden, einen Internisten, der Papas Stelle übernehmen könnte. Nein, um Mama mache ich mir keine Sorgen.«

»Fatma, komm rede mal Klartext. Wozu brauchst du das Geld so dringend? Mit mir kannst du reden, ich bin doch dein Bruder. Wir müssen jetzt nach dem schrecklichen Geschehen mit Papa zusammenhalten.«

Es dauerte eine Weile, ehe Fatma mit der Wahrheit herausrückte. »Khalil, ich wollte es dir eigentlich nicht sagen, aber es ist Omar, der mich dazu drängt, das Erbe frühzeitig auszahlen zu lassen. Ich glaube, er hat finanzielle Probleme mit seinem Autohaus und wollte mit meinem Erbe sein Geschäft sanieren. Ein libanesischer Kunde hat ihn übers Ohr gehauen. Es ging um fünfzehn Mercedes mit Luxusausstattung, die er nach Beirut liefern sollte, und die auch von einer Spedition des Käufers abgeholt wurden. Der Scheck war leider nicht gedeckt und der Käufer ist unauffindbar, obwohl Omar gute Beziehungen zu den dortigen Banken hat. Der Name des Mannes ist dort völlig unbekannt. Wir glauben, dass die Autos gar nicht außer Landes gegangen sind, sondern einem dieser betrügerischen libanesischen Gangsterclans in die Hände gefallen sind. Er ist einem gewieften Betrüger auf den Leim gegangen. Damit hat er einen Verlust von fünfhunderttausend Euro gemacht. Natürlich hat er es der Polizei gemeldet, die macht aber anscheinend keine besonderen Anstrengungen, die Täter zu stellen. Außerdem ging es dabei auch um die Umgehung der Mehrwertsteuer und Omar konnte daher die Schadenssumme auf den Exportpapieren nicht genau beziffern, ohne den Argwohn der Zollbehörden zu wecken. Also eine sehr komplizierte Angelegenheit.«

»Ich wusste gar nicht, dass es Omar geschäftlich so schlecht geht«, Khalil war völlig überrascht.

»Doch, es sieht so aus, als ob er kurz vor der Insolvenz steht, und er flehte mich als seine Frau an, ihm bei der Rettung des Geschäfts zu helfen. Übrigens hat er mich gebeten, kein Wort mit dir oder Mama über seine Probleme zu sprechen. Also bitte erwähne das, was ich dir eben gesagt habe, weder bei Mama noch bei Omar.«

Khalil wusste erst nicht, was er sagen sollte. Das hätte er am wenigsten vermutet. Omar hatte in seiner Anwesenheit immer den smarten Businessmann gespielt und auf seine Erfolge im Geschäft hingewiesen. Und jetzt würde er vor dem Ruin stehen. Wie konnte das sein?

Er warf sich auf der Couch hin und her und fand keinen Schlaf. Die Worte seiner Schwester gingen ihm im Kopf herum. Aber auch die ungelöste Frage nach dem Mörder seines Vaters. Musste er Horst Müller von seinem Verdacht informieren, dass Omar mit der Sache zu tun haben könnte, oder sollte er sich ganz aus dem Fall raushalten, so wie die Polizeipräsidentin das von ihm verlangt hatte? Damit würde er aber seinen Kollegen wichtige Informationen vorenthalten und den Fall unnötig komplizieren.

Er fand keine Antworten, und um sich von seinen eigenen bohrenden Fragen zu befreien, setzte er sich im Wohnzimmer vor den Fernseher. Eine bittersüße Schnulze mit viel Herzschmerz und einem völlig unglaubhaften, aber dennoch herzerwärmenden Happy End lenkte ihn von seinem Kummer ab und ließ ihn im Sessel und bei laufendem Fernseher friedlich einschlafen.

Brigitte schaute noch einmal bei ihm vorbei, wie er mit offenem Mund und einem sonoren Schnarchen schließlich doch in Morpheus' Armen gelandet war und legte ihm vorsichtig eine Decke über.

Kapitel 40

Kommissar Müller war schnell klar, dass ihn sein nächster Weg wieder zu dem schwulen Wirt führen würde, denn neben dem Schwager seines Kollegen Saleh war er die einzige Person, die zur Tatzeit den Saal verlassen hatte. Und nicht nur, dass er die Merkmale groß und schlank erfüllte, sondern er hatte darüber hinaus auch ein handfestes Motiv, weil Dr. Saleh die homosexuellen Eheleute schwer beleidigt hatte. Da hatte er gedacht, der Wirt hätte ihm bei der letzten Vernehmung alles gesagt, aber das schien nicht der Fall zu sein.

Er war eben doch nicht gleich wieder zum Fest zurückgekehrt, sondern hatte den Arzt ins Schwimmbad verfolgt und dort getötet.

Dieses Mal würde er sich nicht so einfach wegschicken lassen. Jetzt verfügte er über einen Belastungszeugen. Er würde eine Gegenüberstellung veranlassen, die Licht in das Dunkel brachte. Er beabsichtige am nächsten Morgen zu früher Stunde den Wirt unangemeldet aufzusuchen.

Horst Müller griff zum Telefon und informierte die Polizeipräsidentin über die Wende im Mordfall Dr. Yasin Saleh.

»Ja, das wirkt alles ziemlich stimmig. Sie haben sehr gute Arbeit geleistet, Herr Hauptkommissar, bleiben Sie dran und informieren Sie bitte den Kollegen Khalil Saleh.« Sie beendete das Gespräch.

Horst Müller ging in Khalils Büro, das er verwaist vorfand. Der Raum wirkte so, als wäre schon länger niemand mehr anwesend gewesen. Also rief er den Kollegen auf dessen Mobiltelefon an und teilte ihm mit, was Ahmad Alnimri zu seiner eigenen Entlastung ausgesagt hatte und dass nun doch der Wirt als dringend tatverdächtig anzusehen war. Er berichtete auch von der geplanten Gegenüberstellung. Müller bemerkte Khalils Erleichterung, als dieser sich für die Information bedankte und darum bat, dass man ihm sofort das Ergebnis der Gegenüberstellung mitteilen solle, wenn er schon nicht anwesend sein konnte.

Horst Müller machte sich am nächsten Morgen um acht Uhr auf den Weg. Er klingelte am Seiteneingang des Fachwerkhauses in der Klappergasse, das das *Kleine Wirtshaus* im Erdgeschoss beherbergte. Nach einer halben Minute wurde ihm geöffnet. Müller quälte sich die enge Treppe nach oben. In der geöffneten Wohnungstür stand der Wirt und sah ihn erstaunt an. Als Uli den Kommissar erkannt hatte, lächelte er zurückhaltend.

»Kommen Sie herein, Herr Kommissar. Sie sind zwar ein bisschen früh, denn wir frühstücken gerade. Das soll uns aber nicht weiter stören. Siggi, hol doch noch einen Teller und eine Tasse für den Kommissar. Herr Müller, nehmen Sie doch Platz.« Bei diesen Worten drückte Uli den Ermittler auf einen Stuhl. Dieser wusste nicht recht, wie ihm geschah.

Horst Müller überlegte, ob er wieder aufstehen sollte, doch dann blieb er sitzen. »Herr Reinhold«, begann er freundlich, »es haben sich neue Aspekte im Mordfall Saleh ergeben.«

»Und die da wären?«, fragte Uli unruhig. Ihm schwante nichts Gutes.

»Sie wurden im Flur beobachtet, als Sie hinter dem Arzt das Schwimmbad betreten haben.«

Uli erbleichte. »Das ist doch nicht wahr. Ich hatte Ihnen doch schon das letzte Mal gesagt, dass ich von der Terrasse direkt in den Festsaal zurückgegangen bin. Das muss jemand anderes gewesen sein. Sie irren sich. Was sieht man denn auf der Videoaufnahme, von der Sie mir erzählt haben?« Der Wirt flüsterte fast.

»Die Aufnahmen sind nicht so ganz eindeutig. Wir müssen uns noch mehr Gewissheit verschaffen«, behauptete Müller unerschrocken.

In diesem Moment betrat Siggi das Wohnzimmer. Außer einem Gedeck hatte er noch ein weich gekochtes Ei mitgebracht. Horst Müller bemerkte, dass die Beschreibung »athletische Gestalt, groß« durchaus auch auf den Ehepartner des Wirtes zutraf, vielleicht noch etwas mehr als auf den Wirt selbst.

»Siggi, so sag doch etwas«, murmelte dieser mit schwacher Stimme.

»Was …, was soll ich sagen, ich hab doch gar nichts mitgekriegt, ich war doch in der Küche. Worum geht's?« Siggi lächelte schief. Er spürte deutlich die ungute Stimmung, die in der Luft lag.

»Herr Reinhold«, dieses Mal wandte sich der Kommissar an Siggi, »es ist bekannt, dass Sie zu einem früheren Zeitpunkt auch die Tischgesellschaft für eine Weile verlassen haben. Wann genau sind Sie zurückgekommen?«

»Ja gleich, vielleicht kurze Zeit später, nachdem ich rausgegangen war.« Siggi war irritiert. »Was soll das?«, fragte er.

Horst Müller erklärte, dass ein Hotelangestellter einen Gast der »Schwulenhochzeit« im Zugang zum Hotelschwimmbad gesehen hatte. Die Gestalt sei groß und athletisch gewesen und hätte einen dunklen Mantel getragen.

Siggi unterbrach den Kommissar. »Groß ist Uli schon, aber nicht unbedingt athletisch.«

»Sich selbst würden Sie aber als athletisch bezeichnen?«, hakte der Kommissar nach.

»Vielleicht«, sagte Siggi und zuckte die Achseln.

»Wenn ich Sie mir beide so recht betrachte, dann trifft die Bezeichnung ›groß und athletisch‹ doch auf Sie beide zu«, stellte Müller fest. Dann wurde er betont sachlich. »Wir werden eine Gegenüberstellung arrangieren, zu der Sie beide und die Gäste, die an Ihrer Hochzeitsfeier im *Hilton* teilgenommen haben, morgen Vormittag im Polizeipräsidium antreten werden. Das betrifft jedenfalls alle hochgewachsenen und athletischen Männer. Melden Sie sich morgen um Punkt elf Uhr bei mir im Büro. Und jetzt hätte ich gerne von Ihnen noch die kompletten Namen und die Telefonnummern dieser speziellen Gäste.«

Es fiel Uli schwer, dem Kommissar diesen Wunsch zu erfüllen, weil er sich wie ein Henker vorkam. Aber Müller blieb hart und hatte am Ende, zusammen mit Uli und Siggi, acht Personen zusammen, die er für morgen um elf Uhr im Präsidium sehen wollte. Er überlegte noch, ob er den Schwager seines Kollegen Saleh auch zu der Gegenüberstellung aufrufen sollte, entschied sich aber dagegen, weil Alnimri ausdrücklich nur von einem Verdächtigen von der »Schwulenhochzeit« gesprochen hatte.

Uli und Siggi protestierten heftig gegen die haltlosen Verdächtigungen der Polizei. Müller aber drohte den beiden mit verschärften Sanktionen, sollten sie sich seinen strikten Anweisungen widersetzen.

Als der Kommissar gegangen war, lastete eine gedrückte Stimmung bei den Reinholds, selbst Tim hatte sich in sein Körbchen zurückgezogen und schaute seine beiden Herrchen mit besorgten Blicken an.

Am frühen Nachmittag hatte einmal Ulis Mobiltelefon geklingelt. Es war Sven. Für dieses Gespräch hatte er nun jetzt keine Nerven. Schweren Herzens drückte er das Gespräch weg.

Horst Müller und seinem Mitarbeiter war es tatsächlich gelungen, die männlichen Gäste der Hochzeitsfeier für den nächsten Tag telefonisch vorzuladen. Alle hatten widerwillig ihr Kommen zugesagt. Erst jetzt bemerkte Müller, dass neben den beiden Anwälten, Stammgäste des Wirts und zwei seiner Freunde aus dem Taunus, auch Wolfgang Waldau, der Ehemann seiner Chefin, sowie ein ehemaliger Kollege auf der Liste waren. Was hatte Florian Wilson bei dieser Feier zu suchen gehabt?

Schließlich war Müller völlig erschöpft. Es war Abend geworden. Er hoffte nur, dass am nächsten Vormittag auch tatsächlich alle Vorgeladenen erschienen. Bei seinen Anrufen hatte er durchblicken lassen, dass ein Nichterscheinen höchst verdächtig wäre.

Am nächsten Morgen wurde Ahmad Alnimri von zwei Polizisten hereingeführt. Horst Müller stand übernächtigt, aber in einem frischen Hemd bereits im Vernehmungsraum hinter der Spiegelglasscheibe. Ein Psychologe der Behörde war ebenfalls anwesend. Auch Annalene Waldau glitt leise durch die Tür, als die Verdächtigen, unter ihnen auch Uli und Siggi, den Raum auf der anderen Seite der nicht einsehbaren Spiegelscheibe betraten. Sie alle trugen eine weiße Tafel um den Hals, die mit einer schwarzen Zahl versehen war. Man positionierte sie in einer Reihe und wies sie darauf hin, sich neutral zu verhalten.

Ahmad Alnimri sah die Männer an. Keiner kam ihm irgendwie bekannt vor. Wieder und wieder glitt sein Blick über die vor ihm aufgereihten männlichen Personen. Er spürte den Druck der Erwartung, der auf ihm lag. Er musste etwas sagen. Sein Blut rauschte laut in seinen Ohren. Er spannte seinen Rücken an. Schließlich fiel ihm etwas ein. »Die sollen sich mal bewegen, sie sollen gehen«, sagte er.

Auf Anweisung der Polizei setzten sich die verdächtigen Gäste der Hochzeitsfeier in Bewegung. »Stopp«, schrie er plötzlich. »Der da war es. Die Nummer 10.«

»Sind Sie sich ganz sicher?«, fragte Horst Müller. Ahmad Alnimri nickte heftig. Der Blick des Kommissars traf den des Psychologen. Auch dieser nickte. Das Zuschlagen einer Tür ließ die Köpfe des Polizeiteams in diese Richtung fliegen.

Annalene Waldau hatte fluchtartig den Raum verlassen. So schnell sie konnte, eilte sie in ihr Büro zurück und schloss die Tür hinter sich ab. Sie trank einen Schluck Wasser und versuchte ihren Puls unter Kontrolle zu bringen. Wieso hatte Alnimri ihren Mann Wolfgang Waldau identifiziert? Das konnte nicht mit rechten Dingen zugehen. Ihr Noch-Ehemann war ihr doch die ganze Zeit nicht von der Seite gewichen. Was wurde hier gespielt? Wo war sie wieder hineingeraten? Wie würde sie Wolfgang aus dieser Geschichte herausbekommen? Annalene Waldau versuchte mühsam ihren Atem zu kontrollieren. Sie wartete auf Horst Müller, der so sicher wie das Amen in der Kirche demnächst bei ihr erscheinen würde.

Kapitel 41

Die Polizeipräsidentin musste nicht lange warten, bis Kommissar Horst Müller bei ihr erschien.

»Frau Waldau, Sie wissen, wen Ahmad Alnimri ausgedeutet hat. Es handelt sich dabei um Ihren Mann, Wolfgang Waldau.« Horst Müller machte eine Pause, bevor er fortfuhr. »Ihr Mann hat es mit einem Lächeln über sich ergehen lassen. Meiner Meinung nach ist er hundertprozentig unschuldig.«

Annalene Waldau nickte und hing ihren düsteren Gedanken nach.

»Frau Waldau, wie soll ich jetzt weiter vorgehen?« Die Stimme Horst Müllers holte Annalene aus ihren düsteren Überlegungen.

»Was schlagen Sie vor? Sie sind der leitende Kommissar, Müller.«

»Ich schlage vor, dass wir die Gegenüberstellung wiederholen.« Kommissar Müller, der den verunsicherten Alnimri die ganze Zeit genauestens beobachtet hatte und eher den Eindruck hatte, dass sich dieser einen willkürlichen Kandidaten ausgesucht hatte, sprach eindringlich mit seinen Kollegen und dem Psychologen über seinen Verdacht und überzeugte sie, dass Alnimri noch einmal den Verdächtigen benennen solle. Dieses Mal aber sollten die Nummern getauscht werden. Alnimri wollte man darüber aber nicht informieren. Er sollte meinen, dass es dieselben Männer mit denselben Nummern wie bei der ersten Gegenüberstellung waren. Man schärfte ihm ein, dass er die Männer sehr genau betrachten und dann noch einmal den Täter bezeichnen sollte.

Alnimri sah sichtlich mitgenommen aus. Zuerst weigerte er sich, er hätte das doch gerade getan, aber unter dem Druck von Müller stimmte er widerstrebend zu.

»Schauen Sie sich die Männer ganz genau an und entscheiden Sie dann, wer der wirkliche Täter ist«, schärfte ihn Müller eindringlich ein.

Während die neun anderen Tatverdächtigen nervös und zappelig wirkten, war Wolfgang Waldau, der Ehemann der Polizeipräsidentin, die Ruhe selbst. Souverän lächelnd blickte er in die Runde, bevor er den Blick gleichmütig auf die Spiegelscheibe richtete.

Ahmad schaute sich die zehn Kandidaten noch einmal genau an. Wer sollte es denn sein? Er jedenfalls wusste es nicht, konnte es nicht wissen, weil er die Person auf dem Flur nur auf den Knien liegend von hinten gesehen hatte. Er hatte auf gut Glück getippt, dass es einer aus der Hochzeit der Schwulen war. Damit der Mordverdacht nicht auf ihn selbst fiel, hatte er schlicht und einfach einen ihm völlig Unbekannten ausgedeutet. Und so nannte er folgerichtig wieder die Nummer zehn, denn für ihn sahen die verdächtigen Männer alle gleich aus und dummerweise hatte er sich nicht gemerkt, wie die Nummer zehn bei der ersten Gegenüberstellung ausgesehen hatte. Den Mann, den es dieses Mal traf, war Viktor, der Freund von Uli und Siggi aus dem Taunus.

»Aha, und da sind Sie ganz sicher?« Müller setzte ein undurchsichtiges Gesicht auf.

Ahmad nickte bestätigend mit dem Kopf: »Ja, der war's.«

Daraufhin wandte sich der Kommissar an seine Kollegen: »Meine Herren, damit ist klar, dass Herr Alnimri keine Ahnung hat, wer der wirkliche Täter ist. Damit ist seine Aussage unglaubwürdig und wir müssen daher die Personen, die wir hier aufmarschieren ließen, wieder gehen lassen.«

Er begab sich auf die andere Seite der Scheibe, um die zehn Kandidaten vom Ergebnis der Gegenüberstellung zu informieren. »Sie können alle gehen.« Dann wandte er sich speziell an den Ehemann der Polizeipräsidentin, Wolfgang Waldau: »Ich bedauere sehr, dass wir Ihnen diese Unannehmlichkeiten nicht ersparen konnten.«

»Sie machen ja nur Ihre Arbeit. Hat mich sehr amüsiert dieses ganze sinnlose Procedere.« Wolfgang Waldau gab Müller die Hand und den Tipp, er solle es doch auch einmal mit einer Gegenüberstellung mit den männlichen Gästen der Hochzeit von Kommissar Saleh versuchen. »Der junge Mann scheint mir ziemlich verzweifelt zu sein. Vielleicht weiß er nicht genau, welche Hochzeit er meint. Und bitte grüßen Sie meine Frau von mir.« Vor sich hin pfeifend, verließ Wolfgang Waldau das Zimmer.

Müller rief seine Chefin an und informierte sie über das Ergebnis der zweiten Gegenüberstellung und dass er Ahmad weiter befragen würde. Der erleichterte Aufschrei am anderen Ende des Hörers verursachte ihm einen mittleren Hörsturz.

»So, Herr Alnimri, jetzt werden wir Schritt für Schritt das ganze Geschehen an dem besagten Abend noch einmal durchgehen, und ich sage Ihnen, dieses Mal werden Sie mir die Wahrheit sagen.«

Es dauerte nur eine Viertelstunde, bis Müller den verängstigten Ahmad so in die Enge gedrängt hatte, dass er alles gestand.

»Warum hätten Sie einen Unschuldigen, der überhaupt nichts mit dem Mord zu tun hatte, ans Messer geliefert?« Müller war voller Zorn, noch dazu, da es sich bei dem ersten von Alnimri genannten Verdächtigen um den Ehemann der Polizeipräsidentin, seiner obersten Chefin, handelte. »So leichtfertig gehen Sie mit dem Leben von Unschuldigen um«, schleuderte er ihm erbost zu. »Das wird sich verschärfend auf ihr Strafmaß auswirken.«

»Morgen oder übermorgen werden wir eine erneute Gegenüberstellung machen. Dann mit den Herren von der Hochzeit meines Kollegen Saleh. Bis dahin bleiben Sie in Arrest! Wachmann führen Sie den Verdächtigen in seine Zelle.«

Gebrochen und ohne zu protestieren erhob sich Ahmad still und stumm und folgte dem Wärter. Er hatte nicht mehr die Kraft, eine weitere Runde von Befragungen durchzustehen. Schließlich hatte er das Gesicht der Person beim Schwimmbad nicht gesehen und konnte sie sowieso nicht identifizieren.

Ein Anruf im Krankenhaus, wo seine Frau lag, hatte ergeben, dass sie mit dem Tode kämpfte und er ihr nicht beistehen konnte, weil er im Gefängnis saß. Ihm war alles egal. Sollten sie doch machen, was sie wollten.

Uli und Siggi hatten inzwischen das Polizeipräsidium verlassen und waren auf dem Weg nach Hause. »Wieder ein verlorener Tag! Ich sage dir, irgendwie ziehen wir das Unglück an. Es kann doch nicht sein, dass wir von einer Scheiße in die andere tappen«, Uli machte sich drastisch Luft. »Ich sage dir, dieser Müller ist ja noch unangenehmer als unser Saleh.«

»Ja, und auf jeden Fall sieht er auch nicht so gut aus«, stimmte Siggi zu.

»Trotzdem könnten wir gut auf beide verzichten. Ich bin mal gespannt, wann der nächste Anruf kommt und man uns wieder für irgendetwas vor den Kadi zerren wird. Komm, schnell nach Hause, Tim wartet auf uns.«

Kapitel 42

Müller war zutiefst unzufrieden. Nachdem sein Versuch, doch noch einen Verdächtigen aus der Hochzeit des schwulen Wirts zu finden, so krachend gescheitert war, hatte er zunächst einmal sein Pulver verschossen. Wie konnte er nur auf diesen kleinen Gauner Ahmad hereingefallen sein. Der hatte einfach die Trunkenheit von Dr. Saleh ausgenutzt und ihm die zehntausend Euro aus der Tasche gezogen. Das Märchen vom Totschläger mit der großen sportlichen Figur hatte er sich nur ausgedacht aus Furcht, dass man sonst ihm den Mord in die Schuhe schieben würde. Dabei hatte wirklich keiner diesen mageren, kleinen Hänfling in Verdacht, weil die Bilder aus der Überwachungskamera eine große stattliche Person zeigten, die Dr. Saleh ein Messer in den Rücken stieß und ihn dann in das Schwimmbecken warf. Diese Gestalt hatte nicht die Spur einer Ähnlichkeit mit dem schmächtigen Ahmad.

Er war gespannt, ob die Gegenüberstellung mit den Gästen der Hochzeitsfeier seines Kollegen Saleh eine Lösung brachte. Aber einen Versuch musste er wagen.

Zunächst aber müsste er dafür sorgen, dass der Rest der zehntausend Euro aus dem Zimmer von Ahmad sichergestellt und der Familie Saleh übergeben würde. Ahmad selbst käme nach der Rückgabe der hundertzehn Euro und nach seiner juristischen Verhandlung unter Zahlung einer Geldstrafe wahrscheinlich wieder auf freien Fuß. Da konnte er sich weiter um seine Frau kümmern. Seine Arbeit im *Hilton* jedoch würde er sicher verlieren. Bei dem aktuellen Mangel an Servicekräften wäre es aber durchaus möglich, dass er schnell wieder einen Job finden würde.

»Kal, wir müssen reden«, Müller rief seinen Kollegen Saleh an und bat ihn zu sich in sein Büro.

Kommissar Saleh trat mit einem Gesicht ins Zimmer, dem man nicht die geringste Regung ansah. Er sah wie ruhiggestellt aus. »Wir haben diesen kleinen Gauner Alnimri, übrigens ein Jordanier wie du, auseinandergenommen. Der hat sich nur etwas ausgedacht, um uns auszutricksen.«

»Ich bin Deutscher, ich besitze nur die deutsche Staatsbürgerschaft«, sagte Saleh mit unbewegtem Gesicht.

Müller stutzte: »Aber deine Eltern sind doch Jordanier, oder?«

»Meine Eltern haben die doppelte Staatsbürgerschaft, ich nicht! Ich habe nur die deutsche.« Schmallippig kamen die Worte aus Salehs Mund. Er konnte gar nicht sagen, wie satt er diese ewigen Schubladen hatte, in die man ihn stecken wollte.

Er war in Frankfurt geboren worden und fühlte sich als Frankfurter Bub. Während der Schulzeit war er mit seinen Spielkameraden durch ganz Frankfurt gestromert, hatte Fußball gespielt und fühlte sich wie einer von ihnen. Seine Eltern, beide Ärzte und sehr beschäftigt, waren Ingeborg, ihrer deutschen Haushälterin, sehr dankbar, dass sie sie bei der Erziehung ihrer Kinder Fatma und Khalil so umsichtig unterstützte. Für seine Schulfreunde war er nur Kal. Das klang so Frankfurterisch und so fühlte er sich auch. Nicht dass er seine jordanische Herkunft verleugnen wollte, aber er fühlte sich eben mehr als Frankfurter. Die Eltern waren nicht sehr fromm und ihre Besuche in der Moschee eher selten. Seine Mutter war erst im Laufe des letzten Jahres durch den Einfluss einer frommen Schwester etwas strenggläubiger geworden, sehr zum Ärger ihres Mannes, der den islamischen Glauben sehr locker auslegte und eher ein Freigeist war. Er war zum Studium nach Frankfurt gekommen und dort hängen geblieben. Es gefiel ihm aber, dass in der deutschen Gesellschaft die Glaubensbekenntnisse nicht wie eine Monstranz vor sich hergetragen wurden und die Religion den Alltag nicht so stark reglementierte wie in den meisten muslimischen Familien. Das hielt ihn jedoch nicht davon ab, einer Studentin aus einem traditionell muslimisch geprägten Elternhaus den Hof zu machen. Leyla war eine brillante Studienkollegin, die ihm sehr durch ihre Eleganz und Klugheit imponierte. Schließlich fuhr er mit ihr und seinen Eltern nach Amman, der Hauptstadt Jordaniens. Dort trafen sie ihre Eltern, die ihren Segen für die Verbindung der beiden nur allzu gern gaben. In einer großen traditionellen Feier mit Hunderten von Freunden und Verwandten feierten sie dort ausgelassen ihre Hochzeit. Zur Enttäuschung beider Elternpaare blieben sie allerdings in Frankfurt und eröffneten dort eine Praxis, die sich mit der Zeit als sehr lukrativ erweisen sollte.

»Also was ist mit dem Jordanier, der meinem Vater das Geld aus der Hosentasche geklaut hat?« Saleh runzelte die Stirn.

»Leider hat es sich herausgestellt, dass er nur ein Dieb, aber kein Mörder ist. Damit er nicht selbst verdächtigt wurde, hat er sich kurzerhand irgendeine Person als den Mörder deines Vaters ausgedacht und uns auf eine vollkommen verkehrte Spur geführt. Seine Aussagen waren die reinsten Märchen. Ich habe mit Frau Waldau gesprochen und wir werden eine dritte Gegenüberstellung durchführen, diesmal mit den Männern, die an deiner Hochzeit teilgenommen haben. Ich habe keine große Hoffnung, dass bei dieser dritten Prüfung viel herauskommt, denn Alnimri will diese ominöse Person angeblich nur von hinten gesehen haben. Bei der Zusammenstellung der Personen müsstest du mir unbedingt helfen.«

Kommissar Saleh stand zunächst stockstill, während Müller fortfuhr: »Kal, und wenn das alles nichts bringt, möchte ich dich fragen, ob wir nicht jetzt doch deinen Schwager Omar etwas näher unter die Lupe nehmen sollten. Vielleicht hast du mit deinem Verdacht ja Recht, dass er deinen Vater aus religiösen Gründen ermordet hat. Was meinst du?«

Bei diesen Worten kam wieder Leben in Salehs Gesicht. Er erinnerte sich an das Gespräch mit Fatma wegen des Erbes und an die beleidigenden Worte Omars zum Lebenswandel seines Vaters. Ja, und vor allem die drohende Insolvenz seines Schwagers aufgrund eines undurchsichtigen Autogeschäfts mit einem libanesischen Geschäftsmann und einem Verlust von fast einer halben Million Euro. Da kam einiges zusammen.

Andererseits, was würde passieren, wenn er Omar ans Messer lieferte? Seine Familie würde komplett auseinanderbrechen. Wenn er Unrecht hätte, würden seine Schwester und seine Mutter ihm das nie verzeihen. Wenn Omar aber tatsächlich der Täter wäre, würden seine Mutter und Fatma dann den Vatermörder schützen wollen? Das konnte er sich nicht vorstellen. Saleh zögerte. Er hatte schon lange darüber nachgedacht, wie er sich dann verhalten sollte. Sein Gespräch mit Fatma über den Wunsch von Omar, das Erbe des Schwiegervaters vorzeitig aufzuteilen, hatte seinen Verdacht noch verstärkt. Da kamen zu viele Fakten zusammen, die darauf hindeuteten, dass Omar vom Tod seines Schwiegervaters profitieren würde. Ja, sagte er sich, angesichts seiner katastrophalen geschäftlichen Situation konnte es durchaus sein, dass sein Schwager das Erbe Fatmas als einzigen Strohhalm sah, der ihn vom drohenden Bankrott retten konnte. Nur mit ihrem Geld hätte er Aussichten, die Schulden bei seiner Bank zu begleichen und sein Autohaus weiterzuführen.

»Kal, für diese Prozedur brauche ich unbedingt deine Hilfe. Du müsstest mir die Betroffenen nennen und wir werden sie dann schon für morgen früh einbestellen. Ich weiß, dass das sehr knapp ist, aber wir werden es schon irgendwie schaffen. Leider können wir nur die Männer herbeizitieren, die in Frankfurt oder Umgebung wohnen. Die jordanische Verwandtschaft werden wir zum gegenwärtigen Stand der Untersuchungen nicht einfliegen lassen. Ach, du musst dich übrigens ebenfalls, so wie dein Schwager Omar in die Reihe der Verdächtigen aufstellen. Das musst du jetzt einfach über dich ergehen lassen. Aber wir wissen ja beide, dass dies nur eine Vorschrift ist und kein Tateingeständnis.«

Natürlich wusste Khalil, dass das juristische Procedere dies vorschrieb und ihm nichts anderes übrig blieb, als sich dem Diktat des Notwendigen zu beugen.

Er bat allerdings darum, dass Müller den Anruf bei seinem Schwager Omar in seinem Autohaus selbst machte. Das wäre angebracht, weil er sich als Kommissar, aber auch als potentieller Mörder in der Reihe aufstellen müsse und dann schlecht einen anderen Tatverdächtigen ins Präsidium zitieren könne.

Sie schafften es noch, alle infrage kommenden Männer von Salehs Hochzeit anzusprechen. Fünf von ihnen konnten kommen, einer lag nach einer Hüftgelenksoperation im Krankenhaus und schied aus.

Müller hatte Omar noch persönlich am Nachmittag angerufen und ihn gebeten, morgen früh um neun Uhr im Präsidium zu erscheinen. Er hatte nicht das Gefühl, dass dieser sich über den Anruf aufgeregt hatte. Selbstverständlich würde er zu dem Termin erscheinen, hatte Omar noch bestätigt.

Am nächsten Morgen wachte Ahmad Alnimri in seiner Zelle auf. Seltsamerweise hatte er wieder recht gut und traumlos geschlafen und fühlte sich ausgeruht und klar im Kopf. Er dachte an seine Frau und fühlte sich schuldig, dass er nicht an ihrer Seite war. Aber an ihrer Krankheit konnte er nichts ändern, ob er jetzt bei ihr saß oder nicht. Er hätte ihr nur Trost mit seiner Anwesenheit spenden können. Er wartete darauf, dass man ihn zur Gegenüberstellung bei den Männern von der Hochzeit des Kommissars Saleh abholen würde. Auch diese würde nichts bringen, weil er die Person nicht identifizieren konnte. Warum glaubte ihm eigentlich keiner, dass er die Person nicht wiedererkennen würde.

Kapitel 43

Omar saß am Schreibtisch seines Büros im Autohaus und legte vorsichtig den Hörer des Telefons auf. Der Inhalt des Gesprächs hatte ihn in eine Art Starre versetzt. Seine Blicke gingen ins Leere. Dafür spulte sich in seinem Gehirn ein gewaltiger Film ab, in dem seine weitgeöffneten Augen alles sahen, was in Kürze auf ihn zukommen würde. Der Untergang!

Er solle sich morgen früh zu einer Gegenüberstellung im Polizeipräsidium einfinden, hatte ihm irgendein Kommissar namens Müller mitgeteilt. Wie waren sie auf ihn gekommen? Welchen Fehler hatte er begangen? Er hatte sich doch keine Blöße gegeben. Aber, wenn es so war, dann war sein Schicksal besiegelt.

»Chef«, seine Buchhalterin trat ein, ohne anzuklopfen, oder hatte er das Klopfen überhört? »Chef, die Volksbank fragt, ob wir die Zinsen für den Kredit über die dreihunderttausend Euro schon angewiesen haben? Was soll ich denen sagen?«

Omar riss sich aus seiner kurzfristigen geistigen Abwesenheit und rief ihr zu: »Sag denen, dass ich heute Nachmittag zurückrufe.«

»Die wollen das jetzt wissen, Chef.«

»Sag ihnen, dass ich in einer wichtigen Sitzung bin und ganz sicher in Kürze zurückrufe.«

»Chef, die lassen sich nicht abwimmeln.«

»Ja, leck mich am Arsch, ich kann jetzt nicht.«

»Chef, die wollen Sie heute Nachmittag besuchen.«

»Schön, mach mit denen einen Termin für halb fünf Uhr aus.«

»Ist o.k., Chef.«

Die Tür schlug zu, die Starre fiel von ihm ab, ihn packte eine nervöse Hektik. Was musste er als Erstes tun? Wusste man schon Bescheid und wenn es so war, wer wusste Bescheid? Er hatte sich in den letzten Tagen schon häufig vorgestellt, was er machen würde, bevor man ihn schnappte.

Freiwillig in den Knast gehen, kam für ihn nicht in Frage. Warum sollte er für den Mord an einem ehrlosen, von Allah abgefallenen Menschen büßen. Er hatte sich schon auf den Eventualfall vorbereitet.

Ein Koffer mit dem Allernötigsten lag gepackt im Kastenwagen seines Freundes Amir, der sein Auto auf den hinteren Reihen des Parkplatzes bei Omar notfallmäßig geparkt hatte, weil man ihm das Autofahren wegen eines angeblich gefährlichen Eingriffs in den Straßenverkehr für ein halbes Jahr untersagt hatte. Was konnte Amir dafür, dass ein rechts- und ordnungsgeiler Autofahrer nicht verstand, dass Amir bei einem arabischen Hochzeitskorso auf jeden Fall die Vorfahrt hatte. Leider musste Amir das dem deutschen Rechthaberheini mit seiner Flinte erst nachdrücklich zu Gehör bringen. Dabei hatte er ja nur in die Luft geschossen, nicht auf den deutschen Trottel, oder war es nicht sogar ein Pole gewesen?

Amir würde ihm den zeitweiligen Gebrauch seines Autos sicher verzeihen. Omar hatte seinen Laptop, Wäsche und ausreichend Lebensmittel gebunkert, um die ersten drei Tage auszukommen. Jetzt musste er sich aus dem Staub machen.

Fatma würde er nicht mehr Bescheid sagen können. Er hatte sowieso die ganze Saleh-Familie gefressen. Sollten sie ihm doch alle mal den Buckel runterrutschen. Er würde seine Frau über die öffentlichen Telefonzellen anrufen, aber vielleicht auch nicht. Es wäre doch zu gefährlich. Man könnte seinen Standort herausfinden. Er selbst wusste noch nicht genau, wo er hinfahren würde.

Nur zu gerne würde er diesen libanesischen Gangsterclan in Dortmund oder Berlin, der ihm die fünfzehn Mercedes-Luxuswagen ohne Zahlung eines einzigen Cents abgeluchst hatte, einmal mächtig in die Eier treten. Er wusste nur nicht, ob er da als Einzelkämpfer irgendeine Chance hatte, seine berechtigten Forderungen zu Gehör zu bringen, geschweige denn durchzusetzen. Mit den Gesetzeshütern als Druckmittel zu drohen, ging in seinem Fall ja nicht. Die libanesischen Gauner würden ihn einfach bei der Polizei verpfeifen. Da konnte er sich seine berechtigten Forderungen in den Allerwertesten stecken. So abgefeimt hatten sie mit ihm verhandelt und ihm das Gehirn vernebelt, dass er nicht einmal wusste, an welchem Ort diese Gauner ihren Geschäftssitz hatten. Ausräuchern müsste man dieses Ungeziefer! Beim bloßen Gedanken an sein Waterloo schoss sein Blutdruck in allzu luftige Höhen. Aber was half das Fluchen?

Omar schaute sich in seinem Büro etwas melancholisch um. So viele Jahre war das hier seine Wirkungsstätte gewesen. Sein Autohaus war seine ganze Liebe, sein Leben. Ohne sein Autohaus war er ein Nichts. Jetzt musste er alles zurücklassen.

Ob er das seinem Schwager Khalil zu verdanken habe, fragte er sich. Könnte durchaus sein. Mit ihm war er in den letzten Tagen doch sehr aneinandergeraten. Der hatte die deutsche Art zu leben schon so inhaliert, dass mit ihm nicht mehr zu reden war.

Was er noch mitnehmen wollte, war die kleine Figur aus der Felsenstadt *Petra*, die ihm sein jordanischer Freund Hamad bei der Hochzeit seines Schwagers mitgebracht hatte. Vielleicht konnte er sie irgendwie verscherbeln. Er hatte inzwischen drei Interessenten per Internet gefunden, die bereit waren, eine größere Summe dafür auszugeben. Cash natürlich. Soweit hatte er sich mit denen schon verständigt.

Ganz wichtig war für ihn gewesen, die Ortungsfunktion aus seinem Smartphone zu entfernen. Es wäre nicht angenehm, wenn ihm die Polizei schon nach einem Tag auf den Fersen wäre.

Omar ließ in seinem Hirn alle Punkte auflaufen und abhaken, die er sich seit Tagen eingeprägt hatte. Wichtig war jetzt Bargeld. Er konnte ja schlecht mit seiner Bankkarte an irgendeinem Automaten Geld ziehen. Da hätten sie ihn sofort im Visier. Aus seinem Tresor in der Firma hatte er sich das gesamte Bargeld in Höhe von fünfzigtausend Euro genommen. Manche Kunden wollten eben partout in bar bezahlen. Sie hatten sicher ihre Gründe. Er wollte Autos verkaufen und da war ihm die Art der Zahlung egal. Manchmal musste er da gewisse finanztechnische Finessen anwenden, um das Geld zu verbuchen. Warum auch nicht?

Er schaute prüfend auf das Bündel Geldscheine. Das musste erst einmal reichen.

Dann rief er seine Buchhalterin an und sagte ihr, sie solle den Termin mit den Geiern von der Volksbank absagen, er hätte eine Verabredung mit einem potenten Interessenten und käme heute nicht mehr ins Autohaus zurück. Ihren Kommentar: »Das wird denen nicht gefallen, Chef. Was soll ich ...«, drückte er einfach weg.

Jetzt musste er nur noch die Figur aus seinem Auto holen und unerkannt mit Amirs Auto durch die Ausfahrt seiner eigenen Firma kommen. Auch das gelang. Keinem fiel auf, dass ein Auto wegfuhr, das eigentlich nicht bewegt werden durfte. Hatten seine nichtsnutzigen Angestellten eigentlich keine Augen im Kopf?

Auf dem Weg zur Tankstelle ergriff Omar seltsamerweise ein Gefühl der Freiheit und des Abenteuers. Er musste schlau sein, schlauer als die Polizei, sagte er sich. Mit Amirs Wagen war er sicher, danach würde keiner suchen. Ehe sie im Autohaus den Wagen vermissten, oder Amir ihn abholen würde, könnten Wochen vergehen. Wertvolle Zeit, die er dazu nutzen würde, sich in den Süden abzusetzen. Am besten nach Marseille, da kannte er einen Verschiffungsagenten bei einer Reederei, der ihm eine Passage nach Tanger, in seine Heimat Marokko, verschaffen könnte. Oder aber, er würde glatt durch Frankreich nach Spanien brettern und dort im äußersten Süden, in Algeciras bei Gibraltar, die Fähre nach Tanger nehmen. Die Autopapiere von Amir hatte er bei sich. Eine Erklärung an den Fährbetrieb in Algeciras, warum er den Wagen von Amir fuhr, dazu würde ihm schon etwas einfallen.

Es war zwei Uhr nachmittags, als er bei einer Tankstelle in Neu-Isenburg ankam. Einmal volltanken, natürlich Diesel. Gott sei Dank musste er dann nicht so häufig tanken. Dann kaufte er noch zwei große Käsebrötchen, zwei Packungen Kekse, einen Coffee to go und mehrere Flaschen Wasser und setzte sich wieder hinters Steuer. Noch fühlte er keine Anspannung, als er der Kassiererin das Geld in die Hand drückte. Ganz im Gegenteil, er war in Hochstimmung. Der Druck, präzise und fehlerfrei funktionieren zu müssen, hatte eine große Klarheit in seinen Kopf gebracht. Er sah seinen Fluchtweg wie auf einer Landkarte vor sich und schwor sich, dass er es schaffen würde. Das Wetter meinte es gut mit ihm. Er stellte das Radio an. Antenne Frankfurt mit den neuesten Wetternachrichten. Die Aussichten klangen verheißungsvoll. Ein ausgedehntes Hochdruckgebiet über ganz Europa würde seine Flucht vereinfachen. Dann konnte er auch problemlos im Auto schlafen. Eine Decke lag auf dem Rücksitz.

Bei der Auffahrt auf die Autobahn überholte ihn ein Polizeiauto mit durchdringender Sirene, die er erst im letzten Moment gehört hatte. Panisch zuckte er zusammen. So schnell hatten sie seine Spur aufgenommen? Langsam fuhr er rechts ran, als der Wagen mit einem Affenzahn an ihm vorbeischoss und in Sekundenschnelle aus seiner Sicht verschwand. Er atmete tief durch. Sein Radio war viel zu laut. Sofort drehte er es leiser. Es konnte ja nicht sein, dass sie schon hinter ihm her waren. Frühestens am Abend oder morgen früh, wenn er nicht zur Gegenüberstellung erschien, würden sie nach ihm fahnden. Da hätte er schon einen Riesenvorsprung. Seine Frau würde sich Sorgen machen, aber ob sie gleich die Polizei riefe, das glaubte er nicht. Vielleicht würde sie in der Moschee nach ihm fragen oder bei Khalil.

Amirs Kastenwagen war auf jeden Fall kein PS-Protz, aber er fuhr stetig seine einhundertdreißig Kilometer, ohne zu schnaufen, und brachte ihn seinem Ziel immer näher.

Inzwischen hatte er beschlossen, den Weg über Frankreich und Spanien zu nehmen und dann die Fähre von Algeciras nach

Tanger zu nehmen, die für diese Strecke in etwa einer Stunde zu bewältigen wäre. Die Fähre von Genua nach Tanger würde viel zu lange dauern. Da säße er mindestens zwei ganze Tage fest auf dem Schiff wie in einer Mausefalle. Eine Kleinigkeit für Interpol, ihn direkt auf dem Schiff festzunehmen. Nein, dann lieber den Weg über Spanien.

Er schaute in den Rückspiegel und fasste sich an den Bart. Abrasieren oder stehen lassen? Bei Allah, er fühlte sich wohl mit den drahtigen Borsten im Gesicht. Auf all seinen Ausweispapieren war er allerdings ohne Bart abgebildet. Das hieße, dass sein Konterfei auf den Fahndungsfotos vermutlich bartlos wäre. Also erst einmal nicht rasieren, sagte er sich und drückte auf das Gaspedal.

Was sollte er nur mit der kleinen Relieffigur machen, die sorgfältig eingepackt im Werkzeugkasten von Amirs Kastenwagen lag. Es hatten sich ernsthafte Interessenten in Hamburg, Stuttgart und in Lausanne gemeldet. Alle Privatpersonen, die das gute Stück für ihre eigene Sammlung haben wollten und bereit waren, einen sehr guten Preis dafür zu zahlen. Cash und natürlich schwarz und ohne Rechnung. Wie aber konnte er sicher sein, dass sich hinter diesen Brüdern nicht irgendwelche Gangster oder doch staatliche Stellen verbargen, die ihm das wertvolle Teil nur abnehmen wollten, aber gar nicht daran dachten, es zu bezahlen. Die Sache war doch sehr heiß. Hamburg und Stuttgart kamen jetzt auch wegen seiner Route in den Süden nicht mehr infrage.

Aber Lausanne lag doch mehr oder weniger auf seinem Weg. Er musste den Typen, wenn möglich, noch heute treffen, um den Deal zu machen, bevor ihn die Polizei europaweit zur Fahndung ausschrieb.

Omar überlegte scharf, ob er es überhaupt riskieren sollte. Es stand viel auf dem Spiel. Aber wenn er in Marokko einen Neustart machen wollte, dann bräuchte er Geld. Mit den fünfzigtausend Euro aus seinem Safe hätte er immerhin schon einen Anfang, aber er hatte Größeres im Sinn.

Omar beschloss, bei der kommenden Ausfahrt von der Autobahn abzufahren und den Mann in Lausanne von einer öffentlichen Telefonzelle aus anzurufen. Das war gar nicht so einfach, denn im Zeitalter der Handys und Smartphones wurden immer mehr Telefonhäuschen abgebaut. Schließlich fand er doch noch ein öffentliches Telefon, hatte aber natürlich keine Schweizer Münzen dabei. Er fluchte laut, daran hatte er in seiner Eile natürlich nicht gedacht. Eine nette alte Dame, die seinen Wutausbruch beobachtet hatte, war so freundlich, ihm die Euros in Franken zu wechseln, und so konnte er endlich den Schweizer Interessenten anrufen. Er sagte ihm, er sei auf der Durchreise und käme am späten Abend an Lausanne vorbei, ob er sich mit ihm um sieben Uhr treffen könne. Vielleicht in dem bekannten Speiselokal in der Nähe des Bahnhofs. Dort hatte er sich einmal mit einem Schweizer Geschäftsmann getroffen, der einen speziell ausgestatteten Mercedes von ihm haben wollte.

»Sie müssten den Betrag aber in bar mitbringen.«

Der Mann überlegte eine Weile, dann sagte er: »Aber Sie bringen dann auch das Echtheitszertifikat mit. Wäre auch ein Scheck in Höhe von dreihundertfünfzigtausend Euro in Ordnung?«

»Nein, das geht nicht. Wir hatten uns auf cash geeinigt und diese Bedingung ist nicht verhandelbar.«

Omar dachte voller Zorn an den betrügerischen Clan der Libanesen und war nicht gewillt, sich noch einmal über den Tisch ziehen zu lassen. Entweder cash oder kein Deal!

»Das Echtheitszertifikat habe ich dabei. Sie bekommen es nach der Geldübergabe.«

Nach längerem Zögern erklärte sich der Mann damit einverstanden.

Omar atmete erleichtert auf und machte sich auf den Weg in die Innenstadt von Lausanne. Er war früher als erwartet da und stellte sein Auto in einer ruhigen Straße unweit vom Bahnhof ab. Weil er noch Zeit hatte, prägte er sich seine Umgebung gut ein. Dann ging er in das Lokal, das nur spärlich besetzt war, setzte sich an einen Tisch, von dem man die Straße beobachten konnte, und bestellte einen Kaffee. Er hoffte inständig, dass der Käufer verlässlich war. Auf Probleme bei seiner Flucht konnte er verzichten. Während ihm der Kellner die Tasse Kaffee hinstellte, signalisierte er ihm, dass er mal kurz austreten wolle. Erfreut bemerkte er, dass die Toiletten ebenerdig lagen und das Fenster nach hinten zum Hof hinaus ging. Gut zu wissen, dachte er, falls er sich unbemerkt aus dem Staub machen müsste.

Als er sich wieder setzte, sah er, dass ein Auto mit französischem Kennzeichen direkt vor dem Restaurant parkte und drei Männer ausstiegen. Einer von ihnen hatte eine Aktentasche bei sich. In das Lokal kam aber nur die Person mit der Tasche, die anderen blieben draußen. Wieso französisches Kennzeichen? Ihm gegenüber hatte sich der Interessent immer als Schweizer ausgegeben. Wollten die ihn etwa übers Ohr hauen?

Bevor er sich noch weiter aufregen konnte, betrat ein gut gekleideter Mann das Lokal. Omar schätzte ihn auf ungefähr fünfundvierzig Jahre. Er hatte ein rattiges Gesicht, aus dem seine blendend weißen Zähne deutlich herausstachen, und schaute sich suchend um. Omar nickte ihm zu. Der Fremde kam mit einem aufgesetzten Lächeln, das seine Augen nicht erreichte, an seinen Tisch und setzte sich. Beim gleichzeitig eintreffenden Ober bestellte er einen Espresso und einen Cognac.

»Lassen Sie uns gleich zum Geschäftlichen kommen«, Omar hatte keine Zeit zu verlieren. Er musste unbedingt weiterfahren. Er zog das kleine Relief aus seiner Tasche. »Dies ist die Figur. Sie ist echt. Hier ist das Echtheitszertifikat. Es wurde original von den Behörden von *Petra* ausgestellt und unterschrieben.«

Der Mann nahm die Figur aus Omars widerstrebenden Händen und besah sie genau. Ein gieriger Glanz trat in seine mausgrauen Augen. »Ja, das ist sie. So wurde sie mir beschrieben. Sie ist wunderschön. Warum aber stellen die Behörden in *Petra* dieses Zertifikat aus? Sie mussten ja davon ausgehen, dass dieses Stück nicht außer Landes geht. Warum haben sie dennoch ein Zertifikat erstellt?« Er schaute Omar fragend an.

Warum, warum, warum? Omar hatte keine Antwort auf diese Frage. Er wusste nur, dass sein Freund Hamad dies alles bewerkstelligt hatte, um ihm eine Freude zu bereiten.

»Ich habe sehr gute Freunde in *Petra* und kenne dort einen Steinmetz, der mit den Restaurierungsarbeiten beschäftigt ist. Ihm habe ich einmal einen großen Gefallen getan. Aus Dankbarkeit hat er mir als Geschenk diese Figur mitgebracht. Aber, wenn Sie sie nicht haben wollen, dann nehme ich sie wieder mit. Ich habe noch mindestens zwei weitere Interessenten, die die Figur unbedingt haben wollen«, sagte Omar kühn, wohl wissend, dass der Verkauf an die anderen beiden Klienten in Deutschland aus naheliegenden Gründen nicht mehr zu realisieren war. Es sei denn, er wolle wegen Mordes an seinem Schwiegervater in Frankfurt lebenslang in den Knast wandern. Von diesen Geschichten ahnte der Mann natürlich nichts.

»Nein, nein, natürlich will ich die Figur haben. Hier ist das Geld. Sie können es nachzählen. Es sind dreihundertdreißigtausend Euro.«

»Ausgemacht waren dreihundertfünfzigtausend Euro. Ich will die ganze Summe.«

»Tut mir leid, ich habe nicht mehr dabei. Auf die Schnelle konnte ich nicht so viel Bargeld von meiner Bank bekommen. Ich kann das restliche Geld ja auf Ihr Konto überweisen.«

Das hatte noch gefehlt, dass er diesen Typen sein Konto mitteilte. Obwohl, im Grunde war doch alles egal. Er würde nie mehr nach Deutschland zurückkommen, höchstens in Handschellen, wenn er Pech hatte. Aber das Wichtigste war, keine Spuren zu hinterlassen.

»Mein letztes Wort, entweder Sie zahlen jetzt die vereinbarte Gesamtsumme in bar oder das Geschäft ist geplatzt.«

Sie pokerten noch eine Weile, bis sie sich auf dreihundertvierzigtausend Euro einigten. Omar zählte das Geld. Vorsorglich hatte er ein Banknotenprüfgerät mitgenommen und kontrollierte einzelne Scheine aus dem Geldstapel. Sie schienen echt zu sein. Ein Handschlag, der Deal war besiegelt. Omar fiel ein Stein vom Herzen.

Aber noch war er nicht aus dem Lokal heraus und saß auch noch nicht in seinem Auto. Die waren zu dritt und er ganz allein.

Der Typ verabschiedete sich und wollte mit Omar gemeinsam aus dem Lokal gehen.

»Ich werde noch einen Cognac trinken und dann gehen«, sagte er zu dem Mann, der anscheinend darauf wartete, dass sie gemeinsam das Restaurant verließen.

»Ja gut, dann wünsche ich Ihnen noch einen schönen Abend«, mit diesen Worten ging er zur Tür.

Omar wollte keinen Cognac. Er wollte nur nicht den drei Männern in die Hände fallen. Sein Instinkt sagte ihm, dass da noch etwas im Busch sein könnte. Er zahlte, ging zur Toilette und machte sich dann auf den Weg zu seinem Auto. Das Geld hatte er in einer größeren Brusttasche umgehängt. Inzwischen war es dämmerig geworden und er fragte sich, wie weit er heute noch fahren konnte. Auf jeden Fall so lange, bis er die Augen nicht mehr aufhalten konnte. Das jedenfalls nahm er sich vor.

Gerade als er mit der Fernbedienung das Auto aufgeschlossen hatte, sah er sich plötzlich von drei Männern umringt, die wie aus dem Nichts gekommen waren. Soweit er sehen konnte, trugen sie keine Waffen. Autos mit Frankfurter Kennzeichen waren in Lausanne anscheinend nicht alltäglich.

»Geben Sie das Geld her und machen Sie kein unnötiges Aufsehen«, bedrängte ihn das Rattengesicht mit den perlweißen Zähnen.

Er hätte noch vorsichtiger sein müssen. Wie blöd von ihm, dass er in diese Falle getappt war. Omar verwünschte seinen Leichtsinn.

»Ich denke ja gar nicht daran, Ihnen das Geld zurückzugeben. Es war so ausgemacht und dabei bleibt es.« Omar stellte sich den Gaunern entgegen und trotzte ihrer Forderung.

»Geld her oder wir machen kurzen Prozess mit Ihnen. Die Polizei können Sie ja schlecht rufen bei unserem illegalen Deal. Also, seien Sie vernünftig, geben Sie das Geld her, bevor wir Ihnen die Rippen brechen.«

Omar wehrte sich heftig, so heftig, dass sich die Ganoven morgen sicherlich eine gute Erklärung für ihre Abschürfungen und blauen Flecken am ganzen Leib einfallen lassen mussten. Gegen drei Personen allerdings hatte er keine Chancen. Um ihn niederzuringen, hielten zwei ihn fest und einer versetzte ihn mittels eines mit Betäubungsmittel getränkten Wattebausches in eine sofortige Ohnmacht. Wenigstens hatten sie den Anstand, ihn auf den Fahrersitz zu hieven, so dass es aussah, als ob er schliefe.

Durch ein lautes Klopfen an der Scheibe wurde er wieder wach. Ein Mann starrte durch das Glas und sagte etwas, was Omar nicht verstand. Er ließ das Fenster runter. »Sie können hier im Auto nicht schlafen, Mann! Wenn die Polizei kommt, ist ein Bußgeld fällig. Hauen Sie ab und suchen Sie sich ein Hotel.«

Omar war dankbar für den Weckruf. Er schaute auf seine Uhr und rekonstruierte, dass er etwa zwanzig Minuten bewusstlos gewesen sein musste. Verdammte Gauner! Da hatte man ihn schön ausgenommen. Sein einziger Trost war, dass sie nicht sein restliches Geld gefunden hatten, sagte er sich, als er sich vergewissert hatte, dass die fünfzigtausend Euro noch an ihrem Platz lagen.

Dann überfielen Omar die Gefühle. Er schluchzte laut auf, schlug voller Wut die Fäuste auf das Lenkrad, dass die Hupe laut aufheulte. Er zitterte am ganzen Körper. Geld und Figur futsch. Oh Allah, womit hatte er das verdient? Einen kurzen Moment dachte er an seinen toten Schwiegervater. Sollte das etwa ein Zeichen sein, dass er möglicherweise unrecht gehandelt hatte? Nein, sagte er sich, er hatte nur den Willen Allahs ausgeführt, als er bei der Hochzeitsfeier die Gelegenheit ergriff, seinen von Allah abgefallenen Schwiegervater zu töten. Damals musste er das Fest wegen einer äußerst schmerzhaften Magenschleimhautentzündung vorzeitig verlassen. Es war ihm nicht ungelegen gekommen. Er konnte sowieso der Heirat seines Schwagers Khalil mit Brigitte nichts abgewinnen. Es gab doch wirklich jede Menge attraktiver strenggläubiger muslimischer Frauen, die er hätte heiraten können. Aber nein, die Familie Saleh, mit Ausnahme seiner Schwiegermutter und seiner Frau, hatte sich von Allah abgewandt.

Auf seinem Weg nach draußen wäre er beinahe über seinen Schwiegervater gestolpert, der anscheinend gerade mit seiner Geliebten sprach, der er Vorwürfe machte, weil sie nicht ans Telefon ging, denn er hörte noch die letzten Worte, die er anscheinend auf einen Anrufbeantworter sprach: »Viviane, wo bist du? Seit gestern versuche ich dich zu erreichen. Ruf mich dringend auf meinem Handy an. Liebste, ich bitte dich, lass mich nicht so lange warten.«

Dieser Dreckskerl! Nicht nur hatte ihm sein Schwiegervater eiskalt einen Kredit für sein marodes Autohaus verweigert, nein, jetzt musste er bei der Hochzeit seines Sohnes auch noch dieses Flittchen anrufen, während seine ihm angetraute Frau an der Hochzeitstafel saß und die Gäste unterhalten musste.

Zornig schaute sich Omar um. Auf dem Flur standen mehrere Rollwagen mit schmutzigen Tellern und Besteck. Omar ärgerte der hässliche Anblick, der eines Fünf-Sterne-Hotels nicht würdig war. Beim zweiten Hinschauen entdeckte er ein Steakmesser. Sein Blick blieb an dem Messer haften. War das ein Wink des Schicksals?

Er blickte sich um. Nein, da war keiner. Er nahm das Messer, folgte lautlos seinem Schwiegervater, der die Tür zum Swimmingpool geöffnet hatte und, wie magisch angezogen, auf das angeleuchtete Wasser starrte. Er folgte ihm durch die noch offene Tür und stieß ihm voller Hass das Messer in den Rücken, um ihn gleich darauf ins Schwimmbecken zu stoßen. Das Messer war tief genug in den Rücken eingedrungen, um die Lunge kollabieren zu lassen. Er sah noch, wie sich der Arzt mit dem Messer im Rücken hilflos im Kreise drehte, wobei er das Handy völlig sinnlos in die Luft hielt und dann schreiend und strampelnd und nach Luft schnappend langsam unterging. Fatma hatte ihm einmal gesagt, dass ihr Vater nicht schwimmen konnte. Omar schlang sich den Mantel eng um den Körper und verließ schnellen Schrittes den Raum. Die Blutstropfen, die von seiner rechten Hand auf den Boden tropften, bemerkte er nicht.

Erst als er sich ins Auto setzte und die Hand ans Steuer legte, sah er das Blut auf der Innenseite seiner rechten Hand. Noch im Parkhaus entfernte er die bereits angetrockneten Flecken mit einem Papiertaschentuch. Er selbst hatte keine Wunde. Es musste also das Blut seines Schwiegervaters sein, das beim Eindringen des Messers in den Rücken ausgetreten war. Er zog sich den Mantel aus und schaute an sich herunter. Keine weiteren Flecken. Später würde er den Mantel entsorgen. Sollte ihn Fatma vermissen, würde er sagen, dass er ihn irgendwo liegengelassen habe. Damals wähnte sich Omar sicher in dem Glauben, dass ihn niemand im Schwimmbad gesehen hatte. Da musste er sich wohl geirrt haben. Denn warum sonst hatte ihn die Polizei zu einer Gegenüberstellung ins Präsidium zitiert?

Er schüttelte seinen Kopf, der ihm nach der Attacke der drei Männer größer und schmerzhafter erschien als je zuvor in seinem Leben, drehte den Schlüssel herum und fuhr los. Das Navi lotste ihn sicher aus der Stadt auf die Autobahn in Richtung Süden.

Kapitel 44

Auf seiner verzweifelten Suche nach einem neuen Koch hatte sich ein junger Kroate namens Andrej auf seine Anzeige in der Frankfurter Neuen Presse gemeldet. Er wollte am Abend vorbeikommen, um mit Uli über die Konditionen der Arbeitsstelle zu sprechen. Uli gefiel der gut aussehende junge Kerl. Auch Siggi, der später hinzukam, fand nur positive Worte für ihn. Selbstbewusst sagte Andrej, dass man ja versuchen könnte, die deutsche Küche, die Uli traditionell seinen Gästen anbot, durch einige ausgesuchte kroatische oder auch jugoslawische Gerichte zu ergänzen. Uli überlegte einen Augenblick und sagte, dass man es ja mal versuchen könnte. Jedenfalls sagte er nicht gleich nein. Vielleicht mochten seine Gäste ja mal was Neues probieren.

Der junge Koch sagte zu und Uli hoffte, dass er in ein paar Tagen wieder einen neuen Koch für seine Kneipe hatte. Er war froh, dass er dieses dringende Problem gelöst hatte, denn jetzt stand ihm und Siggi die Gegenüberstellung im Polizeipräsidium bevor. Er hatte diesen Fall gründlich satt und dachte manchmal, ob es nicht ein Fehler gewesen war, überhaupt geheiratet zu haben. Ohne die Heirat mit der nachfolgenden Feier wären sie nicht in diesen entsetzlichen Schlamassel hineingeraten, der ihnen jetzt die Ruhe raubte.

Uli kam von seinen Einkäufen bei seiner bevorzugten Metzgerei aus der Wetterau zurück. Bei diesem Metzger bekam er immer die Qualität an Fleisch, die er für seine Gäste brauchte. Speziell für Gäste, die seine Rumpsteaks mochten. Zufrieden schaute er auf das gut abgehangene Fleisch, als ihn ein Anruf auf seinem Handy erreichte. Es war der kroatische Koch, der in Kürze seinen Dienst bei ihm antreten sollte. Uli erinnerte sich gern an den attraktiven jungen Mann. Seine Freude über den Anruf war allerdings nur von kurzer Dauer, als er hörte, was dieser ihm zu sagen hatte.

»Ich muss Ihnen leider absagen. Ich kann bei Ihnen nicht arbeiten.«

Uli war überrascht und verärgert. Jetzt hatte er schon wieder keinen Koch.

»Welchen Grund haben Sie denn für die plötzliche Absage? Haben Sie das nicht schon gewusst, als ich Ihnen den Arbeitsvertrag vorgelegt hatte. Ich finde das sehr unfair.« Uli fing an, sich aufzuregen.

Am anderen Ende der Leitung blieb es einen Moment still, bis sich ein verlegenes Räuspern hören ließ. »Ich hatte keine Ahnung, dass Sie und Ihr Freund homosexuell sind. Ich kann das mit meinem Glauben nicht vereinbaren. Bitte verstehen Sie mich.«

Uli verstand nicht und ließ es den Kroaten auch deutlich wissen: »So, so, das können Sie mit Ihrem Glauben nicht vereinbaren. Was sagt Ihnen denn Ihr Glaube?«

»Nun, dass es eine Sünde ist, homosexuell zu sein«, hörte Uli von der anderen Seite.

»Welcher Gott sagt denn das?«

»Mein Gott sagt das. Ich bin römisch-katholisch.«

»Ach du lieber Gott, da ist Ihr Papst inzwischen ja fortschrittlicher als Sie.«

»Egal, ich möchte nicht bei Ihnen arbeiten, weil ich mich nicht wohlfühlen würde.«

Dieses Argument saß und traf Uli wie ein Schwert. Was konnte er gegen Jahrhunderte alte Vorurteile tun! Da hatten ihn wohl seine Freunde darüber aufgeklärt, dass Uli und Siggi ein schwules Paar waren.

Uli gab auf und erklärte sich einverstanden. Warum sollte er mit einem zusammenarbeiten, der seine Art zu leben verurteilte.

Das konnte nichts werden. Er hatte dem Kerl nichts davon gesagt, dass er und Siggi schwul waren. War der denn so naiv, dass er das nicht selbst erkannt hatte?

Wieder einmal wurde Uli hart auf die Realität des Lebens gestoßen, dass Homosexualität für andere noch lange keine Selbstverständlichkeit war. Er haderte mit den Ungerechtigkeiten des Lebens und fühlte sich verletzt. Aber deswegen würde er dem Typen jetzt keine Lektion in Toleranz und Menschenrechte geben. Das würde bei dem Gegenüber nur noch mehr Ablehnung hervorrufen. Er resignierte und beendete das Gespräch.

Aber wer weiß, vielleicht war es ganz gut so. Denn der junge freche Kroate hatte sich damals bei seinem Vorstellungsgespräch für die Einführung jugoslawischer Spezialitäten in Ulis Speisekarte stark gemacht. Vielleicht wusste er gar nicht, wie man ein ordentliches Rumpsteak »à la minute« brät? So viel jugendliches Selbstbewusstsein hätte vielleicht ein harmonisches Zusammenarbeiten mit ihm erschwert. Außerdem war Ulis Markenzeichen die gut bürgerliche deutsche Küche. Dafür kamen seine Gäste in sein Lokal. Jugoslawische und italienische Lokale gab es an jeder Ecke. Aber echte deutsche Lokale musste man dagegen schon mit der Lupe suchen.

Wen aber sollte er jetzt als Koch nehmen? Jetzt, wo Alina nicht mehr in der Küche stehen würde. Zur Not konnte er immer mit Anna, der ehemaligen Apfelweinwirtin, rechnen. Aber natürlich müsste er sie vorwarnen. Vielleicht hatte sie ja andere Verpflichtungen. Außerdem würde sie das nur für kurze Zeit machen. Uli seufzte tief auf. Schon wieder auf Kochsuche. Er hatte es so satt.

Kapitel 45

An diesem kalten Donnerstagnachmittag im März hatte Fatma viel zu tun. Die Erkälteten und Grippekranken drängten sich in Scharen in ihre Praxis in der Hoffnung auf Linderung ihrer Beschwerden. Jeder Sitzplatz war besetzt. Manche mussten sogar im Stehen warten. Aber da gab es nicht viel, was sie ihren Patienten anbieten konnte. Einweisung in die Klinik für die Schwersterkrankten und ein paar wohlfeile Ratschläge für die weniger schwer Erkrankten.

Sie ärgerte sich über die deutsche Gesundheitspolitik. Da wollten sie Geld sparen und hatten für die Grippeimpfung nur eine Dreifachimpfung vorgesehen, obwohl es sich lange vorher abgezeichnet hatte, dass in dieser Saison auch eine B-Virus-Variante in erheblichem Maße in der Bevölkerung zirkulierte, die die Menschen mit häufig dramatischen Komplikationen für Herz und Kreislauf heimsuchte. Dafür wäre die Vierfachimpfung sehr viel wirksamer gewesen. Aber aus Kostengründen hatte man das für die Pflichtversicherten ausgeschlossen. Die Todesrate bei den schon durch andere Grunderkrankungen geschwächten Personen war im Vergleich zu den Vorjahren angestiegen. Was sie jedoch am meisten empörte, war der Fakt, dass die Privatversicherten sehr wohl die Vierfachimpfung bekamen. Zweiklassengesellschaft! Ja, das war der Name für diese Schande.

Eigentlich wollte sie mit Omar heute nach der Arbeit in der *Brasserie du Sud*, einem guten italienischen Restaurant in der Nähe des *Schweizer Platzes* in Sachsenhausen zu Abend essen, aber wenn sie die vielen Patienten in ihrem Wartezimmer sah, dann wusste sie, dass sie die Praxis nicht vor acht Uhr verlassen würde. Schon den ganzen Tag hatte sie sich darauf gefreut, nach dem harten Arbeitstag sich an einen gedeckten Tisch setzen zu können. Sie würde ihn schnell anrufen, um ihm zu sagen, dass sie nicht vor halb neun im Lokal sein konnte. Er ging nicht ans Handy. Sie rief seine Assistentin an. Von ihr hörte sie, dass ihr Mann zu einem Kunden gefahren sei und nicht gestört werden wollte. Sie würde später noch einmal anrufen. Aber auch dann meldete er sich nicht.

Es blieb ihr nichts anderes übrig als nach Hause zu fahren und dort auf ihn zu warten. Um elf legte sie sich todmüde ins Bett. Adieu, du schöner Abend beim Italiener! Sie war es gewohnt, dass er hin und wieder einmal spät nach Hause kam. Um zwei Uhr nachts, als sie aufwachte, fing sie an, sich Sorgen zu machen. Ab vier Uhr lag sie wach und konnte nicht mehr einschlafen. Warum ging er nicht ans Telefon?

Ihre Gedanken fingen an zu kreisen und sich einem Thema zu nähern, das sie schon lange sehr weit vor sich hergeschoben hatte. Ihr kam es vor, dass ihr Mann in den letzten Monaten ein anderer geworden war. Sie ahnte, dass ihn der neue Imam in der Moschee mit seinen radikalen Ideen angesteckt hatte. Ständig hatte er etwas an ihrer Kleidung auszusetzen. Sie solle sich bedeckter anziehen und häufiger zu Allah beten. Es kam immer wieder zu unschönen Szenen und heftigem Streit, wenn sie seine Forderungen zurückwies. Sie dachte ja nicht im Traum daran, seinen altmodischen Vorstellungen nachzukommen. Selbst ihrer Mutter gingen seine Anstrengungen, Fatma zu kontrollieren, zu weit. Nur in einem war ihre Mutter sich mit Omar einig. Genau wie er verdammte sie ihren Mann dafür, dass er sich diese Blondine, ihre einstmalige Sprechstundenhilfe, als Geliebte genommen hatte und nicht einmal die Scham hatte, sie vor der Öffentlichkeit zu verstecken. Er hatte Schande über ihre Familie gebracht.

Natürlich belastete Omar auch das Desaster mit der betrügerischen libanesischen Firma, bei dem man ihn auf eine hinterhältige Weise um viel Geld gebracht hatte. Der drohende Bankrott seines Autohauses trieb ihn fast an den Rand des Wahnsinns. Dementsprechend gereizt war er. Fatma konnte sich gut vorstellen, dass sich die finanzielle Schieflage seines Autohauses schwer mit seiner eigenen Vorstellung eines erfolgreichen Geschäftsmannes vereinbaren ließ. Der drohende Bankrott fraß an seinem Selbstwertgefühl.

Als Zumutung allerdings empfand sie das pietätlose Vorgehen Omars, wie unsensibel er auf den Tod ihres Vaters mit der Bitte, ihr Erbe einzufordern, reagiert hatte. Ja, sie hatten sich entfremdet, das musste sich Fatma eingestehen.

Pünktlich um halb acht verließ sie am nächsten Morgen die Wohnung, um in die Praxis zu gelangen. Von dort rief sie den Imam der Moschee an, in der ihr Mann in letzter Zeit verkehrte, ob er wüsste, wo ihr Mann sei. Der hatte keine Ahnung, kam ihr aber gleich mit irgendwelchen moralischen Ermahnungen, wie sie ihr Eheleben zu führen habe. Das hatte ihr noch gefehlt. Sie legte abrupt auf. Auch in seinem Autohaus wusste keiner, wo er war. Dann rief sie ihren Bruder an.

»Khalil, ich mache mir große Sorgen. Omar ist seit gestern nicht zu erreichen. Er war letzte Nacht nicht zuhause und hat sich nicht bei mir gemeldet. In seiner Firma weiß auch keiner Bescheid.«

Einen Augenblick war das Telefon wie tot, bis Fatma die Stimme ihres Bruders vernahm. »Fatma, bleib jetzt ganz ruhig. Du darfst dich nicht aufregen.«

»Was ist passiert? Ist Omar tot? Hat man ihn umgebracht? Sag mir, was ist mit ihm los?«

»Dass er tot sein soll, nein, das glaube ich nicht. Ich kann es dir nicht genau sagen, aber ich rufe dich in wenigen Minuten noch einmal an. Bleib ruhig!« Khalil legte den Hörer auf.

Die rätselhaften Worte ihres Bruders versetzten Fatma in eine noch größere Panik. Welches Unglück kam da auf sie zu?

Kommissar Saleh rief sofort seinen Kollegen Müller an und informierte ihn über die Abwesenheit seines Schwagers.

»Kal, du weißt, dass die Gegenüberstellung eigentlich schon vor einer Stunde beginnen sollte. Alle sind da, bis auf deinen Schwager. Was sagt uns das? Überleg mal.«

Khalil sah ihn an. »Ich glaube, du hast Recht. Er hat sich vermutlich abgesetzt.«

Alle Indizien deuteten darauf hin, dass Omar nach seiner Vorladung geflüchtet war. Der Grund war einleuchtend, er wollte sich der drohenden Verhaftung entziehen, weil er fürchtete, dass man ihn identifizieren würde. Das kam einem Schuldeingeständnis gleich. Jetzt müssten sie schnell handeln. Khalil konnte wegen seiner familiären Befangenheit nicht aktiv werden. Jetzt musste Müller federführend die Ermittlungen leiten. Er konnte ihn dabei nur unterstützen.

»Horst, ruf du meine Schwester an. Sie ist in ihrer Praxis. Hier ist ihre Nummer.«

Müller tippte die Nummer in sein Telefon und wartete auf die Verbindung.

»Guten Tag. Hier ist Müller, Kriminalpolizei. Wir würden gern Ihren Mann sprechen. Wissen Sie, wo er ist? Wann haben Sie ihn zuletzt gesehen?«

»Er ist gestern Abend nicht nach Hause gekommen. Ich bin sehr beunruhigt«, antwortete Fatma. »Kann ich meinen Bruder, Herrn Saleh, sprechen?«

»Leider nein. Ihr Bruder muss sich um andere Dinge kümmern. Wir hatten Ihren Mann für heute früh ins Präsidium geladen. Leider ist er nicht gekommen. Unsere Vermutungen gehen dahin, dass er vielleicht etwas mit dem Mord an Ihrem Vater zu tun haben könnte. Er könnte geflohen sein. Wir haben ihn bereits zur Fahndung ausgeschrieben und brauchen dringend ein aktuelles Foto. Bringen Sie uns das Foto bitte noch heute Vormittag persönlich vorbei. Bei der Gelegenheit werden wir Ihnen auch ein paar Fragen stellen. Wir sehen uns also gleich hier im Polizeipräsidium. Fragen Sie nach Kommissar Müller. Auf Wiedersehen.«

»Nein, das glaube ich nicht. Das kann nicht sein!« Fatma war außer sich.

Sie stürzte an ihren Helferinnen vorbei zur Tür. »Schicken Sie die Patienten nach Hause, mir geht es nicht gut.« Mit diesen Worten fiel die Tür hinter ihr ins Schloss. In der Nähe ihres Hauses stellte sie ihr Auto achtlos ins absolute Halteverbot.

Zuhause suchte sie hektisch nach einem Foto von Omar, als es an der Tür klingelte. Sie reagierte nicht. Kurze Zeit später klingelte es wieder an der Tür. Auch davon nahm sie keine Notiz. Schließlich drehte sich der Schlüssel im Schloss. Zehn Sekunden später stand ihre Mutter in der Tür.

»Mama, was willst du? Ich bin gerade von der Polizei angerufen worden. Man sagte mir, dass ich ihnen sofort ein Foto von Omar vorbeibringen sollte. Das Foto, das Khalil von ihm hatte, sei ungeeignet. Man braucht eine Portraitaufnahme. Es wird nach ihm gesucht, weil man glaubt, dass er vielleicht etwas mit dem Mord an Papa zu tun hat. Ich bin in Eile.«

Geschockt sank ihre Mutter in den nächstbesten Sessel. »Fatma, ich fahre mit dir zur Polizei. Das stehen wir gemeinsam durch. Mach dir keine Sorgen. Ich wusste, dass etwas Schlimmes passiert sein musste, als ich in deiner Praxis anrief und man mir sagte, dass es dir schlecht ginge und du nach Hause gefahren bist.«

Sie nahmen ein Taxi zum Polizeipräsidium und trafen dort auf Kommissar Müller. Ihre Bitte, mit Kommissar Saleh zu sprechen, wurde abgewiesen. Da ahnten sie, dass die Sache sehr ernst war.

Müller befragte kurz beide Frauen in seinem Büro über einige Details aus Omars Leben. Dabei erfuhr er wenig Neues, nichts, was er nicht schon von Khalil gehört hatte.

Wieder zuhause legte sich Fatma auf die Couch. Ihre Mutter nahm ihre Hand. »Du wirst dich scheiden lassen. Wir waren immer dagegen, dass du diesen Habenichts heiratest, aber du wolltest nicht auf uns hören.«

Fatma weinte lautlose Tränen und drehte sich auf die andere

Seite. Sie wollte ihre Mutter nicht ansehen. Sie wollte niemanden mehr sehen.

Kommissar Müller schrieb Omar international zur Fahndung aus. Alle Grenzübergänge sowie Bahnhöfe und Flughäfen hatten den Fahndungsaufruf mit der Personenbeschreibung und dem Foto vorliegen. Jetzt würde sich zeigen, wie effektiv die Behörden arbeiteten.

Kapitel 46

Horst Müller klappte die Akte zu, der er gerade als vorläufig letzte Amtshandlung eine Kopie des Fahndungsaufrufes des BKA beigefügt hatte. Jetzt konnte er nichts weiter tun als abzuwarten.

Ahmad war bereits aus der Untersuchungshaft entlassen worden mit der Maßgabe, Frankfurt nicht zu verlassen, bis der Prozess gegen ihn anlief und um auch weiterhin als Zeuge zur Verfügung zu stehen. Müller dehnte sich und gähnte. Es gab keinen Grund, noch länger im Büro zu bleiben. Er sah aus dem Fenster, das ihm einen grauen wolkenverhangenen Himmel offenbarte. Was sollte ihn daran hindern, eine Spritztour auf den Feldberg zu unternehmen? Seine Frau kam erst später nach Hause. Außerdem wollte er sich nicht ständig von ihr sagen lassen, dass er nicht fahren sollte, weil es zu gefährlich sei. Müller machte Feierabend und meldete sich ordnungsgemäß ab, bevor er das Präsidium verließ.

Er brauchte die Anspannung des hochkonzentrierten Fahrens, den erhöhten Blutdruck, das Rauschen um und in seinem Kopf, das Gefühl des freien Falls, um danach wieder als neuer Mensch mit gereinigten Gedanken zurückzukommen.

Zuhause zog er sich sofort um und betrachtete mit Missbehagen seine blassen Oberarme. Er schlüpfte in eine alte Jeans und zog seine Motorradjacke, seine Stiefel und den Helm an. Langsam rollte er seine geliebte Ducati auf die Straße und kämpfte sich durch den nachmittäglichen Verkehr bis zur Autobahnauffahrt Friedberger Landstraße. Die wenigen Kilometer in den Taunus bis zur Abfahrt Oberursel ließ er es rollen.

Nach vielen Serpentinen gelangte er auf den Großen Feldberg. Er ging in das Café und verlangte ein alkoholfreies Bier und stellte sich draußen in die Sonne. Über den Wolken, die Frankfurt in den Schatten stellten, schien in den Taunushöhen die Sonne. Hier war er mit sich und seinem Leben zufrieden.

In seiner Nähe stand eine Gruppe von Bikern mit aufgemotzten Motorrädern, die sich alle zu kennen schienen. Sie diskutierten angeregt und ließen eine Flasche Wodka kreisen. Müller beobachtete sie kritisch und überlegte, ob er ihnen seinen Ausweis zeigen und sie wegen des Alkohols zur Rede stellen sollte. Ach was, sagte er sich, lass mal Fünfe gerade sein. Die Sonne auf seinem Gesicht fühlte sich herrlich an und er fühlte sich frei und wie losgelöst von den Zwängen des Berufs und denen seiner Ehe. Dann kam einer von den Bikern auf ihn zu.

»Schönes Geschoss hast du da, Alter. Komm doch rüber.« Müller folgte nur zu gerne der Aufforderung des Wortführers und gesellte sich zu der Gruppe. Sie reichten ihm zur Begrüßung die Flasche mit dem Wodka. Er zögerte einen Augenblick und blickte sich um. Ein Schluck konnte ja nicht schaden. Auch nach dem ersten Schluck trank er mit, wenn die Flasche an ihn weitergegeben wurde. Man sprach über die verschiedenen Maschinen, diverse kleinere Unfälle und Rennen, die sie sich geliefert hatten. Müller hörte interessiert zu und fragte, ob sie öfters Bekanntschaft mit der Polizei gemacht hätten. Der Wortführer grinste und erklärte, dass sie schneller seien, als die Polizei erlaubte.

Die Sonne stürzte schließlich rasant vom Himmel. Horst Müller hatte nicht bemerkt, wie die Zeit vergangen war. Er genoss die Kameradschaft mit den anderen Fahrern. Man einigte sich schließlich, in einer Gruppe zusammen über die Applauskurve die Rückfahrt anzutreten und anschließend noch in Frankfurt eine Pizza bei *Dick und Doof* in der Homburger Landstraße zu essen.

Niemand in dem Pulk der Fahrer bemerkte, dass der Neuzugang zurückgeblieben war. Horst Müller wollte es ihnen zeigen und gab Gas.

Es war einer der ersten Motorradunfälle des Jahres an dieser Stelle. Unzählige Motorradliebhaber hatten vor dem Frankfurter Kommissar die sogenannte Applauskurve mit Bravour gemeistert. Müller war viel zu schnell in die Kurve gefahren, vor den Augen seiner neuen Freunde gestürzt und in die Leitplanke geprallt. Nach ersten Erkenntnissen, so die Polizei, erlitt der Frankfurter Beamte Schürfwunden und Prellungen. Rettungskräfte brachten ihn ins Krankenhaus. Später stellte sich ein komplizierter Bruch des Fußgelenks heraus.

Als Horst Müller wieder zu sich kam, stand seine Frau neben seinem Bett. Wütend funkelte sie ihn an.

»Was hast du dir nur dabei gedacht? Du wirst jetzt wochenlang krankgeschrieben sein. Und, das habe ich schon gehört, es wird ein Verfahren gegen dich geben wegen Alkohol und massiven Eingriffs in den Straßenverkehr. Wie konntest du nur mitten zwischen den Fahrbahnen freihändig fahren? Ich überlege, ob ich mich von dir scheiden lassen soll. Glaube nur nicht, dass ich dich pflegen werde. Das schrotreife Motorrad wird sofort verkauft, falls es überhaupt noch etwas bringt.« Mit diesen Worten verließ Bernadette Müller das Bad Homburger Krankenhauszimmer, die Tür laut hinter sich zuschlagend. Horst Müller schüttelte den Kopf. Er war nicht freihändig gefahren.

Kraftlos hatte die Polizeipräsidentin die Nachricht entgegengenommen, dass ihr leitender Kommissar für längere Zeit ausfiele wegen eines unter Alkoholeinfluss von ihm verursachten Motorradunfalls. Sie war in ihrem Schreibtischsessel gegen die Lehne nach hinten gesunken.

Es war ihr allerdings nicht ganz klar, ob diese Antriebslosigkeit der Nachricht, die sie erhalten hatte, zuzuschreiben war oder der Tatsache, dass sie die Nacht mit ihrem Mann Wolfgang verbracht hatte. Annalene hatte ihn zum Essen eingeladen als Ausgleich für die Unannehmlichkeiten, die ihm durch die vermeintliche Identifikation als Mörder von Dr. Saleh entstanden waren.

Sie hatten sich im Restaurant »Nizza« gegenübergesessen und

eine Flasche Champagner getrunken. Wolfgang schien über den Vorfall recht vergnügt zu sein und meinte, dass er um eine Erfahrung reicher sei. Sie plauderten angeregt und immer öfter legte er seine Hand auf ihren Arm. Schließlich hatte er sie zu ihrer unweit des »Nizza« in der Untermainanlage gelegenen Wohnung begleitet und vor der Haustür doch noch eine Wiedergutmachung verlangt, die in einer gemeinsam verbrachten Nacht bestehen sollte.

Bevor Annalene es zuließ, musste er schwören, dass er Maria den Laufpass gab und zu ihr zurückkäme.

Am Morgen nach der Champagnernacht fühlte sich Annalene von einer inneren Freude wie beseelt. Ein Lächeln hatte sich in ihren Mundwinkeln eingenistet, das sie nicht mehr wegwischen konnte. Ihr Ehemann, der sich vor Monaten von ihr getrennt hatte, schien einem Wiedererneuern ihrer Beziehung nicht abgeneigt zu sein. Seine leidenschaftliche Umarmung und die zärtlichen Worte gestern Nacht konnten nur bedeuten, dass er sie noch immer liebte. Sie selbst hatte nie aufgehört ihn zu lieben und um ihn zu kämpfen. Am liebsten hätte sie lauthals gesungen.

Das wäre allerdings angesichts der ungelösten Situation in den beiden Mordfällen Stober und Saleh nicht angebracht, mahnte sie sich. Hier war Eile, aber gleichzeitig auch Sorgfalt geboten. Ihre kompetentesten Ermittler, Saleh und Müller, hatten sich beide selbst ins Abseits manövriert. Der eine, weil er trotz seiner familiären Verstrickung es nicht lassen konnte, auf eigene Faust zu ermitteln, und der andere, ihr sonst so biederer Hauptkommissar Müller, weil er bei seiner gestrigen Motorradtour im betrunkenen Zustand einen Unfall gebaut hatte und wegen eines komplizierten Bruchs seines Knöchels wahrscheinlich für Wochen ausfallen würde. Das würde sicher ein Disziplinarverfahren nach sich ziehen. Dass Männer aber auch so blöde sein konnten, noch dazu ein Polizist, der es ja hätte wissen müssen. Was hatte sich der stets so gewissenhafte Müller nur dabei gedacht? Zornig schlug sie einen Aktendeckel zu, dass es nur so krachte. Bald würde man wieder hinter ihrem Rücken an ihrer Kompetenz zweifeln.

Sie überlegte, wer den Fall übernehmen könnte und sagte sich, dass es im Idealfall einer sein müsste, der beide Fälle schon kannte. Den gab es nicht. Sehr gerne hätte sie gegen alle Vorschriften Hauptkommissar Saleh dafür genommen, weil er sich auskannte. Der aber kam wegen Befangenheit nicht infrage. Die anderen Kommissare waren mit laufenden Fällen eingedeckt. Sollte sie etwa Florian Wilson aus Bergen-Enkheim zurückbeordern und Saleh vor die Nase setzen, damit er ihm assistieren könnte? Das würde Kommissar Saleh überhaupt nicht gefallen. Aber welche andere Möglichkeit hatte sie? Kurz entschlossen rief sie bei der der Polizeistation Bergen-Enkheim an und bat um Überlassung von Kommissar Wilson für diesen einen Fall.

»Sehr ungern«, hörte sie aus der säuerlichen Stimme des Revierleiters, »wir haben selbst viel zu tun und können nur schwer auf jemand verzichten.«

»Es ist ja nur für eine kurze Zeit, dann kommt er wieder zu Ihnen zurück. Wir haben einen unvorhergesehenen Ausfall von zwei Hauptkommissaren und brauchen dringend Ersatz.« Die Polizeipräsidentin blieb hart. »Können wir schon morgen früh mit Herrn Wilson rechnen?«

»Was, so schnell schon?«

»Ja, wir haben einen grenzüberschreitenden Fall und müssen vorranging mit Interpol zusammenarbeiten. Da haben Sie auf Ihrem beschaulichen Revier sicherlich keine solchen komplizierten Fälle.«

Die Stimme des Revierleiters wurde noch säuerlicher: »Ja gut, dann werde ich Herrn Wilson von seinen aktuellen Aufgaben entbinden und ihn Ihnen eine Zeitlang zur Verfügung stellen. Wie lange soll sein Einsatz bei Ihnen sein?«

»Das kann ich ihnen ehrlicherweise jetzt noch nicht sagen, aber sobald es sich absehen lässt, werden wir es Ihnen mitteilen.«

»In Gottes Namen. Morgen früh wird er sich bei Ihnen vorstellen.«

»Ich danke Ihnen sehr«, Annalene ließ ihre Stimme in einem

besonders warmen Ton klingen, dass der Leiter schon halb getröstet war, weil er einen seiner besten Männer für das Präsidium hergeben musste.

So kam es, dass Florian Wilson unvermutet wieder auf seinen ehemaligen Chef Saleh traf. Dieses Mal aber waren die Rollen vertauscht. Wilson hatte die Federführung, Saleh assistierte ihm.

Kapitel 47

Omar schaffte es bis kurz nach Lyon, dann musste er dem vom ständigen Gähnen ausgeleierten Unterkiefer eine Pause gönnen. Es war zwölf Uhr nachts und er fühlte sich müde und erschlagen. Lieber morgen früh aufstehen und dann ohne Unterbrechung weiterfahren. Der gottverdammte Aufenthalt in Lausanne hatte ihn mindestens zwei Stunden gekostet. Er konnte es noch immer nicht fassen, dass er sich so naiv hatte abzocken lassen. Jetzt aber hieß es, tanken und ein bisschen schlafen. Hier zeigte sich der Vorteil des Kastenwagens. Im geschützten hinteren Teil des Wagens konnte er sich mit der mitgebrachten dicken Decke hinlegen und schlafen. Ja, schlafen wäre gut, wenn er denn einschlafen könnte. Aber er war so angespannt, dass er noch lange wach lag und die hässlichen Bilder des Tages in einer Endlosschleife vor sich abspielen sah. Schließlich hatte Morpheus, der Gott des Schlafes, ein Einsehen und entließ ihn in einen unruhigen Schlummer, der ihm noch einmal die Geschehnisse des vergangenen Tages in einer etwas anderen, aber nicht minder schrecklichen Traumdarstellung vor Augen führte.

Um fünf Uhr früh wurde er wach, holte sich einen Kaffee, zwei Donuts und zwei Käsebrote aus der Raststätte und machte sich auf den Weg. Noch mehr als tausendsiebenhundert Kilometer bis Gibraltar, stellte er fest. Sehr schwierig, diese Strecke in einem Tag zu schaffen. Und selbst wenn er es schaffte, noch nachts dort anzukommen, so fuhren doch so spät keine Fähren mehr nach Tanger. Dann müsste er die erste Fähre am Morgen nehmen.

Er musste es unbedingt bis nach Marokko schaffen. Seine Familie würde ihm sicher Unterschlupf gewähren. Das Leben in Deutschland war für immer vorbei. Er war zuversichtlich, dass er es schaffen würde, sich in der Heimat seiner Eltern ein neues Leben aufzubauen. Gut, dass er seine marokkanische Staatsbürgerschaft nicht aufgegeben hatte. Seine Frau Fatma würde er bald vergessen haben. Eine junge marokkanische Frau würde er sich nehmen und Kinder mit ihr zeugen. Denn Fatma war unfruchtbar, davon war er überzeugt. Warum sonst hatten sie in den fünf Jahren ihrer Ehe keine Kinder bekommen? An ihm konnte es nicht gelegen haben. Seinen Eltern würde er nicht erzählen, dass er seinen Schwiegervater getötet hatte. Vielleicht später einmal und dann würde er ihnen auch den Grund nennen. Sie würden ihn sicher verstehen, warum er so handeln musste. Bei dem Gedanken an seinen Schwiegervater schoss ihm wieder die Hitze ins Gesicht. Mit welcher Arroganz dieser Mann ihn abblitzen ließ, als er einmal vorfühlte, ob er ihm Geld leihen würde. Da war Omar klar geworden, dass Fatmas Vater keine Sympathie für ihn hegte, ja dass die ganze Familie Saleh, einschließlich seines Schwagers Khalil, ihn schon immer als nicht standesgemäß empfunden hatten. Jetzt waren sie ihn los. Er weinte ihnen keine Träne nach.

Omar schaute aus dem Fenster. Ein gleichbleibend blassblauer Himmel ohne Wolken dehnte sich über ihm. Gutes Reisewetter.

Beim nächsten Tankstopp am Nachmittag in der Nähe von Valencia ging er ein paar Schritte hin und her, um seinen verkrampften Körper zu entspannen. Dann setzte er sich wieder ins Auto. So eine Nonstop-Reise war verdammt anstrengend. Am Abend mit dem Einsetzen der Dämmerung ergriff ihn eine Müdigkeit, dass er sich in den Arm kneifen musste, um nicht einzuschlafen. Nur die häufigen Mautstellen zwangen ihn zur Aufmerksamkeit. Er hoffte nur, dass er es bis Gibraltar schaffen würde. Sein Handy hatte er abgeschaltet und den Akku herausgenommen. Nicht dass sie ihn durch irgendwelche Manipulationen doch noch auffinden könnten.

Er war stolz auf sich, als er lange nach zwölf Uhr nachts die Autobahn kurz vor Gibraltar in Richtung der Fähre nach Tanger verließ und zum Parkplatz fuhr, wo er die Nacht verbringen wollte. Diese Nacht schlief er tief und traumlos und wachte dank seines Weckers um sechs Uhr früh auf. Verschlafen stand er auf und verschwand in einer der Toiletten, die auf dem Gelände standen.

Als er zurückkam, wurde es auf dem Parkplatz belebter. Er schaute, ob er irgendwo einen Kaffee bekommen könnte. Sein Körper fühlte sich völlig erschlagen an. Ja, ein Kaffee und ein Croissant würden ihm jetzt guttun. Er schaute sich um, ob es irgendwelche Imbissstände gab, als seine Augen plötzlich erkennen konnten, wie sich aus einigen planlos herumstehenden Personen blitzartig eine Gruppe bildete, die auf ihn zulief. Dann erkannte er ihre Uniformen. Das musste die spanische Guardia Civil sein. Ein Blick genügte und er wusste Bescheid. Er drehte auf dem Absatz herum und rannte blindlings weg. Sehr weit kam er allerdings nicht. Einer der muskulösen Beamten in dunkelblauer Uniform warf sich mit Wucht von hinten auf ihn, dass er zu Boden fiel und ihm beinahe den Brustkorb zerquetschte. Ein anderer riss seine Arme nach hinten und legte ihm Handschellen an. Er wunderte sich noch, dass man ihn trotz seines Bartes so schnell erkannt hatte. Wieso hatte Allah es zugelassen, dass sie ihn jetzt geschnappt hatten, jetzt, wo er bereits sein schönes, neues Leben vor Augen hatte? Er fluchte und trat heftig um sich, aber die Männer hielten ihn eisern fest. Omar gab sich geschlagen und sackte wie ein umgestoßener Mehlsack zusammen.

Kapitel 48

»Komm Tim, raus aus dem Körbchen. Auf geht's.«

Das musste Uli seinem Golden-Retriever-Verschnitt mit den schwarzen Flecken nicht zwei Mal sagen. Tim brachte Uli gleich selbst die Leine mit und sah sein Herrchen erwartungsvoll an. Die Stunde am Morgen mit Uli am Mainufer war für Tim das Größte. Er liebte es, mit ihm bei Wind und Wetter den Morgen zu begrüßen, die Duftmarken der anderen Hunde zu enträtseln, manchmal eine interessante Spur einer begehrenswerten Hundedame zu erschnüffeln, oder eine Ente, die die Frechheit besaß, sich auf dem schmalen Grasstreifen neben dem Fluss niederzulassen, mit einem energischen Bellen zu zwingen in den Main zu springen, was diese mit einem aufgebrachtem Quaken quittierte. Natürlich hatte Uli eine Plastiktüte für Tims Hinterlassenschaften dabei. Denn nichts konnte ihn mehr aufregen als rücksichtslose Hundebesitzer, die ihren Hund mitten auf dem Gehweg ihr Geschäft verrichten ließen.

»Ich zahle doch Hundesteuern!« Ja, dieses Argument sollte doch auch mal sein Nachbar verwenden, wenn er in den Vorgarten des rüpelhaften Hundebesitzers schisse, mit dem Hinweis, dass er seine Steuern bezahle und daher hinscheißen könne, wo er wolle, also auch in den Vorgarten seines Nachbarn.

Heute bei strahlendblauem Himmel und einem milden Frühlingslüftchen lief Tim federnd und sich in unzähligen Kreisen verlierend, neben Uli her, immer wieder einen vergewissernden Blick auf sein geliebtes Herrchen werfend. Dieser morgendliche

Spaziergang war für beide ein idealer Beginn des Tages. Heute hatte Uli noch nicht gefrühstückt. Die Gegenüberstellung im Polizeipräsidium hatte nicht stattgefunden. Uli hatte keine Ahnung, warum, war aber trotzdem beunruhigt, dass Kommissar Müller ihn weiter unter Druck setzen könnte. Siggi war es auch sehr recht gewesen, dass die Gegenüberstellung ausgefallen war. So konnte er den frühen Kunden in seinem Immobilien-Büro empfangen und war vorzeitig aus dem Haus gegangen.

Uli schaute nach seinem vertrauten Laden in der Brückenstraße aus, wo er sich an einem kleinen Tisch niederlassen konnte. Noch bevor er den Teller mit einem deftigen Körnerbrötchen und gekochtem Schinken auf den Tisch stellen konnte, betrat Sven den Laden. Beinahe wären sie zusammengestoßen. Sven trug Jeans und ein weißes hochgekrempeltes Hemd sowie einen blauen Pullover, den er lässig über der Schulter trug. Er sah unfassbar gut aus. Uli durchflutete ein jähes Schwächegefühl. So vertraut war ihm Svens Gesicht, dass er ihn unter Tausenden von Menschen erkannt hätte. Die Stunden, die er an seinem Krankenbett verbracht hatte, hoffend, dass er endlich aus dem Koma erwachen möge, hatten ihm jeden Zentimeter seines Gesichtes eingebrannt.

Tim, der Sven ebenfalls sofort erkannt hatte, zerrte den Stuhl, an dem Uli seine Leine befestigt hatte, mit einem heftigen Ruck in Richtung Sven. Es gab ein großes Chaos mit verschüttetem Kaffee, einer Brötchenhälfte samt Schinken, die auf dem Boden landete, aber nicht lange dort verblieb, weil Tim trotz seiner überschwänglichen Freude, Sven wiederzusehen, sie sich mit einem Happs einverleibte und erst durch ein Machtwort von Uli zur Ordnung und zum Stillsitzen verdonnert wurde. Atemlos setzten sich Uli und Sven auf die Stühle, während Tim wiederum auf Sven zusprang und aufgeregt bellte, bis Sven ihn ausgiebig streichelte.

Sven kraulte Tim unter dem Hals und raunte ihm zu: »Na, wie geht es meinem Lebensretter, meinem Held und allerbesten Freund?« Dabei schaute er Uli an.

»Wo kommst du denn her?« Uli wunderte sich, was Sven, der

im Stadtschreiberhaus in Bergen-Enkheim wohnte, in Sachsenhausen zu tun hatte.

»Von der Orthopädie der Uni-Klinik. Die haben eine bessere Therapie für meine Wirbelsäule als in Bad Homburg. Jede Woche habe ich dort einen Termin. Wie du siehst, kann ich jetzt wieder ganz normal gehen. Du kannst dich sicher noch erinnern, wie du mich im Rollstuhl gefahren hast.«

Uli erinnerte sich noch sehr gut daran, in welch schrecklichem Zustand sich Sven nach dem Sturz vom Gerüst befunden hatte und dass er wochenlang im Koma lag. Er hatte sich damals sehr um Sven gekümmert, nicht immer zu Siggis Gefallen, der voller Eifersucht das Verhältnis der beiden beobachtete. Ein großer Durchbruch bei Svens Genesung hatte sich ergeben, als Tim, der damals noch ein Welpe war, verbotenerweise die Nähe des Kranken gesucht hatte. Zu Schwester Benedictas Grausen über das wenig hygienische Verhalten des Hundes, war Tim auf das Bett des todkranken Svens gesprungen und hatte seinen Kopf unter dessen Achsel vergraben. Bei dem Kranken hatte das einen starken Impuls ausgelöst, der ihm half, aus dem Koma aufzuwachen. Seitdem waren Tim und Sven große Freunde geworden. Den Rest hatte dann Dr. Berger, der Neurologe, besorgt, der während Svens Rekonvaleszenz sein zeitweiliger Liebhaber wurde, was wiederum Uli sehr geschmerzt hatte.

»Ich hol uns einen Kaffee. Willst du auch ein belegtes Brötchen?«

»Ja, gern. Ein Käsebrötchen.« Sven verfolgte Uli mit seinen Blicken.

Uli war froh, einen Moment aus der Reichweite von Svens Augen zu kommen. Unglaublich, welche Macht dieser Mann über ihn hatte. Uli konnte seinem Blick nicht lange standhalten. Ein inneres Vibrieren hatte ihn erfasst, das auf seine Hände und Füße überging und seine Bewegungen ungelenk und unsicher machten.

»Ich bin froh, dass du Siggi geheiratet hast«, hörte Uli von Sven, als er mit Kaffee und Brötchen zurückkam.

Uli schaute ihn erstaunt an. »Wieso das?«

»Sonst hättest du mich heiraten müssen. Du weißt doch, was

ich für dich empfinde.« Bei diesen Worten schaute Sven wieder direkt in Ulis Augen.

Uli wollte sich dem fordernden Blick von Sven nicht aussetzen und schaute knapp an ihm vorbei in den hellblauen Sachsenhäuser Himmel.

»Sven, das muss aufhören! Ich habe Siggi nicht geheiratet, um mich gleich darauf in das nächste Liebesabenteuer zu stürzen. Die Entscheidung, Siggi zu heiraten, kam nicht von ungefähr. Ich kenne Siggi seit mehr als zehn Jahren und liebe ihn. Wir sind durch Höhen und Tiefen gegangen und ich kann mich noch sehr gut erinnern, wie ich gelitten habe, als Siggi mich mit dem jungen Sascha betrogen hatte. So etwas will ich Siggi nicht zumuten.«

Sven schaute Uli einen Augenblick hart ins Gesicht. Er hatte Uli nie gesagt, dass Siggi damals bei seinem Besuch im Stadtschreiberhaus in Bergen-Enkheim durchaus einem Abenteuer mit ihm nicht abgeneigt gewesen war. Das war der Abend, an dem dieser missgünstige Psychopath, der Schriftsteller Paul Baum, den Mordanschlag auf ihn verübt hatte. Wer weiß, ob Siggi und er nicht sonst im Bett gelandet wären? Was sollte also Ulis feierliche Demonstration seiner Treue zu Siggi. Ob Uli wirklich nicht wusste, wie leicht Siggi zu verführen war? Er überlegte eine Sekunde, es ihm zu erzählen, entschied sich aber dagegen. Dann würde er Uli ganz verlieren. Dieses Spielchen würde er ihm nicht verzeihen, fürchtete er. Im Gegenteil, den Verrat an Siggi würde Uli mit einem harten Abschied vergelten, egal was dann aus ihm und Siggi werden würde.

»Gut, lass uns von was anderem sprechen. In ein paar Wochen fahre ich nach Köln in meine alte Wohnung zurück. Dann komme ich nur noch einmal nach Frankfurt zurück und werde meine Abschiedslesung in Bergen-Enkheim geben. Du kannst mich ja in Köln besuchen.«

Sven stand auf, verabschiedete sich von Uli mit einem Händedruck, tätschelte Tim noch einmal liebevoll den Kopf und verschwand, während ihm Uli voller Sehnsucht nachsah und sein dummes Herz ihm sagte, dass er Sven nicht verlieren wollte.

Kapitel 49

Nachdem es der spanischen Polizei gelungen war, Omar vor seiner geplanten Flucht nach Marokko noch auf spanischem Boden festzusetzen, wurde er in das bei Madrid gelegene Gefängnis »Soto del Real« gebracht, in der üblicherweise EU-Bürger einsitzen, die in ihre Heimatländer überstellt werden sollen. Bei seiner Festnahme hatte man nach seinen Dokumenten gefragt. Apathisch hatte Omar ihnen seine Papiere gereicht, darunter seinen deutschen Pass. Den marokkanischen Pass zeigte er zwar auch vor, aber die arabische Schrift schreckte die spanischen Polizisten erst einmal davon ab, sich näher damit zu befassen. Sie hatten Omar über seine Rechte aufgeklärt, allerdings in Spanisch, so dass er rein gar nichts verstand und auch nichts wissen wollte.

Es war die deutsche Polizei, die den »Europäischen Haftbefehl« ausgestellt hatte und diesen sofort an alle europäischen Länder verschickt hatte, auch an die spanischen Polizeibehörden, die, gemäß der europäischen Vereinbarung, verpflichtet waren, diesen Haftbefehl zu vollstrecken.

Omar haderte mit seinem Schicksal. Nur eine Stunde hatte ihm gefehlt, um auf die Fähre nach Tanger zu kommen. Dann wäre er gerettet gewesen. So saß er mit einem versifften Drogendealer aus Finnland in einer schmutzigen kleinen Zelle und riss sich aus Verzweiflung ein Haar nach dem anderen aus seinem Bart aus. Das wenige Essen, das man ihm bisher gereicht hatte, war so widerlich, dass er es nicht herunterbrachte. Keiner sprach eine Sprache, in der er sich verständigen konnte. Trotzig hockte er sich mit dem Gesicht zur Wand in eine Ecke und versenkte sich in seine Gebete an Allah.

Nach drei Tagen hatte man alle notwendigen Anforderungen und Dokumente beigebracht, so dass seiner Rückführung nach Deutschland nichts mehr im Wege stand. Omar war froh, bald der Enge der Zelle mit dem finnischen Junkie entkommen zu sein. Nachts hatte er kein Auge zutun können, weil der Finne an unerträglichen Entzugserscheinungen litt und in seinen Wahnvorstellungen versuchte, Omar die Kehle zuzudrücken. In der zweiten Nacht und nach viel Geschrei von Omar hatten die Wärter ein Einsehen und schafften den durchgeknallten Finnen weg. Dafür bekam er einen schweigsamen Nordfriesen als Zellenbruder, der es allerdings kategorisch ablehnte, von Omar überhaupt nur angesprochen zu werden.

So war Omar ganz froh, als er am vierten Tag morgens zum Flughafen gebracht wurde und mittags in Frankfurt landete. Ziel war die JVA in Preungesheim, wo man ihn in Untersuchungshaft nahm. Weil er sich weigerte, einen Anwalt zu nehmen, stellte man ihm einen Pflichtverteidiger zur Seite. Auch von dem wollte Omar nichts wissen und verweigerte jegliche Kommunikation. Allah war an seiner Seite. Er brauchte sich nicht zu verteidigen. Er hatte nichts Unrechtmäßiges begangen. Allah würde ihn leiten.

Am nächsten Morgen wurde er zur Vernehmung in das Polizeipräsidium gebracht. Omar hoffte, dass nicht Khalil die Vernehmung führen würde.

Seine Befürchtung war unberechtigt. Ihm gegenüber saß ein jüngerer Kommissar, unterstützt von einem etwas älteren Beamten. In regelmäßigen Abständen verließ der Jüngere den Raum und schien sich mit einer anderen Person, die vor der Tür stehen musste, zu beraten. Omar war alles egal. Er wollte nur die Vernehmung schnell hinter sich bringen. Sein Geständnis war kurz und knapp. Ja, er hatte seinen Schwiegervater im Schwimmbad des *Hilton* erstochen und in das Becken geworfen. Ja, er wusste, dass Dr. Saleh nicht schwimmen konnte, und er hatte nicht beabsichtigt, ihn aus dem Wasser zu ziehen. Sein Schwiegervater hatte sich unehrenhaft verhalten und daher den Tod verdient. Er hatte die Ehre der Familie Saleh mit der schamlosen Zurschaustellung seiner deutschen nichtmuslimischen Geliebten verletzt. Darüber hinaus hatte er beabsichtigt, sich von seiner muslimischen Ehefrau scheiden zu lassen, um sich mit diesem blonden Gift zu verheiraten und sein lasterhaftes Leben fortzusetzen. Dafür hatte er den Tod verdient. Allah sei sein Zeuge. Im Übrigen hätte er diese deutsche Schlampe, diese Hure, auch ohne Zögern umgebracht, wenn ihm nicht ein anderer zuvorgekommen wäre.

Es folgten noch ein paar Zusatzfragen zum Ort und den Umständen, aber das Geständnis war lückenlos. Kommissar Wilson schaute verblüfft auf seine Notizen und ging zu Saleh, der auf dem Flur stand, von dem aus er die ganze Vernehmung mittels eines Einwegspiegels gesehen hatte.

»Fragen Sie meinen Schwager, ob er nicht noch aus anderen Beweggründen getötet hat. Es sei bekannt, dass sein Autohaus kurz vor der Insolvenz gestanden hätte und sein Schwiegervater sich geweigert hätte, ihm finanziell unter die Arme zu greifen.« Khalil nannte ihm noch ein paar Punkte, die er für die weitere Befragung wissen musste

»Gut, dass Sie das erwähnen. Das werde ich ihn noch fragen.«

Auf diese Anschuldigung war Omar nicht gefasst. Er hatte nicht gedacht, dass seine Frau Fatma mit ihrer Familie über seine drohende Pleite geredet hatte, und wurde wütend.

»Nein, die Absicht, ihn zu töten, hatte ich allein wegen seines Verhältnisses mit der blonden Deutschen gefasst. Dieses Verhältnis war gegen die Schrift. Natürlich war mein Autohaus überschuldet, aber das hätte ich schon wieder in den Griff bekommen. Ich habe reiche Freunde, die mir geholfen hätten. Ich war nicht auf das Geld meines Schwiegervaters angewiesen. Wahrscheinlich hätte ich sowieso kein Geld von ihm angenommen, selbst wenn er es mir angeboten hätte.«

Saleh hinter dem Spiegel ärgerte sich, wie Omar die Tatsachen verdrehte. Er würde der Polizeipräsidentin sagen, dass er unter Eid aussagen würde, dass sein Schwager es sehr wohl auf das Geld von Fatmas Vater abgesehen hatte. Warum sonst hätte er Fatma aufgestachelt, sich möglichst ihr Erbe nach seinem Tod auszahlen zu lassen, anstatt zu warten, bis auch ihre Mutter gestorben wäre.

Nach der Befragung wurde Omar wieder nach Preungesheim gebracht. Aber die Sache war klar. Er hatte gestanden. Hinzu kam noch eine Anklage wegen Mord aus niederen Beweggründen. Das würde ihn auf jeden Fall die Höchststrafe lebenslang bringen.

Kommissar Saleh wunderte sich, wie schnell Omar gestanden hatte. Wieder war sein Bluff aufgegangen. Er hatte seinen Kollegen Florian Wilson gebeten, die gleiche Taktik anzuwenden, wie vor einigen Tagen bei dem Wirt vom *Kleinen Wirtshaus*. Obwohl man Omar auf den Videoaufnahmen nur von hinten sah, hatte er Wilson gesagt, er solle behaupten, dass man ihn anhand der Videoaufzeichnungen genau identifizieren konnte. Unter der Last dieser Aussage war Omar schließlich zusammengebrochen, hatte zunächst noch getobt und gebrüllt wie ein verwundeter Stier, um sich dann in sein Schicksal zu fügen, indem er alles gestand. Seine überhastete Flucht aus Deutschland, nachdem man ihn zu einer Gegenüberstellung ins Polizeipräsidium geladen hatte, war das letzte Glied in der Beweiskette. Khalil war froh, dass Omar hinter Schloss und Riegel kam. Ein weiterer Umgang mit ihm wäre keinem aus seiner Familie mehr zuzumuten gewesen.

Kapitel 50

Kommissar Saleh war froh, dass Omars Geständnis relativ zügig erfolgt war. Aber welches Leid und welche Schande hatte dieser Dämon über seine Familie gebracht. Seine Mutter hatte er zur Witwe gemacht und ihm und seiner Schwester den Vater genommen, darüber hinaus hatte er seiner Frau Fatma das Herz gebrochen und ihn selbst in seinem Amt als Polizist schwer beschädigt. Die stolze jordanische Arztfamilie, die ein Musterbeispiel für die gelungene Integration in der Oberschicht war, existierte nicht mehr. Omars religiöser Fanatismus hatte sie in den Schmutz der Straße gezogen.

Kurz nachdem Omar zur JVA Preungesheim gebracht worden war, hatte Florian Wilson seinen ehemaligen Vorgesetzten, Kommissar Saleh, in sein Büro, das verwaiste Zimmer von Horst Müller, gebeten. Einleitend hatte er ihn mit der Nachricht überrascht, dass Hauptkommissar Horst Müller noch einmal operiert werden musste und er ihn, auf Anweisung der Polizeipräsidentin, noch eine Weile als Kommissar vertreten würde. Khalil Saleh war von dieser Nachricht wenig begeistert. Es bedeutete, dass dieser Jüngling ihm zumindest vorübergehend als Chef erhalten blieb. Schlecht gelaunt starrte er auf Wilsons dunkelblaue Krawatte.

Nach dieser Eröffnung hatte Wilson ihn treuherzig angesehen und gemeint, dass jetzt ein Kaffee schön wäre, aber leider wisse er nicht, wo sich der neue Kaffeeautomat befinde. Khalil Saleh hatte sich seufzend erhoben und auf den Weg zum Automaten gemacht.

Florian Wilson war dann endlich zur Sache gekommen und

hatte ihn zu seiner Einschätzung des Geständnisses von Omar befragt und ob er das Motiv für glaubwürdig halte. Der machtlose Hauptkommissar hatte nur die Schultern gezuckt und gemurmelt, dass er erst einmal in Ruhe über das Gehörte nachdenken müsse. Er selbst hatte an seinen Schwager keine Fragen richten dürfen, denn er war nur als Beobachter zugelassen worden.

Saleh wusste, dass er als Zeuge gegen Omar aussagen musste. Dabei sollte er unbedingt dessen finanzielle Schwierigkeiten erwähnen, damit klar wurde, dass er den Mord an seinem Schwiegervater nicht nur aus religiösen Gründen, sondern auch aus Habgier begangen hatte.

Jetzt wäre er gerne nach Hause, zu seiner Frau gefahren. In letzter Zeit hatte ihn seine Mutter fast täglich nach Dienstschluss einbestellt mit der Bemerkung, dass die Familie jetzt noch mehr zusammenhalten müsse. Immer wollte sie ihn nötigen mitzuessen, doch Khalil hatte sich standhaft geweigert, in der Hoffnung doch noch rechtzeitig zuhause bei Brigitte zu sein. Heute Abend aber wollte er sich nicht den bohrenden Fragen seiner Mutter stellen. Fragen, die er sowieso nur ausweichend beantworten konnte. Es reichte, wenn er sie in Absprache mit Florian Wilson am nächsten Vormittag offiziell informierte. Auch Fatmas traurigen Augen wollte er sich nicht wieder aussetzen. Jeden Abend war sie bei ihrer Mutter und schaute ihn mit diesen fragenden und anklagenden Augen an, als sei er schuld an der ganzen Tragödie.

Seine frisch angetraute Frau dagegen hatte er wegen der vielen Familienbesuche sträflich vernachlässigt. Aber sie beschwerte sich nie, wenn er nicht rechtzeitig zum gemeinsamen Abendessen erschien. Wenn er schließlich später abends alleine aß, saß sie mit einem Glas Wein bei ihm. In dieser späten Stunde konnte er ihr alles sagen, was ihn belastete. Sie verstand ihn. Immer wieder erklärte sie ihm, dass er Geduld haben müsse. Es würde schon wieder alles ins Lot kommen. Khalil wollte ihr nur zu gerne glauben. In diesen schwierigen Tagen fand er in Brigitte eine verständnisvolle, aber auch zärtliche Frau, die ihn in die Arme nahm und ihn tröstete und Mut zusprach. Ja, ihre Hochzeitsfeier war in einem schrecklichen Familiendrama geendet, aber seine Heirat mit Brigitte war trotz der Widerstände die richtige Entscheidung gewesen. Jetzt in seinen schwachen Stunden war sie sein Fels in der Brandung. Er liebte sie sehr.

Mit der Zeit würde über den Mord an seinem Vater Gras wachsen und das Getuschel im Polizeipräsidium abebben. Er nahm sich vor, das Schicksal mit Gefasstheit anzunehmen. Dennoch fiel es ihm schwer, zu akzeptieren, seinen Vater auf diese schreckliche Weise verloren zu haben. Trotz aller Schuld, die er als Ehemann und Familienoberhaupt auf sich geladen hatte, war und blieb er sein Vater. Khalil hatte sehr schöne Erinnerungen an seinen Papa, die wollte er sich nicht nehmen lassen.

Kapitel 51

Seit Tagen bewegte sich Siggi, als ob ein schwerer Felsbrocken auf seinen Schultern laste. Alina war mit Sissi nun schon länger als einen Monat aus seinem Leben verschwunden und ihm war, als wäre er in ein dunkles Loch gefallen. Nie hätte er gedacht, dass er das Baby so vermissen würde. Mindestens jeden zweiten Tag rief er in Kiew an und fragte, wie es Sissi gehe. Dann hielt Alina ihr Mädchen ans Telefon und ließ es ein bisschen in seiner Babysprache brabbeln. Siggi hing am Hörer und sog die Kinderlaute wie ein lebensrettendes Elixier in sich auf.

Alina und Sissi ging es gut. Vladimir arbeitete im Ingenieursbüro und versorgte seine Familie mustergültig. Er war zu einem anderen Menschen geworden. Alina war des Lobes voll über seine Wandlung vom Taugenichts zum besorgten Familienvater. Sie selbst würde sich in ein paar Monaten einen Halbtagsjob suchen. Dann könnte ihre Mutter auf Sissi aufpassen.

Siggi ertappte sich dabei, dass er eifersüchtig auf Alinas Ehemann war. Er war es doch, und nicht Vladimir, der sich seit Sissis Geburt so intensiv um sie gekümmert hatte.

Nach dem Gespräch mit Alina konnte Siggi seine Tränen nicht unterdrücken und schluchzte hemmungslos. Aus gutem Grund rief er immer dann in Kiew an, wenn Uli am Abend hinter dem Tresen stand und seine Gäste bediente und daher nicht Zeuge seiner weinerlichen Auftritte wurde. Gott sei Dank hatte sich Anna, die frühere Apfelweinwirtin, sehr gut als Köchin im *Kleinen Wirtshaus* eingearbeitet. Aber sie sagte Uli auch, dass sie das nur vorübergehend mache. Er solle sich unbedingt nach einem neuen Koch oder einer Köchin umschauen.

Nie hätte sich Siggi vorstellen können, dass er solche starken Vatergefühle für das kleine Wesen entwickeln könnte. Deswegen auch sein Wunsch, ein Kind zu adoptieren, dabei wusste er genau, dass Uli kein Interesse an einem Kind hatte. Das konnte er ihm auch nicht schmackhaft machen. Warum hatte er vorher nie den Wunsch gehabt, ein Kind zu haben? Erst der Kontakt mit der entzückenden kleinen Sissi hatte in ihm die Sehnsucht nach einem Kind geweckt. Ein Kind auf normalem Weg zu bekommen, wäre es gewesen, sich dem weiblichen Geschlecht zuzuwenden. Er stellte sich vor, eine Beziehung mit einer Frau zu haben. Da wollte bei ihm keine Freude aufkommen. Er liebte nun einmal Männer, aber eben auch Sissi. Der Anblick des völlig hilflosen Neugeborenen hatte etwas in seiner Seele angerührt, das er nie zuvor verspürt hatte.

Er musste Sissi unbedingt wiedersehen. Uli sollte mit ihm nur ein Wochenende nach Kiew fliegen und Alina und ihr Kind besuchen.

Kurz entschlossen ging er die Treppen hinunter zum Lokal. Er wollte sofort eine Antwort von Uli haben. Als er die Tür zum Schankraum öffnete, sah er, wie sich Uli am Tresen mit einer Gruppe junger Männer lautstark unterhielt. Er winkte ihm zu und signalisierte ihm, dass er ihn sprechen wollte.

»Was gibt's? Willst du einen mittrinken? Ein Pils und einen Klaren?«, Uli kam zu Siggi.

»Nein, danke. Kann ich dich mal kurz sprechen?«

»Ja, hier an der Theke?«

»Nee, kannst du mal einen Moment nach oben kommen?«

»Jungs, bin gleich wieder da, Siggi muss was Wichtiges mit mir besprechen.« Noch auf der Treppe fragte er Siggi: »Was gibt es denn so Wichtiges, dass du es mir mit nicht im Lokal besprechen kannst?«

»Uli, wir müssen unbedingt nach Kiew fliegen und unser Versprechen erfüllen, Alina und ihre Familie zu besuchen. Du weißt, dass wir es versprochen haben.«

Uli war einen Moment sprachlos. Auf so einen Überfall war er nicht gefasst. Aber er hatte mitbekommen, wie Siggi dahinwelkte, seitdem Sissi nicht mehr da war. Siggis überzogene Liebe zu Sissi fand er zutiefst übertrieben. Er selbst hatte nicht die geringste Lust, in die Ukraine zu fliegen. Wie konnte er Siggi klarmachen, dass er auf jeden Fall in Sachsenhausen bleiben musste. Dann fiel ihm ein, dass er während Siggis Abwesenheit Sven treffen könnte. Siggi müsste alleine fliegen und er könnte einen ungestörten letzten Abend mit Sven verbringen.

»Siggi, du weißt doch, dass ich die Anna nicht alleine die Gastwirtschaft führen lassen kann und dann soll doch in einer Woche diese neue rothaarige Köchin kommen. Da kann ich nicht einfach mal so wegfliegen, verstehst du das? Du musst alleine fliegen, und zwar bald, damit Sissi nicht fremdelt, wenn sie dich sieht. Ich bezahle den Flug. Sicher kannst du bei Alina unterkommen. Du könntest doch das Wochenende ohne mich in Kiew verbringen. Ich gebe dir auch das Geld dafür. Was hältst du von meinem Vorschlag?«

Siggi hielt nicht viel davon. Er wäre lieber mit Uli zusammen geflogen. Ohne Uli in einem fremden Land? Alina und ihre Mutter würden ihn sicher vom Flughafen abholen. Da müsste er keine Angst haben, verloren zu gehen oder von irgendwelchen finsteren Gestalten ausgeraubt zu werden.

»Ich weiß nicht. Ich hätte dich lieber dabeigehabt.«

»Du siehst doch, dass es nicht geht. Schließlich kann ich das Lokal nicht so einfach schließen. Was sollen meine Gäste denken?«

»Ich werde es mir überlegen«, Siggi schaute Uli unsicher an, der gleich wieder nach unten hinter seinen Tresen ging. Na gut, sagte er sich trotzig, dann würde er eben alleine fliegen. Er war doch kein Anhängsel von Uli, der ohne ihn zu nichts fähig war. Aber er ärgerte sich, dass sich Uli wieder einmal so aalglatt aus der ganzen Geschichte herausgewunden hatte.

Er klappte seinen Laptop auf und suchte sich eine Flugverbindung von Frankfurt nach Kiew. Dann rief er Alina an und kündigte ihr sein Kommen für das nächste Wochenende an.

Die nächsten Tage vergingen wie im Flug. Siggi ging in die Stadt, um Gastgeschenke zu kaufen. Besonders lange benötigte er für die Auswahl eines Geschenks für Sissi. Er entschied sich für einen kleinen Teddybär. Anschließend ging er zum Friseur und dann musste er packen.

Den Abend verbrachte er in melancholischer Stimmung an Ulis Theke. Zu seinem Ärger erschien auch Florian Wilson, der eigentlich auf der Polizeistation in Bergen-Enkheim seinen Dienst verrichtete, aber vor ein paar Tagen wegen eines Personalengpasses von der Polizeipräsidentin ins Präsidium abgeordnet worden war. Was hatte der mit Uli so intim zu besprechen? Ihm wurde schmerzlich bewusst, dass im Gegensatz zu früheren Zeiten, in denen sich Uli häufig über Siggis mangelnde Treue beschwerte, ihm jetzt die Rolle des braven Ehemannes zugefallen war. Er fand nicht, dass ihm diese Rolle stand.

»Siggi, Siggi, du glaubst es nicht, was ich von Florian erfahren habe. Man hat den Mörder von Dr. Saleh in Spanien gefasst. Wir brauchen keine Angst mehr zu haben.« Uli kam um den Tresen herum und boxte Siggi voller Freude in die Rippen.

»Au, tu tust mir weh.«

»Freust du dich denn gar nicht?«

»Ja, doch. Aber ich hatte nie ernsthaft daran geglaubt, dass wir schuldig gesprochen worden wären.«

»Ich schon, weil man mich doch während der Tatzeit auf der Überwachungskamera im Gang zum Schwimmbad sehen konnte. Ich hatte schon Grund, mir Sorgen zu machen. Florian hat mir das aber nur inoffiziell gesagt. Im Grunde dürften wir es noch gar nicht wissen. Ich kann dir nicht sagen, wie erleichtert ich bin.« Uli leuchtete das pure Glück aus den Augen.

Florian blieb nicht lange, aber seine stumme Anbetung von Uli war so offensichtlich, dass dies bei Siggi eine schwere Eifersucht entfachte. Als er es nicht mehr mitansehen konnte, ging er zornig nach oben und klagte Tim seinen Kummer.

Uli aber war durch den »Freispruch« so euphorisch, dass er dem Grauen Burgunder heftig zusprach und, ungewohnt für seine Gäste, eine explosiv gute Laune ausstrahlte. Nach Lokalschluss hatte er einige Mühe, die Treppen zur Wohnung hochzusteigen.

Uli fuhr Siggi am späten Nachmittag des nächsten Tages an den Flughafen und verabschiedete sich von ihm. »Pass gut auf dich auf, mein Alter«, sagte er nach einer langen Umarmung.

Siggi nahm sein Handgepäck. Ihm war etwas unwohl bei dem Gedanken, gleich in den Flieger zu steigen. Er wollte sich noch ein bisschen Zeit lassen und als Letzter durch die Sperre gehen und so ließ er sich zunächst von der Welle der Reisenden im freien Bereich des Flughafens mittreiben, als ihm das Seltsame seines Tuns bewusst wurde.

Immer wieder stellte er sich die Frage, warum er einem Baby Tausende von Kilometern ins Ausland nachreisen wollte. Was trieb ihn dazu, das Kind von Alina und Vladimir, an dem er einen Narren gefressen hatte, bis nach Kiew zu verfolgen. Und was würden wohl die Eltern von Sissi denken, wenn er ohne Uli vor ihrer Tür stehen würde? Sie würden ihn für verrückt halten, wenn nicht noch Schlimmeres von ihm denken. Erst jetzt kam ihm sein merkwürdiges Verhalten zu Bewusstsein.

Dann kam der Aufruf seines Fluges und noch etwas später rief man ihn namentlich zum Einchecken auf. Als er seinen Namen hörte, fing er an zu rennen, blieb dann aber plötzlich auf halbem Wege stehen. Nein, er würde seinen völlig abartigen Plan, Sissi in Kiew zu besuchen, aufgeben. Zunächst zögerte er noch und sorgte sich, wie er Uli seine plötzliche Meinungsänderung erklären solle. Aber dann gab er sich einen Ruck und verließ das Gebäude hocherhobenen Hauptes. Noch im Flughafen hatte er rote Rosen für Uli gekauft. Sie waren sündhaft teuer. In der S-Bahn überlegte er sich, was er Uli sagen könnte, um nicht als vollkommener Trottel dazustehen. Er würde sich erst einmal einen Drink gönnen und überlegen, was er Uli über seinen plötzlichen Sinneswandel erzählen könnte. Immerhin hatte der das Flugticket bezahlt. Auf seinem Weg in die Klappergasse machte er Station in der leicht verlebten *London Bar* in der Oppenheimer Straße. Dort ließ er sich einen Rotwein einschenken. Dankbar nahm er die mit Wasser gefüllte Vase für die Rosen von der fürsorglichen Dame an der Bar entgegen. Als Erstes rief er bei Alina an und sagte ihr, dass er nicht kommen könne. Es gäbe schwerwiegende Probleme, die seinen Flug verhindert hätten. Er würde die Tage mit ihr noch einmal ausführlicher darüber sprechen.

Er würde Uli die Wahrheit sagen, ihm erklären, dass er erst Minuten vor dem Abflug sich der Dummheit seines Vorhabens bewusst geworden und dann direkt umgekehrt wäre. Uli würde ihn sicher auf die Kosten des Tickets hinweisen und dass das Geld nun futsch wäre. Das würde ihn zu Recht ärgern. Aber sein Ärger würde bald vergehen, wenn er wieder vor ihm stünde. Nach dem zweiten Glas Rotwein malte sich Siggi das Wiedersehen mit Uli so liebevoll aus, dass es ihn nicht mehr im Lokal hielt. Er zahlte und ging zügig zur Klappergasse. Das *Kleine Wirtshaus* war schon geschlossen, aber in der Wohnung brannte Licht. Voller Vorfreude schloss Siggi die Haustür auf, rannte die Treppen hoch, öffnete die Tür zum Wohnzimmer und sah, wie sich Uli bei seinem Eintritt gerade von Sven löste und von der Couch hochsprang.

»Siggi, wo kommst du denn her? Ich dachte, du bist in Kiew.«

Angesichts des trauten Miteinanders der beiden blieb Siggi einen Moment atemlos auf der Türschwelle stehen, dann warf er zornentbrannt den Rosenstrauß und sein Handgepäck auf den Boden, machte kehrt, sprang die Treppen hinunter und ließ die Haustür hinter sich ins Schloss krachen. Uli stürzte hinter ihm her auf die Straße. Er schrie ihm noch etwas nach, aber Siggi wollte nichts hören und rannte so schnell, als wäre der Leibhaftige hinter ihm her.

Ein Blick auf die beiden hatte ihm genügt. Das hatte Uli schön eingefädelt. Er ahnungslos in Kiew und Uli mit Sven auf der Couch bei einem Schäferstündchen.

Uli, der nur in Hausschuhen und mit einem T-Shirt bekleidet war, wurde es kalt auf der Straße. Er kehrte um. Siggi würde sicher gleich wieder zurückkommen und dann würden sie ein klärendes Gespräch führen. Aber vorher müsste Sven verschwinden.

»Sven, da haben wir die Katastrophe. Jetzt wird Siggi zu Recht sagen, dass ich ihn mit dir hintergangen habe. Dabei wollten wir uns wirklich nur verabschieden.«

»Ja, du wolltest dich von mir verabschieden, ich mich aber nicht von dir«, sagte Sven trotzig.

»Wie auch immer, du fährst jetzt nach Bergen-Enkheim und ich versuche Siggi zu finden. Tu mir den Gefallen und geh!« Ulis Stimme klang bestimmt. Wenn Sven nicht freiwillig ging, dann müsste er ihn rausschmeißen.

Gott sei Dank hatte Sven ein Einsehen, drückte Uli an seine Brust und ihm einen harten Kuss auf den Mund und verschwand mit schnellen Schritten aus dem Haus.

Bestürzt und beglückt zugleich kostete Uli den mit Whisky geschwängerten Geschmack von Svens Lippen nach, seufzte dennoch erleichtert auf und hoffte, dass Siggi bald heim käme. Er zog sich an und machte noch eine Runde durch die Nachbarschaft. Dabei klopfte er auch an die verschlossene, dunkle Tür von Siggis Maklerbüro. Aber da schien keiner zu sein. Sein Handy hatte er anscheinend auch abgeschaltet. Uli beschloss ihn nicht weiter in der Dunkelheit zu suchen und ging nach Hause.

Hinter der Tür seines Büros hatte Siggi gehört, wie Uli klopfte, ließ aber das Licht aus und muckste sich nicht. Sollte sich Uli ruhig ein paar Sorgen um ihn machen. Er stellte zwei Stühle zusammen und verbrachte dort eine wenig komfortable, schlaflose Nacht und überlegte verzweifelt, ob und wie er sich scheiden lassen könnte.

Uli lag ebenfalls schlaflos im Bett und dachte an alle seine Sünden und dass er Siggi auf keinen Fall verlieren wollte. Wozu sonst hatte er geheiratet? ... in guten wie in schlechten Tagen, bis dass der Tod euch scheide ... Hatte er das nicht damals bei der Heirat geschworen?

Am nächsten Tag um acht Uhr früh hielt ihn nichts mehr im Haus. Siggi ging immer noch nicht an sein Handy. Wo konnte er nur stecken? Uli durchsuchte Siggis Sachen und fand obenauf eine Karte vom Friedhofsgärtner in Wiesbaden mit einem Datum darauf. Heute vor einem halben Jahr war Siggis Mutter zusammen mit dem Bankier Wienhold bei einem Autounfall zu Tode gekommen. Ob er das Grab seiner Mutter in Wiesbaden besuchen wollte? Siggi hatte ihm noch gesagt, dass er an dem Tag leider in Kiew sein würde und daher nicht auf den Friedhof gehen könnte. Vielleicht wollte er ihr ein besonderes Gesteck aufs Grab legen. Er überlegte nicht lange, schnappte sich Tims Leine, machte mit ihm einen kurzen Spaziergang am Main und fuhr nach Wiesbaden. Seine Ahnung hatte ihn nicht getrogen. Auf dem Parkplatz des Südfriedhofs stand Siggis Auto.

Uli ließ Tim im Wagen und machte sich auf die Suche nach der Ruhestätte von Siggis Mutter. Es dauerte eine Weile, bis er sie fand. Von weitem schon sah er Siggi mit geneigtem Kopf und gefalteten Händen vor dem Grab stehen und die Lippen bewegen. Er sah aber auch, dass sich direkt neben dem Grab von Siggis Mutter gerade eine große Menschenmenge zu einer Schlange formierte, die sich anscheinend am offenen Grab von einem Verstorbenen verabschieden wollte.

Uli stellte sich stumm an Siggis Seite, der bei seinem Anblick einen lauten Schrei ausstieß. Die Trauernden vom Nachbargrab wandten ihre Köpfe wie ein Mann zu Uli und Siggi um.

»Was willst du hier? Verschwinde! Ich will dich nicht sehen«, Siggi konnte seinen Zorn nicht zurückhalten.

»Psst, nicht so laut! Neben uns findet gerade eine Beerdigung statt.« Uli wollte um alles in der Welt kein Aufsehen erregen.

Siggi aber kannte keine Gnade und schrie laut: »Warum soll ich schweigen? Du hast mich belogen und betrogen. Das soll die ganze Welt wissen. Ich werde mich von dir scheiden lassen.«

In der Trauergemeinde ließen sich jetzt aufgebrachte Stimmen hören, die forderten, dass man die Ruhe des Ortes respektieren solle.

Doch Siggi war nicht mehr zu bremsen und begann mit lauter Stimme Ulis Sünden vor aller Welt auszubreiten. Uli wand sich vor Scham angesichts der lautstarken Suada, die Siggi über seine Verfehlungen allen, die es hören wollten, mitzuteilen hatte. Schließlich packte er ihn energisch am Arm, um ihn vom Grab seiner Mutter und den anderen Trauernden wegzuziehen. Aber Siggi in seinem Zorn riss sich energisch von ihm los. Dabei fiel er mit Schwung in die Arme einer schon etwas älteren, neben ihn stehenden Dame, die aufgrund seines Gewichtes erst in die Knie und dann zu Boden ging. Als er sich von ihr lösen wollte, übersah er das offene Grab und purzelte rückwärts hinein. Ein kollektiver Schreckensschrei durchbrach die andachtsvolle Stille. Man hörte ein furchtbares Poltern und einen schrillen Schrei von Siggi, den alle Beteiligten sicher bis an ihr Lebensende in Erinnerung behalten würden, und gleich darauf ein jämmerliches Klagen aus der Tiefe des Erdlochs.

Uli stand vor dem Grab und sorgte sich um Siggi. »Hast du dir was gebrochen? Ich komm runter und helfe dir nach oben.«

»Ich brauche deine Hilfe nicht. Ich will hier unten bleiben. Begrabt mich gleich mit. Ich will nicht mehr leben!« Theatralisch schluchzend kamen die Worte aus Siggis Mund.

Jetzt war Uli mit seiner Geduld am Ende. »Ich komm jetzt runter und dann stehst du auf. Ich will jetzt nichts mehr von dir hören. Sei still und lass dir helfen.«

Er bat die umstehenden Männer um Hilfe und ließ sich nach unten gleiten. Dort schaute er, ob Siggi sich etwas gebrochen hatte. Aber außer ein paar Abschürfungen schien er keine Verletzungen zu haben. Dann reichte man Siggi das Seil, mit dem die Hilfskräfte den Sarg hinabgelassen hatten, und zog ihn mit vereinten Kräften nach oben. Uli beförderte man auf die gleiche Weise ans Tageslicht.

Die Trauernden sahen die beiden an und wussten nicht, ob sie lachen oder weinen sollten. Uli bedankte sich artig für die Hilfe und entschuldigte sich für ihr unangebrachtes Verhalten. Er hatte es eilig, Siggi wegzuzerren. Dann schaute er an sich herunter und dann auf Siggi. Sie waren völlig verschmutzt von der feuchten Erde, hatten dreckige Hände und noch dreckigere Schuhe. An einem Brunnen wuschen sie sich die Hände und mit einem Taschentuch reinigten sie sich notdürftig die Kleidung. Sie sahen aus, als hätten sie sich im Schlamm gewälzt.

Dann betrachtete sich Uli etwas genauer und sah zu Siggi hin, der offensichtlich noch immer schmollte. Der Anblick brachte ihn zunächst zum Schmunzeln, dann zum Lachen und schließlich packte ihn ein Lachanfall, dass er sich auf eine Bank setzen musste, weil ihm das Zwerchfell wehtat, er aber nicht aufhören konnte zu lachen. Er konnte nur noch japsen, während Siggi erst empört und verständnislos auf Uli starrte, dann angesichts dessen Hilflosigkeit, das Lachen zu stoppen, erst zu kichern anfing und dann ebenfalls lauthals zu lachen begann. Ein Lachzwang hatte sich beider bemächtigt. Selbst die Trauergäste, die an der Bank vorbeidefilierten und ihnen strenge Blicke wegen der Entweihung der Totenruhe zuwarfen, konnten ihr Lachen nicht stoppen. Bei Uli artete das Lachen zum Schluss in ein Wiehern aus, das seinen Oberkörper schüttelte. Das Lachen wurde ihm schließlich zur Qual, dass er sich krümmen musste. Siggi hörte als Erster auf. Endlich gelang es auch Uli, wieder normal zu atmen. Er war vollkommen erschöpft und musste sich erst einmal erholen.

Nach ein paar Minuten zog er Siggi an sich. »Du dummer Kerl, was machst du eigentlich für Sachen? Gestern Abend war Sven bei mir, um sich zu verabschieden. Er geht nach Köln zurück. Das war alles. Wir haben uns nur gut unterhalten, sonst war nichts! Dass du immer solche Szenen machen musst.«

»Was ich gesehen habe, sah nicht nach einer harmlosen Unterhaltung aus. Außerdem war es hinterhältig, dass ausgerechnet an dem Abend, an dem ich nach Kiew fliegen wollte, du dich mit Sven triffst.«

»Stimmt, ich dachte mir, es sei besser, dass du nicht mitbekommst, wenn ich mich mit Sven zum letzten Mal treffe, weil du immer so eifersüchtig wirst. Ich gebe zu, es war ein Fehler. Ich hätte es dir sagen müssen. Es tut mir leid. Du kannst mir aber wirklich glauben, dass es nichts zwischen Sven und mir gegeben hat. Gar nichts, verstehst du? Null und nichts! Aber jetzt musst du mir mal erklären, warum du nicht nach Kiew geflogen bist. Gab es einen Flugausfall oder was ist passiert?«

Siggi schaute Uli verunsichert an. Wie sollte er ihm sagen, dass er in einem hellsichtigen Moment seine Besessenheit für Sissi als falsch erkannt hatte.

»Tja, das war schon etwas seltsam. Am Flughafen während des Wartens ist mir plötzlich klar geworden, dass ich eine kranke Vernarrtheit für das kleine Mädchen entwickelt hatte. Mit welchem Recht wollte ich mich in die Familie von Alina und Vladimir hineindrängen, noch dazu als schwuler Mann, der in der Ukraine sowieso verachtet, wenn nicht sogar verfolgt wird. Erst kurz vor dem Abflug am Flughafen ist mir diese verrückte Idee so richtig bewusst geworden. Nenn mich einen Esel oder einen Idioten, jedenfalls bin ich umgekehrt, weil ich mein eigenes Verhalten plötzlich selbst nicht mehr verstand. Tut mir leid, dass dein Geld für das Ticket weg ist.« Siggi richtete sich auf und sah Uli offen in die Augen.

Uli nahm ihn in seine Arme und drückte ihn. »Ach, mein Liebster, vergeben und vergessen. Hauptsache, wir beide sind wieder zusammen.«

Siggi, der Ulis schlechtes Gewissen erkannte und sich dachte, dass er jetzt bei dem weich gestimmten Partner seinen Urlaubswunsch äußern konnte, meinte: »Sollen wir in diesem Jahr im Herbst wieder nach Sitges in Spanien fahren? Da war es doch wunderschön.«

Ulli überlegte eine Weile, dachte an seine Flugangst, an die Verlockung der schönen Männlichkeit am Strand von Sitges und an seinen Hund Tim.

»Ich würde eher vorschlagen, dass wir an die Ostseeküste fahren. Unser Stammgast Heinrich, den kennst du doch auch, fährt jedes Jahr mit seiner Familie und zwei Hunden nach Timmendorf. Dort gibt es jede Menge Hundestrände und da könnten wir mit Tim einen wunderbaren Urlaub machen.«

Siggi blickte enttäuscht in die Ferne. Adieu, du wunderschöne große bunte weite Welt. Da half es auch nicht, dass Uli den Ort als Perle der Ostsee, mondän und sportlich und mit tollen Events wie Polo-Meisterschaften, Preisskat, Segelregatten, mit dem berühmten Spielcasino in Travemünde und dem traumhaften Strand pries.

Jetzt sollte er in einem kleinen Kaff an der Ostsee am Hundestrand seine Hochzeitsreise verbringen. Ihm blieb auch gar nichts erspart.

Die Autorinnen

Monika Rielau, geboren in Dereisen, wuchs mit fünf Geschwistern in einem glücklichen Elternhaus in Darmstadt auf. Sie studierte an der Universität Heidelberg Spanisch, Englisch und Volkswirtschaft. Nach einem kurzen Intermezzo bei einem großen Chemiekonzern ging sie nach Barcelona zu einer bekannten deutschen Pharmafirma. Hier arbeitete sie viele Jahre und verbrachte die interessanteste und glücklichste Zeit ihres Lebens. Mit ihrem Mann zog sie später nach Frankfurt. Die Freude am Schreiben führte sie zu Angela Neumann.

Angela Neumann, geboren in Gießen, studierte Germanistik und Romanistik. Im Zentrum ihres Arbeitslebens stehen viele Jahre in der Wissenschaftsverwaltung. Sie hat zwei erwachsene Töchter und wohnt in Bergen-Enkheim. Ein glücklicher Zufall ließ sie auf Monika Rielau treffen, mit der sie gemeinsam die Lust am Schreiben von Krimis ausleben konnte.

Von Monika Rielau und Angela Neumann sind folgende Bücher erschienen:

Mord am Main (Fall 1)
Als Taschenbuch unter der ISBN 9783743125599 bei Books on Demand erschienen (2017).
Als E-Book unter der ISBN 9783958190641 bei Midnight erschienen (2016).

Mord am Main – Tod eines Schriftstellers (Fall 2)
Als Taschenbuch unter der ISBN 9783958199163 bei Midnight erschienen (2017).
Als E-Book unter der ISBN 9783958191297 bei Midnight erschienen (2017).